FEUERMOHN

Astrid Martini

FEUERMOHN

Erotischer Roman

Plaisir d'Amour Verlag

Astrid Martini

FEUERMOHN

Erotischer Roman

© 2008 Plaisir d'Amour Verlag, Lautertal
www.plaisirdamourbooks.com
info@plaisirdamourbooks.com
Plaisir d'Amour Verlag
Postfach 11 68
D-64684 Lautertal
Coverfoto: © Sabine Schönberger (www.sabine-schoenberger.de)
ISBN: 978-3-938281-37-6

Der Mohn

Wie dort, gewiegt von Westen, des Mohnes Blüte glänzt!
Die Blume, die am besten des Traumgotts Schläfe kränzt;
Bald purpurhell, als spiele der Abendröte Schein,
bald weiß und bleich, als fiele des Mondes Schimmer ein.
Zur Warnung hört' ich sagen, daß, der im Mohne schlief,
hinunter ward getragen in Träume schwer und tief;
dem Wachen selbst geblieben sei irren Wahnes Spur,
die Nahen und die Lieben halt' er für Schemen nur.
In meiner Tage Morgen, da lag auch ich einmal,
von Blumen ganz verborgen, in einem schönen Tal.
Sie dufteten so milde, da ward, ich fühlt es kaum,
das Leben mir zum Bilde, das Wirkliche zum Traum.
Seitdem ist mir beständig, als wär es nur so recht,
mein Bild der Welt lebendig, mein Traum nur wahr und echt;
die Schatten, die ich sehe, sie sind wie Sterne klar.
O Mohn der Dichtung, wehe ums Haupt mir immerdar!

Ludwig Uhland (1787-1847)

Kapitel Eins

Es gab Tage, an denen Anna den Wunsch verspürte, sich in ein anderes Leben beamen oder wenigstens fliegen zu können. Einem unbekannten Ziel entgegen – in den Sonnenuntergang, in die Nacht oder in den auftauenden Morgen hinein.

Frei von jeglichem Ärger, von Missstimmungen. Frei von Kämpfen und Karrierefrust, um endlich anzukommen!

Anzukommen und zu spüren, dass sich alles richtig anfühlte – ohne den Wunsch, jemals weiterfliegen zu wollen.

Heute war einer dieser Tage.

Sie saß im Büro hinter ihrem Schreibtisch, starrte aus dem Fenster und war wütend. So wütend, dass ihr das Blut in den Schläfen pochte, und ihre Finger unablässig auf die Tischplatte trommelten. Nicht einmal die brennende Duftkerze half, obwohl das Aroma sie in hektischen Zeiten oder während drohender Krisen sonst immer beruhigte.

Anna war so wütend, dass sie sich nicht einmal mehr auf ihre Arbeit konzentrieren konnte - was ihr selten passierte. Der Tag hatte schon negativ begonnen. Sie hatte verschlafen, war auf dem Weg zur Arbeit in einen Stau geraten, und zur Krönung hatte ihr der Chefredakteur des Magazins, für das sie arbeitete, verkündet, dass die von ihr sorgfältig vorbereitete Reportage über „Karrierefrauen mit Doppelleben" auf einen späteren Zeitpunkt verschoben würde. Auf einen Zeitpunkt, der unabsehbar war, denn andere Themen hatten seiner Ansicht nach in den nächsten Monaten Vorrang.

Die gesamte Ladung an negativen Gefühlen, die in Anna brodelte, bekam der Stapel an Papieren zu spüren, der bis dahin noch fein säuberlich geordnet vor ihr auf dem Schreibtisch gelegen hatte und nun durch eine einzige Handbewegung in hohem Bogen quer durch den Raum flog.

„Nova" war ein elegantes, angesehenes und auflagenstarkes Magazin. Neben Geschichten über die Reichen, Berühmten und Schönen wurden Artikel von bekannten Psychologen und Journalisten gedruckt, ebenso Interviews mit Politikern und Stars. Die Fotografien waren erstklassig, die Textbeiträge gründlich recherchiert und prägnant geschrieben. ‚Nova' war in der hart konkurrierenden Zeitschriftenlandschaft eines der führenden Magazine.

Seit fünf Jahren war Anna ein fester Bestandteil des Teams. Mit ihrem eigentümlichen Schreibstil faszinierte sie ihre Leser. Sie besaß ein besonderes Gefühl für Worte, gestaltete daraus Geschichten und Kurzstories voller Farbe und Klarheit, die den Leser von der ersten Zeile an fesselten. Besonderes Highlight war ihre wöchentliche Kolumne, in der sie mit Wortwitz und messerscharfem Verstand sogenannte Promis aufs Korn nahm. Die Verkaufszahlen stiegen, Fanpost aus dem ganzen Land erreichte sie.

Anna liebte ihren Job – er war Berufung, füllte sie aus.

Mit besonderer Hingabe widmete sie sich der aktuellen Reportage. Einer Hingabe, die fast schon an Besessenheit grenzte. In den letzten Tagen hatte sie insgesamt vielleicht 20 Stunden Schlaf gefunden. Ein überhäufter Schreibtisch, durchwachte Nächte und ausgelassene Mittagspausen waren ihre ständigen Begleiter. Wie unter Strom stehend hatte sie an dieser Reportage gearbeitet. Einem Thema, das sie dem Magazin vorschlagen hatte, als sie bei Recherchen im Internet zufällig auf das Online Tagebuch von Ella gestolpert war.

Und nun das.

Anna fluchte leise.

Der Blick aus dem Fenster versöhnte sie für den Moment. Träge lagen die Häuser hinter Holzzäunen und Vorgärten. Die Alleen waren menschenleer, nur ein paar Autos glitten beinahe lautlos durch die Straßen. Diese Aussicht hatte stets etwas Beruhigendes für sie. Lullte sie behaglich ein, erdete sie, wenn sie in trüben Stimmungen versank, vermittelte ihr ein „alles wird gut" Gefühl. Und das konnte sie brauchen.

Ihr Blick kehrte zum Monitor zurück. Geheimnisvoll lockten dort Ellas Zeilen. Die Ärztin berichtete hier anonym über ihr Doppelleben.

Ein angenehmes Kribbeln in der Magengegend vertrieb Annas Ärger, breitete sich von dort in jede Zelle ihres Körpers aus. Anna schloss für einen winzigen Moment die Augen.

Dieses Tagebuch hatte sich schleichend und zunehmend zum Mittelpunkt ihres Denkens und Fühlens gemausert – einen Stellenwert erklommen, der ihr erst in diesem Moment bewusst wurde. Es berührte sie, und das nicht nur im journalistischen Sinne.

Es weckte geheime Sehnsüchte. Durchblutete ihr Dasein, ihre Gedanken und ihre Gefühlswelt. Mit einem Schlag wurde ihr bewusst, dass hier der Kern für ihren sturen Wunsch lag, an dieser Reportage festzuhalten.

Sie atmete tief aus. Es war ungewöhnlich für sie, über so wenig innere Flexibilität zu verfügen. Denn schließlich war es nicht das erste Mal, das sie kurzfristig auf ein anderes Thema umschwenken musste, weil es von „oben" so gewünscht wurde.

In diesem Fall jedoch wurde ihr durch die redaktionelle Änderung eine Alibifunktion genommen. Ein triftiger Grund, weiterhin bei Ella einzutauchen.

Will ich das überhaupt? Weiterhin eintauchen?

Klar willst du!

Es war ihre innere Stimme, die sich meldete.

Und du willst noch viel mehr. Du ersehnst, alles über diese dunkle Welt zu erfahren, möchtest die Abgründe kennenlernen, die darin ruhen, mit ALLEN Sinnen eintauchen – nicht nur als Leser. Du wünschst pures Erleben, und dieses am liebsten sofort.

Sehnsucht legte unbarmherzige Fesseln um ihre Seele. Ein Gefühl, so intensiv und überraschend, dass es sie fast zerbarst.

Ihr Blick glitt gierig über die aktuellen Zeilen von Ella:

„Du wirst lernen, mir ohne Widerspruch zu gehorchen", zerriss seine Stimme die bis dahin unüberbrückbare Stille. Dann griff er in mein Haar und zwang mich mit festem Griff zu Boden.

„Auf die Knie!"

Ich gehorchte.

Seine Hände schoben meine Schenkel auseinander, legten sich auf meinen nackten Hintern. Er konnte alles sehen. Beide Öffnungen, alles ...

Der Gedanke daran erregt mich auch jetzt, wo ich diese Zeilen niederschreibe.

Sein Finger fuhr den Verlauf meiner Wirbelsäule nach bis zum Steißbein, dann weiter hinab zwischen meine Schenkel, bohrte sich in mich hinein.

„Was bist du?", unterbrach seine Stimme die wohlige Stille des Genusses, die mich bis dahin umfangen gehalten hatte.

Ich wusste, was er hören wollte. Schwieg allerdings in freudiger Erwartung seiner Strafe, Macht und Überheblichkeit.

Doch darauf wartete ich vergeblich. Harrte aus, wartend, hoffend ...

Er hatte längst, was er wollte.

Eine Frau, die täglich Fesseln trug und in Dessous mit Halsband und Brustnippeln Abend für Abend auf ihn wartete. Die wie ein Hund nach jedem Stück Zuneigung schnappte. Ein devotes Etwas, das sich sein Dasein ohne ihn nicht mehr vorstellen konnte.

Sein Griff in meine Haare war der einzige Halt, den ich verspürte, als ich ihn auf allen vieren zu meiner Wohnungstür begleitete, die alsbald hinter ihm ins Schloss fiel und eine unsagbare Leere in mir hinterließ. Eine unstillbare Gier – nach ihm. Mit dem Bewusstsein, dass dies eine Strafe war, schmerzhafter als alle Peitschenhiebe dieser Welt ...

Anna spürte, wie sich ihre Brustwarzen verhärteten. Ihr Puls beschleunigte sich, in ihrem Kopf herrschte Schwerelosigkeit.

Sündige Gedanken und Fantasien bewohnten ihr Inneres.

Fordernde Hände, brennender Blick, nackte Haut – ihre Haut! Ein seidiger Schal, der ihr das Licht nahm. Ein Mann wie ein Raubtier, der sie umkreiste, nicht aus den Augen ließ, ihre Grenzen auslotete und eisern überschritt.

Ein Kaffee. Sie brauchte einen Kaffee.

Die Espressomaschine ratterte, pumpte und rauschte. Bereitete einen doppelt starken Kaffee zu, dessen feines Aroma den Weg zu Annas Geruchsnerven fand und hoffentlich dazu führte, ihren unsteten Gedanken wieder eine Linie einzuhauchen, eine ruhige Linie, Bodenhaftung und Gelassenheit.

Immer, wenn sie nervös war, knetete sie ihre Oberlippe zwischen Daumen und Zeigefinger. So auch jetzt. Zu der Nervosität mischte sich Unruhe. Ihr wurde bewusst, dass sie sich gerade vor sich selbst outete. Dass sie zum ersten Mal begann, sich diese merkwürdigen Stimmungen, die sie jedes Mal überkamen, wenn sie bei Ella las, einzugestehen.

Und nun? Was sollte sie tun? Ihre devoten Fantasien, die immer stärker an die Oberfläche drängten, ignorieren? Oder lieber mit jemandem darüber reden? Mit ihrer Freundin, die alles von ihr wusste, und deren Gedanken ihr sicherlich gut tun würden?

Sie warf einen Blick auf ihre Uhr. Fünf vor vier. Sie würde Feierabend machen. Es war zwar noch früh, und es gab noch eine Menge zu tun, aber allein in den letzten zwei Monaten hatte sie genügend Überstunden gemacht, um mindestens vierzehn Tage zu Hause bleiben zu können. Sie schaltete den Rechner aus, sorgte für Ordnung und pustete die Duftkerze aus.

Schluss für heute.

Noch ein Anruf bei ihrer Freundin, die sich über die spontane Verabredung freute, und schon griff Anna zu Blazer und Tasche.

„Na, was denn? Erst sechzehn Uhr und schon Schluss für heute?" Ein Kollege, den sie im Flur traf, wies deutliche Spuren von Erstaunen auf.

„Draußen scheint die Sonne, und ich denke, der Verlag wird einmal ein paar Stunden ohne mich zurechtkommen."

„Sicher! Ich bin nur etwas irritiert, wo du doch sonst mit deinem Schreibtisch verheiratet scheinst." Er zwinkerte ihr zu. „Mach dir einen schönen Nachmittag!"

Anna war bekannt dafür, dass sie bis weit in die Abendstunden hinein arbeitete. Oft saß sie noch bis Mitternacht am Schreibtisch. Sie liebte ihren Job. Und sie liebte das Magazin, als wäre sie die Herausgeberin. Jede einzelne Seite darin sollte erstklassig sein. Und für einen exzellenten Artikel strengte sie sich an, legte sich ins Zeug und machte Überstunden, ohne jemals nach einem Freizeitausgleich zu fragen. Jeder hier im Verlag wusste das – ihre Kollegen, die Putzfrauen, die abends artig an die Tür klopften und fragten, ob sie schon stören und den Teppich saugen dürften und natürlich der Chef höchstpersönlich.

Aber für heute war Feierabend.

Eine halbe Stunde später saß Anna gemeinsam mit ihrer Freundin Caroline in einem Straßencafé, in dem sie auf ihre Eisbecher warteten.

Caroline war eine schöne, schlanke, hochgewachsene Frau mit tiefschwarzem Haar und eisblauen Augen. Eine äußerst elegante Erscheinung in ihrem taubenblauen Kostüm. Anna hingegen war nicht besonders groß, hatte ein paar Pfund zu viel auf den Hüften und konnte mit der modischen Raffinesse ihrer Freundin nicht mithalten. Jedoch wohnte in ihren Augen eine Lebendigkeit, die dies wieder ausglich. Ihr kastanienbraunes Haar trug sie zu einem lockeren Knoten gebunden. Ihre Kleidung war leger, denn sie bevorzugte es praktisch. Auch im Wesen unterschieden sie sich gravierend. Während Caroline besonnen, ruhig und diplomatisch war – immer darauf bedacht, für Harmonie zu sorgen und die Wogen zu glätten – war Anna ein Ausbund an Temperament. Sie nahm kein Blatt vor den Mund, sagte unverblümt, was sie dachte, ohne sich auch nur einen Funken darum zu scheren, was andere dachten. Ihr impulsives Wesen und ihre spitze Zunge waren ebenso gefürchtet wie ihr messerscharfer Verstand und ihre Schlagfertigkeit.

So sehr sich die beiden auch unterschieden, seelisch und mental standen sie sich nah. Sie waren Seelenfreundinnen – nichts und niemand konnte sie entzweien. Sie hatten schon unzählige Nächte hindurch geplaudert, gelacht, geweint, bis der Morgen graute, und die ersten Sonnenstrahlen den neuen Tag ankündigten. Sie wussten alles voneinander, es gab keine Geheimnisse. Dennoch war Anna mit einem Mal unwohl bei dem Gedanken, der Freundin von den geheimen Sehnsüchten zu erzählen, die sich unbemerkt in ihr Leben geschlichen hatten.

Es war ungewöhnlich warm, so warm, dass es die Menschen geradezu magisch in die Stadt zog. Sie bummelten an den Schaufenstern entlang, genossen relaxte Momente in Cafés oder saßen einfach nur entspannt auf einer der sauber gestrichenen Bänke, die das Stadtbild zierten. Die wenigen Straßencafés waren überfüllt, dennoch gelang es den Freundinnen, in ihrem Lieblingscafé einen freien Tisch zu ergattern.

Und noch während Caroline sich eine Zigarette anzündete, erzählte Anna ihr von den aktuellen Plänen der Redaktion und davon, wie sehr sie sich geärgert hatte.

Caroline blies Zigarettenrauch in die Luft, schnippte Asche in einen Aschenbecher und hörte aufmerksam zu. Sie war nicht nur Annas beste, sondern auch ihre einzige Freundin. Eine erfolgreiche Diplom-Psychologin, die in eigener Praxis Depressionen und Neurosen therapierte. Caroline war es gewohnt, die Handlungen, Gedanken und Gefühle ihrer Klienten zu analysieren. Und manchmal machte sie auch vor der Freundin nicht Halt.

„Du wirkst fahrig. So, als würde dich noch etwas ganz anderes beunruhigen. Schieß los!" Caroline schob den Aschenbecher zur Seite, damit der Kellner die Eisbecher vor sie hinstellen konnte.

Anna hob ihre Augenbrauen. „Hey, du hast Feierabend. Ich übrigens auch. Bitte keine Analysen, ja?" Ihr schneidender Ton ließ Caroline aufhorchen. Aber sie sagte nichts. Sie spürte instinktiv, dass es in diesem Fall besser war, nicht weiter zu bohren.

In Anna kämpften währenddessen zwei Seiten. Sollte sie? Oder besser doch nicht?!

Einerseits wünschte sie sich, darüber zu reden. Andererseits hatte Carolines analytischer Blick sie abgeschreckt. Außerdem sah die Welt jetzt, wo sie in der Sonne saß, ihr Eis genoss und der Computer weit weg war, ganz anders aus. Sie beschloss, alles tief in sich einzuschließen, Ellas Tagebuch aus ihren PC-Favoriten, ebenso ihre Gedanken zu löschen und zur Tagesordnung zurückzukehren. Ja, das würde sie tun.

Kapitel Zwei

Aaron Vanderberg schritt in Gedanken versunken durch die verwinkelten und gewundenen Pfade des weitläufigen Gartens, der sein Anwesen umgab. Seine Schritte durchbrachen die Stille, die ihn wie ein dunkler Komplize umhüllte. Ziellos durchstreifte er den Garten in der Hoffnung, seine düsteren Gedanken zu zerstreuen.

Das silberne Glitzern des Mondes erhellte die Schichten von Schwarz, die er durchschritt. Aaron schlängelte sich zwischen Holunderbüschen, Ginstersträuchern und zu vielen Gedanken hindurch, rastlos mit geschmeidigen Bewegungen.

Stufen führten durch ein wild gewachsenes Blumenmeer hinab zu einem weißen Pavillon, der von Dornen wilder Heckenrosen umrankt war. Dort hielt er einen Moment inne und lehnte sich an die Mauersteine.

Diese Mondnacht sah geradezu zauberhaft aus. Ein ewiges, tiefdunkles Blau, das im Schwarz versank. Der Mond, eine noch nicht ganz vollendete Kugel mit silbrig glimmendem Schein, und zwischen den Zweigen der Büsche ein geheimnisvolles

Wispern, ein raschelnder Dialog der Blüten und Blätter, gebettet in die zart silbrigen Strahlen des Mondes. Wundervoll.

Eine Nacht, wie gemacht für sinnliche Stunden.

Doch Aaron hatte keinen Blick dafür. Träge flossen die Minuten an ihm vorüber. Wie seine Gedanken, die sich nicht zerstreuen ließen. Hartnäckig raubten sie ihm seine innere Ruhe. Rumorten in ihm, begehrten unablässig Aufmerksamkeit.

Er beschloss, zu seinen Gästen ins Haus zurückzukehren.

Vor ihm huschte ein Schatten über die Stufen und verschwand seitlich ins Gebüsch. Tauchte wieder auf, überquerte die Stufen erneut. Beim Näherkommen erkannte er einen Marder. Kurz blickten die im Mondlicht aufblitzenden Augen des Tieres ihn an, dann verschwand das Tier. Es raschelte im Gestrüpp. Ein Käuzchen schrie.

Aarons Lippen verzogen sich für einen winzigen Moment zu einem Lächeln. Er mochte die Natur, Pflanzen und Tiere. Das Geräusch des davoneilenden Marders verlor sich in der Nacht. Ein süßer Duft von Flieder und Rosen hing in der Luft, als Aaron die Stufen mit dem Vorsatz emporstieg, den restlichen Abend so gut es ging zu genießen.

Ohne Erfolg, denn eine Stunde später stand er in Gedanken versunken und genauso rastlos wie vorher an der weit geöffneten Flügeltür, die den Weg zu einer breiten Terrasse freigab. Er starrte hinaus. Vor den Fenstern zog die Nacht dahin. Dichte Wolken umspielten den Mond, diktierten Phasen der Helligkeit und der Dunkelheit. Die Party war in vollem Gange. Seine Gäste waren ausgelassen wie immer, doch im Gegensatz zu sonst wollte in ihm keinerlei Stimmung aufkommen.

Aus dem Garten klang das Zirpen der Grillen, vom Teich her hörte man das Abendkonzert der Frösche und das leise Plätschern des Springbrunnens.

Jeder Versuch, sich am Partygeschehen zu beteiligen, misslang kläglich.

Er spürte die Blicke der Gäste in seinem Rücken. Sie brannten, und er wünschte sie alle zum Henker. Dabei liebte er Partys. Besonders, wenn eine Vielzahl schöner Frauen anwesend war, so wie heute.

Eine junge Frau tauchte an seiner Seite auf, legte ihm eine Hand auf die Schulter. Er erwiderte ihr Lächeln. Zwar nicht mit dem gewohnten Charme, aber es gelang ihm, seine dunklen Gedanken für einen Moment zu verscheuchen. Er forderte die blonde Frau, die mit hingebungsvollen Blicken zu ihm aufsah, zum Tanz auf und schwang sie kurze Zeit später in seinen Armen über das Parkett. Er wurde ruhiger, gelassener, fand zu alter Form zurück – zumindest ansatzweise.

Immer wieder füllte er die Gläser nach, genoss die Bewunderung der weiblichen Gäste, mixte neue Cocktails, für die er zahlreiche Komplimente einheimste. Alles war wie immer. Die Ausgelassenheit nahm zu, die Anwesenden wurden übermütiger, und schon bald sah man die ersten wild knutschenden Paare. Zielsicher führte Aaron seine Tänzerin durch das Gedränge zur Veranda hinaus, setzte sich mit ihr für eine Weile ab.

Die Nacht schritt voran, doch seine Wut ließ sich nicht dauerhaft verdrängen. Immer wieder kroch sie tröpfchenweise in ihm hoch. Und bald begann sie erneut wie ein wilder Strom an die Oberfläche zu streben. Diese Wut schrie nach Entladung, ersehnte Vergeltung. Dabei hatte der Tag so gut angefangen.

Nach einem amüsant-sündigen Wochenende in diversen Bars hatten er und sein Bruder Alexander es sich am Vormittag auf der Terrasse gemütlich gemacht.

Doch diese träge Idylle hatte schon bald ihr Ende gefunden – zumindest für Aaron.

Und zwar genau ab dem Zeitpunkt, als Alexander ihm dieses verdammte Magazin vorgelegt hatte. Es enthielt eine halbseitige Kolumne, in der sich jemand ohne Tabus über ihn – Aaron Vanderberg – ausließ und zwar schonungslos, gehässig und voller Sarkasmus. Er schleuderte das Magazin weit von sich.

Aaron war nur anderthalb Jahre jünger als sein Bruder Alexander und sah ihm zum Verwechseln ähnlich. So identisch ihre Erscheinung auch war, in ihrem Wesen unterschieden sie sich maßgeblich. Alexander war nachgiebiger und gefühlvoller, ihm fehlte die Arroganz, die Aaron immer mal wieder an den Tag legte. Im Gegensatz zu seinem Bruder war er aufrichtig auf der Suche nach der Frau fürs Leben. Was ihn jedoch nicht davon abhielt, aus dem Vollen zu schöpfen, und die sich ihm zahlreich anbietenden erotischen Abenteuer mitzunehmen.

Beide waren Erben der berühmten Juwelierdynastie Vanderberg, hielten nichts von Konventionen, sondern lebten nach dem Lustprinzip. Während Alexander dabei war, sich als Fotograf einen Namen zu machen, lebte Aaron in den Tag hinein. Nebenbei kümmerten sie sich abwechselnd als Geschäftsführer um den Familienbetrieb, der ein Selbstläufer war, nach wie vor expandierte, florierte und ein Dutzend Filialen in ganz Deutschland sein eigen nannte.

Mit einem goldenen Löffel im Mund geboren, hatten beide eine Kindheit genossen, in der es ihnen an materiellen Dingen in keiner Weise gefehlt hatte; und als gutaussehende Jungen aus reichem Elternhaus waren sie früh Anziehungspunkt für das weibliche Geschlecht. Mädchen und Frauen rissen sich um ihre Aufmerksamkeit, stellten alles Mögliche an, um für einen Moment in ihrer Gunst zu stehen.

Während Alexander sich in jungen Jahren ernsthaft verliebt hatte – jedoch enttäuscht worden war – war Aaron das Gefühl von Liebe vollkommen fremd. Er bekam, was er wollte, musste nie um die Gunst einer Frau kämpfen. Er war eine Frohnatur, ein Hans Dampf in allen Gassen, der mitnahm, was sich ihm bot. Und das war reichlich. Jedoch musste man ihm zugute halten, dass er seine Gespielinnen niemals über seine Absichten im Unklaren ließ. Sie wussten von vornherein, woran sie bei ihm waren, und dass es nicht von Dauer sein würde.

Mit der ihm angeborenen Leichtigkeit war es zu diesem Zeitpunkt allerdings vorbei.

„Anna Lindten!" Aaron spie den Namen förmlich aus. „Diese Frau ist die Pest! Die Worte Lust und Hingabe kann sie sicherlich nicht einmal richtig buchstabieren. Sie hat ihren Meister noch nicht gefunden."

„Und du willst das ändern?" Alexander suchte den Blick seines Bruders.

„Wenn es sein muss." Ein gefährlicher Glanz trat in Aarons Augen.

„Was hast du vor?"

„Mir wird schon das Passende einfallen."

… Aaron tauchte aus seinen Gedanken auf, nippte an seinem Cocktail. Das Passende war ihm bisher nicht eingefallen und es gelang ihm nicht, diese Episode auszublenden. Er ersehnte Vergeltung, wollte es dieser Person heimzahlen. Erst dann würde er zur Ruhe kommen.

Die Minuten verstrichen.

Mit einem Mal erhellten sich seine Gesichtszüge. Er hatte eine Idee.

Der Mohnball! Bald war es wieder soweit. Dieser Anlass war perfekt! Sie würde anbeißen, seinen Köder schlucken. Da war er sicher.

Er würde Madame Lindten an die Grenzen ihrer Lust führen, sie Demut lehren. Und wenn er sie dort hatte, wo er sie haben wollte, würde er sie wie eine heiße Kartoffel fallen lassen. Ihre Kollegen von der Konkurrenz würden an diesem ‚leidvollen Ende' natürlich teilhaben, und schon hatte er seine Revanche.

Nie wieder würde sie ihn als hirnlosen Gigolo und die Damen, die sich mit ihm einließen, als naive Dummchen bezeichnen.

Genüsslich begann er sich seinen Rachefeldzug in den schillerndsten Farben auszumalen. Er rief sich ihr Pressefoto ins Gedächtnis. Sie war eine Frau, die ganz und gar nicht in sein Beuteschema passte. Dennoch hatte sie etwas, das ihn reizte. Es würde das reinste Vergnügen werden, ihr diesen Denkzettel zu verpassen.

Seine Wut wandelte sich in Schaden- und Vorfreude. Wie von Zauberhand verschwand seine missmutige Stimmung – Partylaune kam auf.

Er rieb sich die Hände und wandte sich einer dunkelhaarigen Schönheit zu, die schon eine ganze Weile kokettierend um seine Aufmerksamkeit buhlte.

Kapitel Drei

Blitze zuckten hinter dem Hügel hervor, lauter Donner grollte. Grauschwarze Wolken verdüsterten die Sicht auf den Horizont, waren mit Düsterkeit beladen und drückten schwer auf das Firmament.

Vor nicht einmal einer Stunde hatte dies noch ganz anders ausgesehen. Blauer Himmel, wohin man auch schaute, strahlender Sonnenschein, der schon in den frühen Vormittagsstunden einen trägen Sommertag versprach, eine Luft, die vor Hitze flirrte.

Und nun, wie aus dem Nichts, dieses graue Etwas, das sich wie ein Schatten durch die Landschaft zog, Bäume, Himmel und Sträucher mit einer matten Schicht belegte und dabei feuchte Schwüle und einen gewaltigen Regenschauer hinter sich herzog.

Elegant schob sich der Wagen die schmale Straße hinauf, die sich entlang an Hügeln und schönen Wäldern emporschlängelte. Regen prasselte unaufhörlich und mit solcher Wucht gegen die Scheiben, dass die Scheibenwischer die Wasserfluten kaum bewältigen konnten.

Als ein weiterer Blitz über den Himmel zuckte, presste Anna ihre Hände in den Schoß, kauerte sich tiefer in den weichen Ledersitz. Normalerweise liebte sie ein ordentliches Unwetter, zog es jedoch vor, eine derartige Naturgewalt in häuslicher Sicherheit bei einem guten Glas Wein zu bewundern.

Sie warf einen unauffälligen Seitenblick auf den überaus schweigsamen Taxifahrer neben sich. Er wirkte konzentriert, schien keine Mühe zu haben, sich einen Weg durch dieses Unwetter zu bahnen, was sie etwas ruhiger werden ließ.

Sie war froh, sich nicht mit ihrem geliebten, aber doch sehr betagten Mazda durch diese Regenmassen zum Anwesen von Aaron Vanderberg kämpfen zu müssen. Schaudernd blickte sie zum Himmel. Die Welt schien wie elektrisiert, es herrschte eine beunruhigende Atmosphäre. Große glitzernde Tropfen taumelten von den grauen Wolkengebilden herab, legten sich wie ein Film auf Bäume, Sträucher und den Asphalt, während das ungnädige Donnergrollen seinen Höhepunkt erreichte. Das düstere Bild wurde von bedrohlich anmutenden Blitzen heimgesucht, die den Horizont in zwei Hälften zu teilen schienen. Weltuntergangsstimmung.

Als das Donnergrollen endlich an Lautstärke abnahm, atmete Anna erleichtert auf. Sie begann sich zu entspannen und dachte an ihren Auftrag: ein exklusives Interview mit Aaron Vanderberg – Erbe einer Juwelier-Dynastie und Playboy durch und durch. Ein Bonbon, das ihrer Reportage einen besonderen Glanz verleihen würde.

In Zeitungs- und Medien-Kreisen war er gefürchtet. Es war immens schwer, einen Termin für ein Interview zu bekommen. Umso erstaunlicher, dass er eingewilligt hatte. Außerdem durfte sie exklusiv als Zugabe über den alljährlichen Mohnball berichten, weil er ein angeblicher Bewunderer ihrer Kolumne war.

Spott glomm in Anna auf. Welch eine Farce! Herr Vanderberg als Bewunderer ihrer Kolumne? Lachhaft! Mehr als einmal hatte sie sich in negativer Hinsicht über ihn ausgelassen, sich regelrecht über ihn lustig gemacht. Sie hatte keinen Zweifel daran gelassen, wie wenig sie von Machos seiner Art hielt. Playboys, die nichts Besseres zu tun hatten, als vom ererbten Geld auf der Suche nach Sex und Partys um die Welt zu jetten.

Aber gut. Wenn er so dumm war, durch diese Einladung zum Ball eine weitere Plattform für ihren Spott zu bieten, ihr sollte es recht sein.

Sie lachte leise auf.

Aaron Vanderberg, Ladykiller, Casanova, Herzensbrecher und Traum aller Frauen – sofern sie einen IQ unter 80 hatten.

Schön dumm, wenn man auf einen derartigen Mann hereinfiel, denn hinter seiner attraktiven Fassade steckte ein hemmungsloser Playboy, der von einer Frau nicht mehr erwartete als gutes Aussehen und ein immerwährendes Lächeln. Natürlich sollte die jeweilige Dame ihn auch angemessen anhimmeln und ihm artig auf Wunsch zur Verfügung stehen.

Zugegeben, dieser Mann war attraktiv, eine Tatsache, die Anna nicht leugnen konnte.

Er gehörte zu der männlichen Spezies auf diesem Planeten, die auch ihr schlaflose Nächte bereiten konnten. Als moderner Casanova betörte er fast jedes weibliche Herz. Seine erotischen Liebeskünste waren legendär, seine Eroberungen in aller Munde. Oberflächlich gesehen war er ein Bild von einem Mann. Eine Tatsache, die sie allerdings mit aller Macht zu verdrängen versuchte, denn schließlich war sie Profi und kein Backfisch. Es wäre doch gelacht, wenn sie seine erotische Präsenz nicht ausblenden und mit gewohntem Geschick ihre Arbeit verrichten könnte.

Ihre Lippen verzogen sich. Aaron Vanderberg – eine schöne Hülle ohne Substanz. Es war eine Schande, dass in einem dermaßen begnadeten Körper ein so niederes Hirn steckte.

Wie von Geisterhand begannen sich die dunklen Wolken zu teilen. Gleißendes Sonnenlicht schob sich mehr und mehr dazwischen, ließ den Regenguss versiegen und das Gewitter weiterziehen. Ein für einen Moment aufblinkender Regenbogen zauberte ein wunderschönes Farbenspiel an den Horizont und ein kleines Lächeln in Annas Mundwinkel. Vielleicht würde der Tag ja besser werden, als es ihr Bauchgefühl seit Stunden signalisierte.

Die schmale Straße begann sich zu gabeln. Zur Rechten ging der Weg weiter bis zur nächsten Ortschaft. Zur Linken führte er zwischen zwei riesigen Steinsäulen hindurch durch ein kleines Waldstück, das sie schließlich zu der Lichtung brachte, auf der Aaron Vanderbergs berühmt-berüchtigtes Anwesen lag. Hier würde noch an diesem Abend der alljährliche Mohnball stattfinden.

Das riesige schmiedeeiserne Tor war geschlossen. Mit einem seltsamen Flattern in der Magengegend verließ Anna das Taxi und fühlte sich, als es davonfuhr, mit einem Mal furchtbar allein gelassen. Ein neues, ganz und gar nicht willkommenes Gefühl.

Die flirrende Hitze, die sich diesen Junitag zurückerobert hatte, legte sich wie ein Käfig erbarmungslos und schwer um ihren Körper. Sie wollte diese Last abschütteln, ersehnte den Schutz eines mächtigen Baumes, der seine laubbehangenen Äste majestätisch über ihr Haupt ausbreitete und kühlen Schatten spendete.

Zögerlich hob Anna ihre Hand, betätigte den grün-goldenen Klingelknopf und atmete tief.

Ein leises Surren, und schon wurde ihr Gesicht von der winzigen Kamera erfasst. Das Tor glitt lautlos zur Seite. Anna zuckte zusammen, als es hinter ihr sofort wieder ins Schloss fiel.

Gefangen, dachte sie für einen winzigen Moment.

Es gelang ihr, dieses ungute Gefühl zu unterdrücken. Entschlossen setzte sie einen Fuß vor den anderen.

Inmitten eines riesigen, von Laternen gesäumten Mohnfeldes führte ein Weg fünfzig Meter weiter zum imposanten Anwesen von Aaron Vanderberg.

Am liebsten hätte sie ihre Schuhe von den Füßen gestreift und wäre barfuß durch diese feuerrote Pracht gelaufen, hätte sich hineingeworfen, leise seufzend die Augen geschlossen und sich von einem leichten Sommerwind streicheln lassen. Doch dafür blieb keine Zeit. Außerdem blies kein Sommerwind. Die Luft, warm und duftgeschwängert, war regungslos.

Die Leuchtkraft des Mohns und die Zartheit seiner Blüte erinnerte Anna an Schmetterlingsflügel. Sie liebte Mohnblumen. Hatten sich nicht die Tränen der Aphrodite in Mohnblüten verwandelt, als sie um ihren geliebten Adonis weinte?

Mohn – Blume der Träume. Sie war Morpheus, dem Gott der Träume und des Schlafes geweiht ... Morpheus, der diese Blume geschaffen hatte.

Die riesige Villa mit ihren Erkern und der schneeweißen Fassade wirkte aus dieser Entfernung märchenhaft, fast wie ein verwunschenes Schloss.

Annas entzücktes Staunen wuchs, je näher sie kam. Das Anwesen war von einem weitläufigen Garten mit alten Bäumen, Rosenbüschen, Blumenrabatten, Holundersträuchern, Rasenflächen und verwunschenen Wegen umgeben. Manche Ecken waren auch hier über und über mit Mohnblumen bestückt. Der Garten gefiel ihr. Es war einer dieser wunderbaren alten Gärten, in denen alles wild, aber dennoch gepflegt wuchs, und in denen man unter Holunderbüschen zerbrochene steinerne Gartenfiguren entdecken konnte. Linden und Buchen gaben sich die Hand mit wilden Heckenrosen. Überall führten schmale Wege zwischen Heckengängen hinter das Haus und in die Tiefe des Gartens, und dort, wo man durchblicken konnte, sah man Lauben, Blumenoasen, Terrassen mit säulengestützten Balustraden, gewundene Treppen, rotlackierte Gartenbänke, steinerne Vasen und Amphoren. Die Sonne legte einen orangefarbenen Schimmer auf dieses Bild, ließ die Blätter der nassen Bäume und Sträucher aufblitzen, und die Blumen leuchten.

Es war zu verlockend. Deswegen beschloss Anna, nicht sofort zum Portal zu gehen, sondern die wundersame Schönheit des Gartens auf sich wirken zu lassen. Zumindest für ein Weilchen.

Mit angehaltenem Atem schlenderte sie durch einen der Heckengänge. Alles wirkte verwunschen, zu trägen Träumen anregend, die in der Wirklichkeit zwar keinen Bestand haben konnten, aber dennoch Labsal für die Sinne waren.

Ein Meer an Blumen gab es hier. Leuchtende Nelken, hohe orangefarbene Tigerlilien, violette Iris, die rings um einen hübsch angelegten Teich wuchsen. Magnolienbäume blühten mit den wilden Heckenrosen und dem Flieder um die Wette. Sie rochen so berauschend süß, dass Anna sich am liebsten wie eine Biene in die Blütenkelche gestürzt hätte, um in dem Duft zu baden.

Verzückt schloss sie die Augen, legte den Kopf in den Nacken und drehte sich träumerisch im Kreis. Auf einer verborgenen Bank in der Nähe eines Holunderbusches ließ sie sich schließlich nieder. Das leise Plätschern eines Brunnens, der auf einem Podest stand und die Form einer griechischen Sphinx – bis zur Brust eine schöne Frau und hinten Löwin – hatte, lullte sie ein. Die Sphinx trug ein paar Flügel auf den Schultern, aus ihrem geöffneten Mund rann klares, herrlich sprudelndes Wasser.

Gerade wollte Anna aufstehen, um sich ein wenig an dem kühlen Nass zu erfrischen, als sie leises Lachen und näher kommende Stimmen hörte.

Eilig versteckte sie sich hinter dem Busch. Durch das Blätterwerk hindurch sah sie, wie ein hochgewachsener Mann zwischen den Blumenrabatten entlangschlenderte, geradewegs an ihr vorbei. Sie duckte sich noch ein Stückchen tiefer, schloss für einen Moment die Augen und setzte ihre Beobachtung fort.

In jedem Arm hielt er eine leicht bekleidete, schlanke Schönheit. Abwechselnd knabberte er an ihren Ohrläppchen, begann heiße Küsse auf ihre Nacken zu setzen, während seine Hände in den großzügigen Ausschnitten ihrer dünnen, kurzen Sommerkleider wühlten. Die Pobacken der Frauen waren kaum bedeckt, wippten bei jedem Schritt einladend mit, und Anna bemerkte, dass beide kein Höschen trugen.

Ihre üppigen Brüste schwangen auf und ab, legten sich dabei immer wieder schwer in die gierig zupackenden Hände des Mannes und waren durch den halbtransparenten Stoff nur teilweise bedeckt. Steil aufgerichtete Brustwarzen, lüsternes Kichern, freigelegte Schenkel, schlanke Männerhände, die immer wieder sinnlich zugriffen. Das alles war ein Potpourri, welches Anna zu ihrem eigen Erstaunen erhitzte.

Als sie jedoch den Mann erkannte, der nicht weit von ihr entfernt im Begriff war, zwei Damen gleichzeitig zu beglücken, zuckte sie zusammen. Ernüchterung trat ein, sämtliche Hitze schwand, machte einem unnatürlichen Kälteschauer Platz. Ihr Herz begann unregelmäßig zu schlagen, das Blut stockte in ihren Adern. Ausgerechnet er, der Mann, der sie zum Interview geladen hatte, und den sie aus tiefstem Herzen verachtete – Aaron Vanderberg.

In gekauerter Stellung machte sie ein paar Schritte rückwärts. Sie musste hier weg, konnte sich wahrlich angenehmeres vorstellen, als diesen Kerl beim Liebespiel zu beobachten. Doch wie sollte sie ungesehen wegkommen? Und welche Blamage, sollte er sie entdecken! Im Schutz des Busches machte sie schnell ein paar kleine Schritte rückwärts, trat hörbar auf einen trockenen Zweig und verfluchte sich.

Sie huschte, so schnell sie konnte, seitwärts aus der Deckung heraus hinter den nächsten Strauch und von dort auf einen Heckengang zu, der sie nach vorne zum Portal brachte.

***

Aaron hörte ein Knistern, wandte den Blick und sah für den Bruchteil einer Sekunde eine Frau, die sich eilig hinter einen Busch duckte. Eine Voyeurin? Ein amüsiertes Grinsen zuckte um seine Mundwinkel. Ihm sollte es recht sein – erhöhte dies den Reiz seines Stelldicheins doch um ein Vielfaches.

Mit einem Ruck riss er die Drückknöpfe des Kleides der brünetten Dame zu seiner Linken auseinander, so dass ihre großen weichen Brüste komplett frei lagen. Die Schwarzhaarige zu seiner Rechten warf ihm laszive Blicke zu, schob sich die Träger ihres Kleides von den Schultern und ließ es bis zu den Hüften rutschen. Dann klammerte sie sich an seinen Hals und zog ihn mit sich hinab in das noch etwas feuchte Gras. Ihre Lippen, die von einer fordernden Lüsternheit, einer weichen Fülle waren, näherten sich seinem Hals. Gierige Schenkel umschlangen seine schmalen Hüften, ließen von ihnen ab, nur um sie dann erneut mit Beschlag zu erobern. Sein Gesicht verschwand im Tal ihrer üppigen Brüste, während sie sich an seiner Hose zu schaffen machte.

Die andere sank zu ihnen nieder, ließ ihre rotlackierten Finger über ihre Taille nach oben wandern, umfasste ihre Brüste und drückte sie stolz nach oben. Mit den Fingerspitzen strich sie sich genüsslich über die harten Spitzen und lächelte befriedigt, als Aaron sich ihr zuwandte und sie zu sich zog. Er warf sie auf den Rücken, spreizte ihre Beine, liebkoste den Venushügel und schob zwei Finger in ihre feuchte Spalte. Er kniete, die Jeans bis zu den Kniekehlen hinuntergeschoben, zwischen ihren gespreizten Schenkeln, während seine Finger in ihr rührten. Sein hoch aufgerichteter Schwanz präsentierte sich ihr dabei in voller Länge, verlangte ebenso dringend nach Befriedigung wie ihr hungriger Schoß.

Mit langsamen Bewegungen, bei denen sie jede Sekunde zu genießen schien, erkundete sie seinen Schwanz. Er fühlte sich hart und doch seidenweich an, die Hoden waren prall gefüllt, und sie glitt mit dem Zeigefinger über die feuchte Öffnung seiner Eichel.

Währenddessen wurde der Blick der Schwarzhaarigen ganz offensichtlich wie magisch von dem perfekten Schwung der vollen, schneeweißen Brüste ihrer Nebenbuhlerin angezogen, die sich lüstern im Gras rekelte und nicht genug von Aarons praller Männlichkeit bekommen konnte. Die rosafarbenen Brustwarzen standen steil ab, sahen aus wie reife Beeren, die gekostet werden wollten. Genüsslich fuhr sie sich mit der Zunge über die Lippen. Sie labte sich am erotischen Anblick dieser Schönheit und starrte wie gebannt auf die bebenden Brüste der anderen. Langsam streckte sie ihre Hände aus, umfuhr mit ihnen immer wieder die Konturen der schneeweißen Hügel.

Der verschlagene Blick, den sie Aaron dabei zuwarf, ließ sie einer Raubkatze gleichen.

Sie beugte sich weiter vor, setzte eine Spur heißer Küsse auf die weiche Haut. Ihre gierige Zunge bahnte sich einen Weg zu den harten Nippeln. Dabei ließ sie Aaron keinen Augenblick aus den Augen.

Spielerisch tippte ihre Zunge erst die eine, dann die andere rosige Spitze an. Sie stöhnte auf, als Aaron sich hinter sie kniete und ihre Hüften umfasste. Sie saugte sanft, ließ ihre Zungenspitze um die Nippel kreisen und ergötzte sich daran, dass Aarons Zunge in Wellenlinien über ihren Rücken und ihre Gesäßbacken tanzte.

Seine Hände hoben ihr Gesäß an, und mit einem kräftigen Stoß drang er in sie ein. Sie warf ihren Kopf in den Nacken und schrie lustvoll auf, drückte ihre Arme durch, bog ihren Rücken zum Hohlkreuz und ließ ihre Hüften im Gleichklang zu Aarons harten Stößen kreisen. Während Aaron sie bis zum Anschlag ausfüllte, erkundete ihre Zunge die Schamlippen der anderen – sämtliche Falten und Winkel ihres Schoßes. Sie neckte die inmitten der Feuchtigkeit aufgerichtete Klitoris, die inneren Lippen und die einladende Spalte. Die moschusartig duftende Nässe betörte sie. Voller Hingabe strich sie mit der Zunge über das feuchte seidige Gewebe, leckte und naschte wie eine Katze die Milch.

Genüsslich saugend schloss sie ihre Lippen um den Kopf der Klitoris, lutschte daran und ließ ihre Zungenspitze einen sinnlichen Tanz um die empfindsame Perle vollführen.

Die Brünette rekelte sich wohlig, gab leise Laute von sich und hob ihr Becken ein wenig an, so dass die Zunge intensiveren Zugang bekam.

Aarons Stöße wurden energischer. Seine im Stoß zusammengepressten Gesäßbacken ruckten vor und zurück. Hart umfasste er die zuckenden Hüften, stieß seine Gespielin zu einem gewaltigen Höhepunkt, der ihren Körper erbeben ließ. Das Gesicht im Schoß der anderen vergraben, zuckte ihr Hinterteil wild hin und her. Sie leckte so lange, bis deren Lustschreie sich mit ihrem eigenen Stöhnen vermischten.

Und dann kam auch Aaron. Wild pumpte er seinen Saft in sie hinein, warf den Kopf in den Nacken und stöhnte laut auf.

Kapitel Vier

Beeindruckend! Als Anna dem Butler, der ihr die Tür geöffnet hatte, in das weitläufige Gebäude folgte, stieß sie einen anerkennenden Pfiff aus. Der luxuriöse Windfang führte sie durch eine zweite Tür in eine überwältigend prächtige Halle, die von einem Kronleuchter aus Kristall beleuchtet war. Eine Steintreppe schwang sich in sanftem Bogen in den ersten Stock, deren Stufen mit einem weichen granatroten Läufer belegt waren. Der Mosaikboden wies in regelmäßigen Abständen kleine Abbildungen auf. Anna hätte sie am liebsten genau studiert, sich gerne hingehockt, um jedes noch so kleine Detail dieser filigranen Abbildungen in sich aufzunehmen.

Als sie die wertvollen Gemälde sah, die die champagnerfarbenen Wände schmückten, entwich ihr ein begeisterter Ausruf. Sie waren allesamt von klobigen Goldrahmen ummantelt, handelten, wie die Miniaturen im Fußboden, von Nymphen, Sirenen, schönen Frauen, Liebe, Lust und Leid – jedes einzelne aus der Hand des Malers John William Waterhouse. Das Gemälde „Lady of Shalott" zog Anna mit besonders eindrucksvoller Kraft in seinen Bann. Es hatte etwas Verzweifeltes, aber auch Entschlossenes, Starkes und Bewundernswertes.

Sie folgte dem Butler zum Büro. Schon der erste flüchtige Blick in diesen Raum ließ sie staunen. So etwas hatte sie noch nie gesehen. Liebevoll gepflegte Antiquitäten, deren Oberflächen wie Spiegel glänzten, weiche bordeauxrote Teppiche, die jeden Schritt zu verschlingen schienen, eindrucksvolle Brokatvorhänge in ähnlichen Farbtönen, Skulpturen, Gemälde, Kissen, ein riesiger antiker Schreibtisch. Und ein Kamin, dessen Verzierungen allesamt aus weißem Stein geschnitten waren: zahlreiche Ornamente und, als besonderen Blickfang, zwei schlanke Nymphen, die an den Seiten hervorlugten und Körbchen mit Granatäpfeln in den Händen hielten. Ihre Augen waren aus Malachit, ihr Haar mit feinen Goldfäden durchzogen.

Ein Bogen führte in den hinteren Teil des Raumes, der mit einem Klavier, einem Ohrensessel und einem antiken Bücherregal ausgefüllt war. Bei dem Anblick der in Leder gebundenen dicken Wälzer machte Annas Herz einen freudigen Hüpfer. Sie liebte alte Bücher. Gerne hätte sie einen dieser dicken Wälzer in die Hände genommen, ihn ehrfurchtsvoll durchgeblättert.

Aaron Vanderberg, nach seinem Liebesspiel im Park wieder die Lässigkeit in Person, saß in einem riesigen Sessel, die Füße auf dem Schreibtisch, blätterte in einem Magazin und beobachtete Anna.

„Sind Sie hier, um meine Räumlichkeiten zu bestaunen oder wollten Sie zu mir?"

Sie zuckte leicht zusammen. Seine Stimme war wohlklingend, weich und dennoch hart. Sie hoffte, dass sie nicht allzu lange mit vor Staunen offenem Mund dagestanden hatte.

Anna war nicht leicht zu verunsichern, aber die Art, wie er da saß, die pure Verkörperung von Macht, berührte sie eigentümlich. Sein Blick war eindringlich, signalisierte ungebrochene Willensstärke, Selbstbeherrschung. Der Zug um seinen Mund stand im verwirrend konträren Kontrast dazu, denn um seine Mundwinkel zuckte es amüsiert.

Die Art, wie er das Magazin beiseite legte, sich dann wieder zurücklehnte, hatte etwas Zeremonielles, Edles, gleichzeitig Animalisches. Wie ein Raubtier auf der Lauer. Das außergewöhnliche Charisma dieses Mannes überrumpelte Anna. Seine Aura schien jede Faser ihres Körpers zu durchdringen. Sie hatte einen aalglatten Schönling ohne Profil erwartet. Hier aber saß ein Mann mit dem gewissen Etwas. Eine Tatsache, die auch ohne seine schöne Hülle für ausreichend Wirkung gesorgt hätte. Augen, in denen der Schalk tanzte, aber auch alles Wissen dieser Welt zu liegen schien. Der Blick seiner grauen Augen, umrahmt von einem Kranz seidiger schwarzer Wimpern, zog sie wie magisch an. Fein geschwungene Brauen, eine gerade schmale Nase und sinnlich weiche Lippen gesellten sich dazu, gaben ihm neben seinem Charisma eine äußere Attraktivität, die Frauen in den Bann zog. Seine Gesichtszüge waren markant, aber nicht hart.

Dieser Mann wusste, wo es langging. Das spürte Anna auf den ersten Blick.

Und sie spürte noch etwas ganz anderes.

Unwillkürlich stellte sie sich vor, wie seine Hand in langes Haar griff, den Kopf zu Boden drückte, und seine Stimme Gehorsam befahl ... wie seine Hand in IHR Haar griff.

Sie sah sich – nackt und auf allen vieren – gezwungen, das Gesicht in ein Kissen zu drücken. Eine starke Hand im Nacken, das Gesäß dargeboten, durch diese Haltung seinen Blicken gnadenlos freigegeben und schutzlos jedem seiner Zugriffe ausgeliefert.

Ihr wurde heiß. Er weckte, was sie tief in sich vergraben wollte.

Nur mit Mühe gelang es ihr, diese inneren Bilder zu unterdrücken. Sie bemühte sich um Haltung. „Guten Tag, Herr Vanderberg. Mein Name ist Anna Lindten. Ich ..."

Weiter kann sie nicht, denn er unterbrach sie mit einer kurzen Handbewegung, einem unmerklichen Nicken. „Ich weiß, wer Sie sind. Setzen Sie sich doch."

Sie nahm Platz, versank dabei in den Augen dieses Mannes.

Atemlos zwang sie sich an ihm vorbeizusehen. Nahm sein dichtes blondes Haar wahr, seine steingrauen Augen, in denen ein eigentümliches Funkeln lag – das gewisse Etwas. Er war groß, schlank, sexy, geheimnisvoll. Seine Ausstrahlung und sein Lächeln hauten sie im wahrsten Sinne des Wortes um.

„Ich hoffe, Sie hatten eine angenehme Fahrt." Er schenkte ihr, ganz Gentleman, ein Glas Wasser aus einem bauchigen Glaskelch ein und reichte es ihr.

Sie nickte, entzog sich dieser verdammten Anziehungskraft, indem sie den kleinen Rekorder, den sie zu solchen Anlässen immer bei sich hatte, aus ihrer Tasche nahm. „Es stört Sie doch nicht, wenn ich unser Gespräch aufzeichne?"

„Sie wollen mit mir plaudern?" Sein Ton hatte etwas Anzügliches. Das Wort „plaudern" betonte er, als würden sämtliche sündigen Ufer dieser Welt in diesen acht Buchstaben stecken. Seine Worte beinhalteten gleichzeitig aber auch eine gewisse Härte, waren fordernd.

Unruhe glomm in Anna auf. Wiederholt spürte sie, dass er etwas hatte, was ihre devoten Fantasien an die Oberfläche ihres Bewusstseins trieb. Sie hielt seinem Blick trotzig stand, auch wenn sie ihre Lider am liebsten gesenkt hätte.

Wo war ihre Selbstsicherheit? Ihre Abneigung?

Er lächelte kurz amüsiert, ganz so, als wisse er von ihrem inneren Tumult, dann zogen sich seine Lippen wieder zusammen. „Kann es sein, dass wir uns vorhin im Garten begegnet sind?" Sein sarkastischer und eindringlich abschätzender Blick brannte Löcher in ihre Selbstsicherheit. Ihre Souveränität bröckelte mehr und mehr.

„Im Garten? Mit Sicherheit nicht!" Ihre Stimme klang brüchig. Sonst ganz Profi, keimte erneut Unsicherheit in ihr auf. Massive Unsicherheit, die sie fast lähmte und ihr das Gefühl gab, nicht mehr Herrin der Lage zu sein.

Eine Kristallkaraffe mit Brandy stand zusammen mit zarten Schwenkern auf einem kleinen braunen Tisch in unmittelbarer Nähe. Sie war versucht hinüberzueilen, das elegante Gefäß zu packen, einen der kristallenen Schwenker zu füllen und das Glas bis auf den letzten Tropfen zu leeren.

„Ich hätte schwören können, Sie gesehen zu haben." Sein Ton klang anzüglich amüsiert. Seine Augen funkelten spöttisch.

Anna umging seine Anspielungen und legte das Abspielgerät auf dem Schreibtisch ab. „Können wir beginnen? Sie haben sicher mit dem Chefredakteur gesprochen, so dass Ihnen der Ablauf der Reportage geläufig sein dürfte."

Es klopfte, der Butler brachte ein Tablett mit einer Kanne und zwei Tassen, stellte sie auf den Tisch und verschwand lautlos.

„Sie trinken doch Kaffee?"

„Ja, gerne, mit Milch und ohne Zucker. Darf ich mit ein paar persönlichen Fragen beginnen?", nutze Anna die unverfängliche Atmosphäre, die durch das Auftauchen des Butlers entstanden war.

„Waren Sie im Garten oder nicht?"

Amüsiert registrierte Aaron ihren erschrocken-sprachlosen Blick.

Minutenlanges Schweigen füllte den Raum. Anna hatte das Gefühl, langsam aber sicher daran zu ersticken. Endlich brach er die Stille.

„Sonst sind Sie es, die distanzlose Fragen stellt, nicht wahr?" Seine Augen funkelten. „Drehen wir den Spieß doch einfach mal um."

„Ich ...", Anna blieben die Worte im Hals stecken. Sie machte sich innerlich auf die Suche nach ihren Gedanken, nach den passenden Worten, die sich wie von Geisterhand aus ihrem Kopf verabschiedet und eine klaffende Leere hinterlassen hatten.

Aaron musterte sie von oben bis unten. Ihr herzförmiges Gesicht, ihre Gestalt, die sanft rundlichen Hüften und ihr Outfit.

Sie trug einen cremefarbenen Leinenrock mit farblich passender Bluse. Anna war nicht besonders groß. Aaron schätzte sie auf 1,64 m. Im Vergleich zu den extravaganten Damen, mit denen er sonst zu tun hatte, wirkte sie blass. Ihre Augen jedoch und ihr glänzendes, rotbraunes Haar besaßen einen besonderen Charme. Außerdem hatte sie ganz ansehnliche Waden und Fesseln, wie er feststellen konnte, denn der Rock bedeckte zwar züchtig ihr Knie, ließ jedoch einen Teil ihrer Waden frei. Sein Blick begutachtete die italienischen Pumps, die sie trug.

Aaron Vanderberg war ein Mann, der großen Wert auf Optik legte. Schön musste eine Frau sein, elegant, schlank und sexy. Außerdem bequem und anschmiegsam. Sie durfte keine überflüssigen Fragen stellen, sollte vorzugsweise gut gelaunt sein und ihm seine Stunden versüßen, wenn ihm danach war.

Attribute, die Anna nicht in sich vereinte. Dennoch versprach die Durchführung seines Planes sinnlich-amüsant zu werden. In ihren Augen leuchtete eine Kraft, ein Leben, wie er es selten erlebt hatte. Und wie schon das Pressefoto angedeutet hatte, ging ein ganz besonderer Zauber von dieser Person aus, auch wenn sie weder über Idealmaße verfügte noch mithalten konnte, was die filigrane Eleganz seiner üblichen Gespielinnen betraf.

Er stand auf, schlenderte um den Schreibtisch herum. Selbst die Art, wie er ging, wirkte verführerisch. Presste Anna mit einer Macht in ihren Sitz, die sie umhaute.

Mit leichtem Unwillen musste sie sich eingestehen, dass seine Nähe ihr Herz zum Klopfen und ihr Blut zum Kochen brachte. Mochte sie seinen Lebensstil noch so sehr verachten, so änderte es doch nichts daran, dass sie seine dominante Ausstrahlung trotz aller Gegenwehr nicht ignorieren konnte. Seine schlanken Schenkel steckten in anthrazitfarbenen Jeans, das legere weiße Hemd betonte die wohlgeformten Schultern. Wie sinnlich seine Lippen wirkten. Sie waren außergewöhnlich gut geformt, willensstark, keinen Widerspruch duldend.

Seine Augen waren tief und unergründlich, aufregend animalisch und erotisch. In den Tiefen seiner Iris schwelte ein amüsierter Funke. Es war nicht leicht, seinem Blick zu entkommen, aber auch nicht leicht, ihm standzuhalten.

Er grinste spöttisch, was Anna aus ihrer perplexen Starre aufweckte. Sie atmete kurz ein, straffte die Schultern und versuchte sich aus dem Bann des Moments zu lösen. Am besten würde ihr das gelingen, wenn sie sich auf ihre eigentliche Abneigung gegen ihn konzentrierte, diese mobilisierte und zum Ausdruck brachte. Denn Angriff war ja bekannterweise die beste Verteidigung. Und sie musste sich verteidigen! Gegen den Aufruhr an Gefühlen, der in ihr tobte. Sie betete, dass ihr dies gelingen möge.

„Ich weiß nicht, was Sie bezwecken. Ich weiß allerdings, dass ich nicht gewillt bin, auf Ihr unverschämtes Geplänkel einzugehen."

„So?" Er hob eine Augenbraue.

Anna versuchte das Ziehen in ihrer Magengegend zu ignorieren, was ihr nicht ganz gelang. Sie benetzte ihre trockenen Lippen, ihre Lider flatterten.

„Je eher wir das Interview beginnen, umso schneller haben wir es hinter uns, was sicherlich ganz in Ihrem Interesse liegen dürfte." Höflich, aber distanziert lächelte sie ihn an. Sie musste dieses verdammte Interview hinter sich bringen.

„Immer ganz Herrin der Lage, nicht wahr?" Ein sarkastischer Zug lag um seinen Mund.

„Zumindest nach außen hin."

Er ließ sie nicht aus den Augen, näherte sich ihr. Blitzschnell griff er nach ihrem Arm, zog sie zu sich hoch.

Mit beiden Fäusten stemmte sie sich gegen seine Brust. „Lassen Sie mich los, Sie Gigolo."

Aaron lachte amüsiert auf. „Bisher hat sich noch keine Frau beschwert."

Er hob eine Augenbraue. „Wie wäre es, wenn wir das überflüssige Geplänkel lassen und sofort zum Hauptteil übergehen?" Sein Ton ließ keinen Zweifel daran, was er mit ‚Hauptteil' meinte.

„Wenn Sie mich nicht auf der Stelle loslassen, schreie ich um Hilfe. Das wäre doch ein gefundenes Fressen für die Medien, oder?!", spie sie ihm mit vor Gift triefender Stimme entgegen.

„Ich bekomme fürchterliche Angst, wenn du so etwas sagst." Sein Sarkasmus war nicht zu überhören. „Du bekommst dein Interview. Morgen!"

Sie befreite sich aus seinem Griff. „Morgen? Und wer gibt mir die Gewissheit, dass Sie mich dann nicht genauso hinhalten? Der Weg zu Ihnen ist kein Katzensprung. Und ich habe Besseres zu tun, als durch die Weltgeschichte zu kutschieren, um mir eine weitere Abfuhr zu holen."

„Nicht so pessimistisch, Anna. Wer sagt denn, dass ich dir eine Abfuhr geben werde? Morgen ist ein perfekter Tag für Interviews." Er lachte leise. „Meine Bedingung: Du besuchst wie geplant den Mohnball und wirst anschließend als mein Gast eines meiner Gästezimmer beziehen. Morgen sehen wir dann weiter."

„Ich denke nicht daran!"

„Okay. Dann wird es kein Interview geben."

Sein Blick legte sich auf ihre Brüste, schien mental jedes Stückchen Stoff, das sie verhüllte, zu entfernen.

„Trägst du eigentlich einen Büstenhalter? Ich hätte nichts dagegen, eigenhändig nachzusehen und dieses überflüssige Etwas von deinem Körper zu reißen." Seine Stimme war die pure Verheißung, ein lüsternes Flüstern gepaart mit einer ordentlichen Portion Amüsement.

Anna wurde es heiß und kalt zugleich. Sie ärgerte sich über ihren verräterischen Körper, der auf seine Worte ebenso nachgiebig reagierte wie auf seine bloße Anwesenheit. Alle verbliebenen geistigen Reserven mobilisierend, schnappte sie empört nach Luft.

„Auch wenn Ihre Strichliste zum Thema ‚weibliche Eroberungen' unendlich lang sein mag, bedeutet es noch lange nicht, dass Sie jede Frau um den Finger wickeln können. Ich zumindest denke nicht im Traum daran, auch nur eine Minute länger als nötig in Ihrer Gegenwart zu verbringen." Nun kam Anna in Fahrt. „ Ich habe eine Abneigung gegen Männer, die bei jeder nur erdenklichen Gelegenheit nichts als sexistischen Müll von sich geben."

„So so, unsere Anna zeigt ihre Krallen."

„Für Sie immer noch Frau Lindten."

Er musterte sie ausgiebig vom Kopf bis zu den Füßen, ließ den Blick lasziv über ihren Oberkörper gleiten, strich dabei mit Daumen und Zeigefinger über sein markantes Kinn. „Anna gefällt mir besser."

Aaron versetzte seine Stimme in ein gekonntes Flüstern, das ihren Sinnen schmeichelte. Er war ihr eindeutig zu nahe. „Du bist also immun gegen meinen Charme. Ist es das, was du mit deinen Worten andeuten wolltest?"

Er machte es ihr nicht einfach.

„Ich wollte gar nichts andeuten. Und nun entschuldigen Sie mich bitte. Da Sie dem eigentlichen Grund meiner Anwesenheit kein Interesse mehr zollen, möchte ich meine Zeit nicht länger verschwenden."

Unter Aufbietung sämtlicher Kraftreserven hob sie den Kopf, warf ihm ein gespielt süßes Lächeln zu, schob ihn beiseite wie ein lästiges Möbelstück und stolzierte an ihm vorbei in Richtung Tür.

Doch Aaron war schneller. Blitzschnell schoss seine Hand hervor, packte sie am Handgelenk und zog sie zurück.

Seine überwältigende Nähe hing greifbar im Raum, raubte ihr den Atem, ließ sie erschauern. Allein seine Anwesenheit erhitzte sie und trieb ein quälendes Prickeln in ihren Schoß. Wie ein Raubtier stand er sprungbereit hinter ihr.

Sein Atem kitzelte ihren Nacken, ein eigentümliches Flattern füllte ihren Magen und schließlich den gesamten Körper aus.

Er stand dicht hinter ihr. Die gefühlte Dominanz jagte tausend kleine Schauer über ihren Rücken. Eine alles verschlingende Sehnsucht ließ sie erzittern.

„Du wirst lernen, mir ohne Widerspruch zu gehorchen", zerriss seine Stimme die bis dahin unüberbrückbare Stille. Dann packte er in mein Haar und zwang mich mit festem Griff zu Boden ...

Zeilen aus Ellas Tagebuch suchten sie heim. Und der irrsinnige Wunsch, Aaron möge sie packen und ...

Weiter wagte sie nicht zu denken.

Eine immense Unruhe erfasste sie, Unruhe, gepaart mit Sehnsucht und Lust, aber auch Erschrecken. Und genau Letzteres mahnte sie, auf den Boden der Tatsachen zurückzukehren.

Als Aarons Hände sich auf ihre Schultern legten, schloss sie für einen Moment die Augen. Ihre Nervosität wuchs. Sie schwankte zwischen dem Wunsch, sich an ihn zu lehnen und sich von ihm loszureißen.

Anna fühlte sich wehrlos. Ihr Körper und auch ihr Herz waren in großer Gefahr. Sie machte sich los, schob sich erneut in Richtung Tür an ihm vorbei. Doch seine starke Hand hielt sie auch diesmal zurück.

Ein spitzbübisches Lächeln umspielte Aarons Mund. „Wohin so eilig, kleine Lady? Ich glaube, wir müssen da noch etwas zu Ende bringen." Und schon zog er sie wieder in seine Arme. Ihr Widerstand erlahmte, schmolz davon.

Das charmant-verführerische Lächeln, das er ihr zuwarf, ließ ihren Atem stocken.

Sie begann vor Aufregung und Nervosität zu beben.

Er streichelte ihre Wange, ihren Hals. Seine Finger glitten ihre Wirbelsäule hinab.

Sie war machtlos ... genoss das Spiel seiner Hände, wie sie langsam und sinnlich über ihren Körper strichen, über ihr Gesicht, ihren Nacken, die Schultern. Die Brüste sparte er aus, obwohl sie sich ihm gierig entgegendrängten.

Sein erregendes Charisma floss in jeden ihrer Sinne, in ihren gesamten Körper ein. Das Prickeln in Annas Bauch verlagerte sich in ihren Schoß. Sie tauchte in ein Meer aus blinkenden Sternen ein und hatte Mühe, sich auf den Beinen zu halten. Ihr Körper fühlte sich heiß und geschwollen an von der Erwartung seiner Berührungen.

Sie spürte das leise Streicheln seiner Finger auf ihrer Unterlippe, federleicht folgten seine Lippen dieser Spur.

„Nun, Anna? Immer noch zur Flucht bereit?"

Sie kam in die Wirklichkeit zurück, empfand nichts als elende Leere und Kälte, jetzt, wo er sich von ihr gelöst hatte.

Sie ersehnte eine Fortsetzung. Seinen Kuss. Fordernde Hände, die jeden Winkel von ihr erforschten. Anna erbebte.

„Ich warte!" Seine Stimme beamte sie in die Wirklichkeit zurück. Sie zwang sich dazu, ruhiger zu atmen, straffte die Schultern und nahm seine Worte nur zur Hälfte wahr. Die Fragezeichen in ihrem Gesicht waren nicht zu übersehen.

Sein Gesicht war ausdruckslos, als er ihr auf die Sprünge half. „Willst du immer noch fliehen? Oder willst du das Interview? Wohlgemerkt – zu meinen Bedingungen! Entscheide jetzt! Oder ich entscheide gegen ein Interview."

Sie wollte dieses Interview, wollte über den Mohnball berichten. Unbedingt.

Doch war es wirklich nur das? Nein. Es war viel mehr …

„Also gut. Ich nehme Ihre Bedingungen an." Die Worte quollen zwischen ihren Lippen hervor, bevor sie ihre Gedanken zu Ende geführt hatte. Sie hielt den Atem an.

„Wusste ich doch, dass du mir nicht widerstehen kannst." Er lachte spöttisch auf.

Anna spürte Zorn in sich aufsteigen, als sie bemerkte, mit welcher Arroganz er von oben auf sie hinabblickte. Gleichzeitig hätte sie sich am liebsten in seine Arme geworfen. Ein unverschämtes Grinsen lag in seinen Mundwinkeln, als sich sein Blick schamlos auf ihre Brüste legte. „Vielleicht werde ich ja bei Gelegenheit doch noch erfahren, ob du einen Büstenhalter trägst." Leicht, ganz leicht legte sich sein Zeigefinger auf ihr Schlüsselbein, schob sich abwärts und umfuhr die Konturen ihrer Brust, ohne sie dabei zu berühren.

Sie zitterte. Er hatte etwas an sich, das sie verwirrte, anzog, abstieß, gleichzeitig so sehr faszinierte, dass sie am liebsten für alle Ewigkeit dort stehen geblieben wäre. Es schien fast so, als würde er tief in ihrem Inneren etwas berühren und dabei einen schlafenden Teil von ihr zum Leben erwecken. Ihre konträren Emotionen kämpften miteinander. Pro und Contra! Der eine Teil von ihr wollte ihn mit Haut und Haar. Der andere jedoch mochte diese unmögliche Aufschneiderei ganz und gar nicht. Letzterer malte sich aus, wie sie sich auf diesen Macho stürzen, ihm die Finger um den Hals legen und langsam, ganz langsam zudrücken würde, damit dieses vorlaute Mundwerk endlich still stand, und sein Blick keine Löcher mehr in ihre Haut brannte. Sie zwang sich zu einem unverbindlichen Lächeln. „Ich wäre Ihnen sehr verbunden, wenn Sie mir nun mein Zimmer zeigen würden. Oder haben Hoheit dafür ein paar Knechte, die auf Kommando bei Fuß stehen?"

„Nur nicht frech werden, Gnädigste! Sonst lege ich dich eigenhändig übers Knie und versohle deinen Allerwertesten, bis du zahm bist und schnurrst wie ein Kätzchen." Funkelnde Augen, die versprachen, dass er durchaus dazu in der Lage war, diese Drohung wahr werden zu lassen.

Diese Drohung ließ sie nicht kalt. Im Gegenteil! Das Blut schoss ihr in die Wangen, in ihrem Magen war der Teufel los. Allein die Vorstellung, er würde seine Worte wahr werden lassen, bewirkte ein verräterisches Kribbeln zwischen ihren Beinen. Nach außen hin gelassen, innerlich jedoch aufgewühlt und brodelnd wie ein Vulkan, ließ sie sich schließlich von dem herbei geläuteten Butler zu ihrem Zimmer führen.

Aarons Pupillen verengten sich, als er ihr nachblickte.

Eine merkwürdige Person! Aber erfrischend anders.

Kapitel Fünf

Erst im Gästezimmer wurde es Anna bewusst, dass sie weder Wäsche zum Wechseln noch etwas für die Nacht dabei hatte. Ärgerlich über sich selbst stemmte sie die Hände in die Hüften. Worauf hatte sie sich hier bloß eingelassen?

Mit geschultem Blick begann sie das Zimmer zu inspizieren. Der Raum wirkte majestätisch mit seinen kunstvollen Stuckdecken. In der Mitte stand ein großes Bett mit einem Baldachin und durchsichtig weißen Vorhängen. Auf der Seite zum Balkon lud eine in vielen Rottönen bezogene Garnitur zum Sitzen ein. An der Wand gegenüber stand ein großer Schrank und in der Ecke daneben ein Sekretär aus dunklem Holz. Das angrenzende Badezimmer entlockte Anna einen Freudenschrei. Eine großzügige Räumlichkeit mit einem kleinen Erker lag vor ihr. Ein angenehmer Duft schwebte in der Luft. Burgunderrote Handtücher, die mit champagnerfarbener Spitze gesäumt waren, lagen zu beiden Seiten des großen Waschbeckens, dessen weißer Wasserhahn wie eine Seejungfrau geformt war. Auch hier war das Bodenmosaik mit hübschen Miniatur-Abbildungen von Waterhouse bestückt.

Eine große, in den Boden eingelassene weinrote Badewanne, von Palmen und Regalen mit flauschig roten Badetüchern umgeben, lockte zu einem erfrischenden Bad.

Das Badezimmer war ein Schmuckstück und stand dem, was sie bisher von diesem Anwesen gesehen hatte, in nichts nach.

Sie öffnete den schmalen, filigranen Hochschrank, dessen Türen mit kleinen Scheiben versehen waren und riss die Augen auf.

Zarte Damenwäsche, flauschige Hausschuhe, Negligés, noch in Folie verpackte Zahnbürsten, Zahnpasta, Cremetiegel, Shampoo und alles, was eine Frau im Bad so benötigt, war reichlich vorhanden und lag in den Fächern geordnet vor ihr.

Dieser Mann war auf spontanen Damenbesuch eingestellt, auf alles vorbereitet.

Egal, sie würde das Beste aus dieser Situation machen. Die Leser ihrer Kolumne würden sich freuen, wenn sie in ihrer gewohnt sarkastischen Manier Details über diesen Casanova und sein Umfeld zu Papier brachte. Sie nahm sich vor, in den kommenden Stunden jedes Detail in sich aufzusaugen und sich bei Gelegenheit auf dem Anwesen umzusehen, das nicht von dieser Welt zu sein schien.

Der riesige Raum war rauchgeschwängert. Orientierungslos irrte Anna mit zitternden Knien und pochendem Herzen durch das Halbdunkel.

Wohltuende Düfte reizten ihre Sinne, lullten sie mehr und mehr ein.

Ein leichter Schwindel erfasste sie.

Luft – sie brauchte unbedingt Luft. Frischen Sauerstoff, den sie in ihre Lungen pumpen konnte, um wieder zu sich zu kommen und klar im Kopf zu werden. Wer war dieser Mann? Dieser unheimliche Fremde, der irgendwo im Dunkeln lauerte und nur darauf zu warten schien, sie in seine Fänge zu bekommen?

Anna keuchte.

Sie musste fliehen, bevor es zu spät war. Schnell rannte sie von Tür zu Tür, zerrte voller Panik und Angst an den Klinken, musste aber feststellen, dass sie verschlossen waren. Schweißperlen traten auf ihre Stirn, es gab kein Entkommen.

Plötzlich wurde sie von hinten gepackt. Starke Arme hoben sie empor und trugen sie in eine Ecke zu einem Altar, der von einer Vielzahl an Kerzen umrahmt war. Das flackernde Kerzenlicht warf zuckende Blitze an die Wand. Anna bebte, als der Fremde sie auf dem Altar ablegte und seinen Daumen langsam über ihre Wangen tanzen ließ.

Sein Gesicht lag im Halbdunkel, aber hier und da wurde es vom flackernden Kerzenlicht erhellt, so dass sie erkennen konnte, dass er eine Maske um die Augen trug, die jedoch nicht seinen lodernden Blick verbarg. Er war attraktiv, wahnsinnig attraktiv.

Ein dämonisches Grinsen umspielte den Mund des Mannes, dann verzerrte sich sein Gesicht zu einer Fratze, und er rief: „Das wirst du mir sühnen, meine Schöne. Du wirst Buße tun, weil du es gewagt hast, mir all diese Fragen zu stellen!"

Anna war außerstande, sich zu rühren. Brennende Angst lähmte jeden Muskel in ihrem Körper, und ihr Herz schlug Angstpurzelbäume, als sie dem Echo seiner Worte lauschte, das schaurig in den Winkeln des Raumes nachhallte.

Eine Hand legte sich um ihre Kehle.

Seine Hand.

Sie drückte leicht zu, dann lockerte sie ihren Griff, und urplötzlich spürte Anna die Lippen des Fremden auf den ihren.

Harte, fordernde Lippen, die ganz genau wussten, was sie wollten.

Sie lockten, spielten und liebkosten, bekamen Gesellschaft von seiner Zunge, die das sinnliche Treiben versüßte, ihre Lippen zu teilen begann, um schließlich genüsslich in ihren Mund einzutauchen. Spielerisch, energisch und bitter-süß.

Anna bebte.

Ihre Furcht schwand und machte einer Begierde Platz, die ihren Körper unter Strom setzte.

Tausende von Ameisen schienen in ihrem Bauch zu krabbeln, während ihre Sinne nur noch auf diesen verführerischen Unbekannten ausgerichtet waren – bereit, sich ihm voll und ganz hinzugeben.

Voller Leidenschaft erwiderte sie seinen Kuss, schlang ihre Arme um seinen Nacken und seufzte wohlig auf. Als er sie jedoch urplötzlich von sich stieß, sich die Maske vom Gesicht riss und böse zu lachen begann, erschrak Anna.

Die Kerzen begannen wild zu flackern und erhellten seine Augen, in denen ein wildes Feuer glomm. Ein Feuer des Wahnsinns.

Und dann erkannte sie, wen sie vor sich hatte. Instinktiv wich sie vor ihm zurück, hielt sich mit beiden Händen die Ohren zu, doch sein grausiges Lachen war erbarmungslos und drang immer intensiver zu ihr durch.

Als seine Hände vorschnellten, um sie zu packen, stieß sie einen gellenden Schrei aus. Ein Schrei, der ihre Körperzellen zum Vibrieren brachte und ihr schließlich eine gnädige Dunkelheit schenkte – verursacht durch Sauerstoffmangel und eine nahende Ohnmacht ...

Anna erwachte und schnellte hoch. Sie war schweißnass, ihr Herz raste. Erschrocken blickte sie sich um und ließ sich, nachdem sie sich orientiert hatte, seufzend zurück ins Kissen sinken.

Ein Traum, alles nur ein Traum.

Der Blick auf die antike Uhr, die über der Tür hing, ließ sie erschrocken hochfahren. Ganze drei Stunden hatte sie geschlafen, dabei hatte sie sich nur für ein paar Minuten auf das einladende Bett legen wollen.

Es klopfte an der Tür. Immer noch benommen erhob sie sich, strich ihr Kleid glatt und griff prüfend in ihr Haar, bevor sie leise „Ja, bitte?", rief.

Eine junge Frau schob sich mit beladenen Armen durch den Türrahmen. Sie war hübsch. Die üppigen hellblonden Haare, die cremeweiße Haut, der rosige Mund mit der vollen Unterlippe. Ihre Augen waren groß, blau und wunderschön. Sie sah aus wie ein Engel, hatte ein freundliches, offenes Gesicht und ein gewinnendes Lächeln.

„Hallo", rief sie fröhlich. „Ich bringe Ihnen das Kleid für den Mohnball."

„Welches Kleid?"

Die Frau ließ sich von Annas abwehrender Haltung nicht abschrecken. Sie legte ihr Mitbringsel über das Bett und zwinkerte ihr zu. „Wer zum Mohnball kommt, muss verkleidet sein. Ohne Kostümierung gibt es keinen Zutritt. Nun blicken Sie doch nicht so finster drein. Schauen Sie sich das Kleid an, und Sie werden entzückt sein." Mit diesen Worten begann sie das Kleid aus dem Karton zu schälen. Eine venezianische Maske in schwarz-gold, reich verziert mit edlen Spitzen und Borten, glitzerndem Strass, Perlen, Zierstäben und Ornamenten lag dem Kleid bei.

Das Kleid war im italienischen Stil gearbeitet. Die Mokka- und Goldtöne harmonierten wunderbar miteinander, und obwohl das Kleid über einen enormen Ausschnitt verfügte, so wirkte es doch edel und kein bisschen verrucht. Das Oberteil war eng geschnitten, der Rock etwas ausgestellt und mit glitzernden Perlen besetzt. Die kostbare Seide glänzte matt. Champagnerfarbene Spitzensäume schmückten Ausschnitt, Taille und Ärmel. Das Kleid war ein Traum, und so sehr Anna sich auch bemühte, es scheußlich zu finden, so gelang es ihr aber nicht, einen Ruf des Entzückens zu unterdrücken.

„Sehen Sie! Habe ich Ihnen zu viel versprochen? Sie werden sich darin in eine venezianische Adelige aus längst vergangenen Zeiten verwandeln. Und ich bin sicher, dass Sie sich darin wohl fühlen werden. Ich bin übrigens Franziska." Sie streckte Anna die Hand zur Begrüßung hin. „Wie lange werden Sie bleiben?"

„Bis morgen Mittag – nach dem Interview. Ich komme von der Presse und werde über den Mohnball berichten."

„Wenn Sie morgen überhaupt noch weg wollen." Franziska lächelte wissend. „Alle Frauen, die hierher kommen, bekommen nicht genug; bleiben zumindest über das Wochenende."

„Und wie lange bleiben Sie?"

„Oh, ich wohne und arbeite hier. Ich kümmere mich um die Bibliothek und die Buchhaltung … bewohne eine hübsche Suite im Westflügel. Während der Urlaubszeit vertrete ich außerdem Yvette, die sich um das Wohl der Gäste kümmert." Sie lächelte. „So, nun muss ich weiter. Wir sehen uns heute Abend." Sie zog die Tür hinter sich zu, dabei eine Wolke Maiglöckchenduft verströmend.

Als Anna kurze Zeit später auf dem Bett saß, war sie noch immer fassungslos. In dieser Robe sollte sie also heute Abend am alljährlichen Mohnball des größten Playboys weit und breit teilnehmen. Der Ball eines Gigolos, der nur allzu gerne Damen beherbergte und in keiner Weise ein Blatt vor den Mund nahm; der sich einen Spaß daraus machte, sie in prekäre Stimmungen zu versetzen. Der genug Potenzial besaß, um sündige Gedanken zu wecken – auch in ihr.

Anna schüttelte den Kopf. Sie musste dagegen ankämpfen. Unbedingt. Dass dieser Job sie einiges an Energie kosten würde, war ihr von Anfang an bewusst gewesen. Dass in seiner Gegenwart allerdings alles in ihr in Aufruhr geraten würde, damit hatte sie nicht gerechnet.

Welche fremdartige Welt tat sich da vor ihr auf?

Würde nicht der Karton mit dem in Samt eingeschlagenen Kleid neben ihr liegen, käme ihr das alles wie ein verwegener Traum vor. Sie berührte den edlen Stoff des Kleides, die dichte, etwas unregelmäßige Seide. Was für ein exquisites Material! Es raschelte sicherlich, wenn man sich darin bewegte.

Fiebrige Ausgelassenheit machte sich in ihr breit. Hatte das Kleid einen Zauber über sie geworfen, der sie trunken machte, sie eisern gefangen hielt?

Anna fühlte sich leicht und unbeschwert, vom Schicksal begünstigt. Und fast wie beschwipst bei der Aussicht, Aaron bald wiederzusehen. Der Gedanke an den bevorstehenden Abend versetzte sie in Hochstimmung.

Lächelnd schüttelte sie den Kopf. Hätte ihr jemand heute Morgen prophezeit, sie würde einem Zusammentreffen mit ihm förmlich entgegenfiebern, sie hätte denjenigen für verrückt erklärt.

Diese irrsinnige Vorfreude raubte ihr fast den Atem. Sie umhüllte sie wie ein verführerischer Traum, lud sie ein, innerlich loszulassen, den Augenblick und den bevorstehenden Abend zu genießen. Sie schloss für einen Moment die Augen, rief sich Aarons Bild ins Gedächtnis und atmete einmal tief. Wieso nicht? Was sollte sie davon abhalten, den Abend zu genießen? Von dem köstlichen Charisma zu kosten, das Aaron Vanderberg umgab? Und morgen, nach dem Interview, wieder zur Tagesordnung überzugehen? Etwas Gelassenheit und Ausgelassenheit konnte dem Interview nur zugute kommen. Und ihr auch!

Innerlich angefüllt mit übersprudelnder Entschlossenheit beschloss sie, das Kleid anzuprobieren.

Sie legte ihren Rock und ihre Bluse ab und wollte gerade zu der leise raschelnden Robe greifen, da klopfte es erneut an der Tür.

Sie schaffte es gerade noch, sich das Ballkleid vor den Körper zu pressen, da flog auch schon die Tür auf.

Ihre gerade noch so ausgelassene Stimmung kippte um in eine Mischung aus Erschrecken, freudigem Kribbeln und Unsicherheit, als sie den Eindringling sah. Anna warf ihrem Gegenüber strategisch vernichtende Blicke zu, wünschte sich aber gleichzeitig, er möge ihr das Kleid aus der Hand und sie in seine Arme reißen, um mit ihr dann zu machen, was er wollte!

Verflixt, dieser Mann raubte ihr den Verstand. Ausgerechnet er!

Wie sollte sie dagegen ankommen?

Und überhaupt – wollte sie das überhaupt – dagegen ankämpfen?

Er legte sich frech aufs Bett, verschränkte die Arme hinter dem Kopf, ließ sie keine Sekunde aus den Augen und grinste sie breit an. „Na, mein Schatz. Gefällt dir das Kleid?"

Einen Moment lang stockte ihr der Atem. Sprachlosigkeit war das Einzige, was sie ihm in diesem Moment entgegenbringen konnte. Sprachlosigkeit gepaart mit seltsamer Erregung.

„Keine Angst. Ich habe schon leicht bekleidete Frauen gesehen." Unverhohlenes Lachen war seiner Stimme zu entnehmen. Machte er sich etwa über sie lustig?

Scheißkerl!

Aaron spürte ihren aufkeimenden Ärger und schmunzelte. Die Zähmung einer Widerspenstigen war eine ganz neue Erfahrung für ihn, dem die Frauen normalerweise reihenweise zu Füßen lagen.

Annas Augen blitzten. „Etwas anderes hätte ich Ihnen auch nicht abgekauft. Aber das ist mir egal. Mich jedenfalls werden Sie so nicht zu sehen bekommen." Sie drapierte das Ballkleid noch fester um ihren Körper. „Was wollen Sie?"

„Ich war neugierig, wie dir das Kleid gefällt. Aber wenn du es genau wissen willst: Ich will dich; deine Lust und deine Gier."

Ihr Atem stockte. Nervös machte sie einen Schritt zurück. Sie hasste es, sich so unsicher zu fühlen, so sprachlos und kopflos, und ohne zu wissen, was ihr Gegenüber bezweckte und was als Nächstes kam. Hätte er sie in seine Arme gerissen und sie auf sinnlichem Wege wehrlos gemacht, damit hätte sie umgehen können. Sie hätte es wie süßen Honig und köstlichen Champagner genossen. So aber sah sie sich mit diesen eindeutigen Worten konfrontiert, ohne zu wissen, was er wirklich von ihr wollte.

Verflucht. Wieso hatte dieser Kerl eine derartige Macht über sie? Und wie kam sie aus dieser Situation heraus, in der sie sich so hilflos fühlte wie ein Kaninchen vor der Schlange? Sie tat das, was sie am besten konnte: Angreifen.

„Was fällt Ihnen ein, so mit mir zu reden, Sie …"

Weiter kam sie nicht, denn Aaron unterbrach sie mit einem frechen Grinsen. „Dein Kleid! Es rutscht." Ungeniert musterte er ihre Brüste. „Wie ich sehe, trägst du tatsächlich einen Büstenhalter. Wusste ich doch, dass ich darauf irgendwann eine Antwort bekommen würde."

Hastig zog sie das Kleid bis zum Kinn hoch. Ihre Augen blitzten feurig.

„Denken Sie bloß nicht, dass ich die gleiche seltsame Art von Humor besitze wie Sie."

Ihre Wangen waren von einer zarten Röte überzogen.

Ihr Haar umkräuselte das erhitze Gesicht, und neben ihrem Mund tanzte ein Grübchen.

Amüsiert starrte Aaron sie an. „Vorder- oder Rückenverschluss?" Er lachte unverschämt, und Annas Wut wuchs. Wieder trug er dieses ironisch-süffisante Grinsen zur Schau. Eine Tatsache, die ihr Temperament nicht gerade gnädig stimmte. Ihr Blut kochte. „Ist Ihrem Schädel eigentlich auch noch was anderes zu entnehmen als anzügliche Bemerkungen?"

Seine grauen Augen blitzten. Sie durchbohrten Anna bis auf den Grund ihrer Seele. „Es müsste eigentlich eine große Herausforderung für einen journalistischen Spürhund wie dich sein, das herauszufinden, oder nicht?"

Er stand auf, näherte sich, ging so nah an ihr vorbei, dass er sie mit seinem Arm fast berührte.

Diese Beinahe-Berührung jagte einen Schauer durch ihren Körper. Sie kämpfte mühsam gegen die Empfindungen an, die er in ihr auslöste.

„Da könnte ich genauso gut nach der berühmten Stecknadel im Heuhaufen suchen. Finden würde ich in beiden Fällen nichts."

Aaron lachte laut auf.

Ihre Schlagfertigkeit amüsierte ihn, interessierte ihn, forderte ihn heraus und machte seinen Plan zu einer besonders delikaten Angelegenheit.

„Ich habe eine Schwäche für Frauen, die ihre Krallen zeigen."

„Und ich habe eine Schwäche für Aufschneider. Sie sind so schön berechenbar, denn alles, was sie von sich geben ist heiße Luft. Praktisch im Winter, denn das spart Heizkosten. Ansonsten überflüssig wie ein Kropf."

„Gut gebrüllt, Anna. Ich gebe dir jedoch den Tipp, dir noch ein wenig Energie für heute Abend aufzusparen. Es wird eine lange Nacht werden." Er kam näher, ganz nah. Küsste ihren Hals, führte seine Lippen über ihr Schlüsselbein, wandte sich ab, ein letztes Zwinkern, dann war er weg.

Zurück blieben eine Portion Fassungslosigkeit, aber auch eine gewisse Leere, die Anna nicht zu definieren wagte.

Kapitel Sechs

Fackeln leuchteten den Ankömmlingen im Innenhof den Weg. Unzählige Mohnblumen in weißen Steinamphoren schmückten jeden einzelnen Winkel. Teil einer großen Inszenierung – des alljährlichen Mohnballs.

Trotz des Andrangs gelangte Anna recht schnell ins Innere des Ballsaales.

Atemlosigkeit begleitete sie. Neugier und ein sehnendes Gefühl, das sie nicht zu verdrängen vermochte.

Der Anblick, der sich ihr bot, war überwältigend. Auf einer kleinen Bühne spielte ein Streichquartett klassische Musik. Auch hier liebevoll und edel arrangierte Mohnblumen, wohin man blickte. Vor ihr breitete sich ein Bild aus wie aus Tausendundeiner Nacht. Riesige Sitzkissen, reich verzierte Diwane, Wasserpfeifen, Samt und Seide. Dazwischen fantasievoll verkleidete und maskierte Männer und Frauen. Sie standen in kleinen Gruppen beieinander, füllten die Tanzfläche oder saßen gemütlich beieinander und nippten an ihren Cocktailkelchen. Tempeltänzerinnen, Gladiatoren, Piraten, Blumenmädchen, Freifrauen, Hexen, Frauen in Barockkleidern, Edelmänner, Sultane, Sklavinnen, Männer und Frauen in Lack und Leder – die Palette an Kostümierungen bot alles, was man sich nur vorstellen konnte. Die imposanten Deckenleuchter strahlten, Spiegel an den Wänden warfen das Licht tausendfach zurück in den Raum, wo es sich wie ein Schleier auf die Atmosphäre legte. Anna atmete tief ein, lächelte.

Was für ein prachtvolles Ambiente!

Die Luft war mit anregenden Düften gefüllt, die ihr sofort verführerisch ins Blut schossen und das Bild, das sich ihr bot, köstlich untermalten.

Sie ließ ihre Blicke schweifen. Es war schier unmöglich, sich dieser Stimmung zu entziehen. Alle waren ausgelassen, nichts war so, wie es einmal gewesen war.

Das Herz des Ballsaales, die Tanzfläche, war vollgestopft mit tanzhungrigen Gästen. Rings um die Tanzfläche herum gab es zahlreiche Möglichkeiten sich niederzulassen und dem bunten Treiben zuzuschauen.

Entlang einer Wand war ein einladendes, sehr reichhaltiges Büfett mit allerlei Köstlichkeiten arrangiert, Männer im vornehmen Frack verteilten Getränke.

Kaum hatte Anna sich umgesehen, wurde ihr schon ein Glas Champagner in die Hand gedrückt. Sie nahm einen großen Schluck und merkte kurz darauf, wie eine wohlige Wärme ihren Körper durchströmte. Gierig trank sie das Glas leer. Das prickelnde Getränk war ein wunderbarer Begleiter für ihre aufgepeitschten Sinne, berauschte sie, und schob sie noch ein Stückchen weiter in ihre innerliche Ausgelassenheit, die alsbald ihr gesamtes Bewusstsein ausfüllte. Sie freute sich über die vielen verkleideten Menschen, die voller Lebenslust tanzten und feierten. Ihre Blicke kreisten über jeden Winkel des geschmückten Festsaals. Knisternde Erotik war zu spüren an diesem Abend, der sie mehr und mehr zu fesseln begann.

Im linken Ausläufer des Ballsaales, einem geräumigen Erker, der wie ein offenes Separée mit durchsichtigen Seidenvorhängen vom übrigen Saal abgegrenzt war, entdeckte sie kunstvoll verzierte Diwane, Kissenlager und Liegestätten, auf denen sich Männer und Frauen in orientalischen Kleidern und mit prachtvollen Masken in eindeutigen Posen rekelten. Die Atmosphäre schien vor Erotik und Leidenschaft zu glühen. Anna hatte das Gefühl, dass sich alle Anwesenden einem gewissen Taumel hingaben, ganz so, als gäbe es kein Morgen. Dieser Taumel schwappte auf sie über, nahm sie gefangen und ließ sie für den Moment nur allzu gern vergessen, weshalb sie eigentlich hier war.

Aus einer Ecke heraus beobachtete sie das Treiben der Leute. Neugierig, lustvoll, angefüllt mit einem Feuerwerk der Gefühle.

Während sie sich umsah, wurde ihr Blick wie ein Magnet von einer hochgewachsenen schönen Frau angezogen. Sie trug ein freizügiges weißes Kleid aus Seide, das mit zarten Goldfäden durchzogen war. Das schwarze Haar fiel schwer über ihre Schultern bis hin zu ihrer vollen, schneeweißen Brust, die fast aus dem tiefen Ausschnitt zu fallen schien. Das Oberteil war eng geschnürt, der schimmernde Stoff mit Spitzen versehen. Sie trug rote Lackstiefel und ein Schultertuch aus weißer Spitze. Als sie nach einem Glas Champagner griff, rutschte ihr das Tuch von den sanft geschwungenen Schultern. Fasziniert folgte Annas Blick dem abwärts gleitenden Tuch. Diese Frau, die wie eine Göttin anmutete, hatte eine faszinierend weibliche und grazile Art in ihren Bewegungen.

Je länger Anna sie beobachtete, umso unscheinbarer, kleiner und unbedeutender fühlte sie sich. Daran konnten auch das ungewohnt prachtvolle Kleid und ihre fülligen Haare nichts ändern, die ihr seidig glänzend über die Schultern fielen und ihr Gesicht apart umrahmten.

Plötzlich verspürte Anna ein leichtes Kribbeln im Nacken und auf den Schultern. Dieses Gefühl überkam sie jedes Mal, wenn in ihrer Nähe jemand stand, der sie fixierte.

Sie schaute sich um, sah aber nichts als lachende und sich angeregt unterhaltende Gäste. Diese blickten erwartungsvoll zu einer Wendeltreppe, die aus einer Nische kommend in den Saal hinabführte. Sie folgte den Blicken.

Und dann sah sie ihn.

Aaron Vanderberg.

Er stand hoch oben auf der Treppe, nickte seinen Gästen unmerklich zu, schritt dann langsam hinab. Würdevoll erhaben, andächtig und unnahbar. Als er am Fuß der Treppe ankam, verstummte die Musik. Aaron füllte den Saal mit seiner unglaublichen Präsenz, besaß die ungeteilte Aufmerksamkeit aller Anwesenden. Eine kühle Eleganz umgab ihn. Er fesselte seine Gäste mit einer Magie, die Anna ein Kribbeln über den Rücken jagte.

Seine Stimme – kraftvoll und samtig, kühl und leidenschaftlich – bereitete ihr Herzklopfen. Charmant begrüßte er seine Gäste. Die Dominanz, die er ausstrahlte, stand im verwirrenden Kontrast zu seinem jungenhaften Esprit, zu seinen lebendig funkelnden Augen und dem Lächeln um seine Mundwinkel.

Alles an ihm verwirrte Anna, zog sie an, machte sie wahnsinnig. Sie hatte die Stunden in ihrem Zimmer bis zum Ball gezählt. Hatte es nicht erwarten können, ihn wiederzusehen. Er belebte ihre Sinne, ihren Geist, hielt sie gefangen ... sie konnte nichts dagegen tun.

Trotz seines unverschämten Verhaltens ihr gegenüber besaß er Stil. Sogar eine ganze Menge. Er war eine bemerkenswerte Persönlichkeit, was sich deutlich von der Persönlichkeit unterschied, die sie ihm zugedacht hatte.

Aaron war als französischer Edelmann verkleidet. Er trug die Haare im Nacken mit einem Samtband zusammengefasst und sah verwegen umwerfend aus.

Ihr Blick klebte an ihm, senkte sich, als der seine sie traf. Ihr Pulsschlag beschleunigte sich. Pochend schoss heißes Blut durch ihre Adern. Sie lauschte seinen Worten, vermied es aber, während seiner Ansprache in seine Richtung zu schauen. Dann war er fertig. Alles applaudierte. Aus dem Augenwinkel heraus nahm Anna wahr, wie eine Handbewegung seinerseits genügte, um die Musiker zum Weiterspielen zu animieren.

Sie wagte es – blickte erneut hinüber – tauchte prompt in seinen undefinierbaren Blick und erschauerte. Brennende Röte überzog ihr Gesicht. Sie fühlte sich ertappt, wünschte sich ganz weit weg – und gleichzeitig in seine Arme. Aaron betrachtete sie, den Kopf ein wenig schief gelegt, die Mundwinkel zu einem leichten Grinsen verzogen.

Innerlich zitternd reagierte Anna mit betontem Desinteresse, was ihr jedoch nicht vollkommen gelang. Dieser Mann besaß eine Aura, der sie sich einfach nicht entziehen konnte. Sie spürte seine taxierenden Blicke, und obwohl viele Meter Raum zwischen ihnen lagen, fuhr ihr die Situation unter die Haut.

Der Kellner, der mit einem Tablett gefüllter Champagnergläser vorüberging, kam ihr gerade recht. Hastig tauschte sie ihr leeres Glas gegen ein volles, führte es zum Mund. Durch ihre fahrige Bewegung schwappte das prickelnde Nass über, ergoss sich über ihre Hand, ihr Handgelenk und ihren Ausschnitt. Mit einer Serviette tupfte sie sich die Lippen und spürte Aarons spöttischen Blick.

Und plötzlich stand er vor ihr.

Er umfasste ihr Handgelenk und zog ihre Hand mit einem unergründlichen Blick zu seinem Mund. Seine Berührung traf sie wie ein Stromschlag. Anna keuchte leise auf. Genüsslich und sehr bedächtig leckte er den Champagner von ihrer Handfläche. Wie hypnotisiert starrte sie auf seine Zunge, die sanft ihre Finger umspielte und bis zu den Fingerspitzen wanderte. Eine sinnliche Folter konnte nicht schlimmer sein – quälend und köstlich zugleich.

Ihre Knie drohten nachzugeben. Halt suchend griff sie nach seiner Schulter.

„Du wirkst angespannt." Er ließ seinen Blick aufreizend langsam über ihren Körper gleiten. „Wusstest du, dass guter Sex entspannend sein soll?"

Anna errötete. Wenn es einen Mann gab, der einer Frau das Gefühl geben konnte, trotz Bekleidung nackt vor ihm zu stehen, so war es Aaron. Schweigend sah sie ihn an.

Ein amüsiertes Lächeln tanzte um seine Mundwinkel, als er sie an sich zog.

Genau das hatte sie sich in den letzten Stunden vor dem Ball wieder und wieder gewünscht. Jetzt, als es so weit war, war sie zu durcheinander, und seine Nähe versetzte sie in eine alles verschlingende Angst. Der Aufruhr an Gefühlen, der durch ihren Körper schoss, überforderte sie maßlos. Alle inneren Kräfte mobilisierend, versuchte sie es mit Abwehr.

„Würdest du mich netterweise loslassen?!"

„Bravo! Vom überflüssigen SIE bist du zum DU übergegangen. Na, wenn das kein Fortschritt ist."

Anna versuchte sich seinem Griff zu entwinden. „Du sollst mich loslassen!"

Aaron lachte rau auf. Dann schob er die Finger seiner freien Hand in ihr Haar und begann ihre Kopfhaut zu massieren.

„Du bist verdammt sexy, wenn du wütend bist, weißt du das?" Sein Zeigefinger glitt sanft über ihren Nacken und wieder zurück in ihr weiches Haar.

Anna verfluchte sich für das Zittern, das durch ihren Körper lief. Wünschte sich, diese Hand möge fester zugreifen, sie führen … dominieren … endlos quälen.

Er zog sie näher, bog ihren Kopf so weit zurück, dass sie ihn ansehen musste.

„Warum wehrst du dich dagegen?" Seine Stimme, ganz nah an ihrem Ohr, war pure Verheißung, ein sündiges Versprechen.

Ihr Körper bebte. „Ich weiß nicht, was du meinst."

Er lachte schallend auf. „Das nehme ich dir nicht ab. Dein Körper lügt nicht. Er ruft nach dem meinen. Gib mir noch ein paar Minuten, und du wirst mich auf Knien anflehen, dich zu lieben."

So leicht war sie zu durchschauen? Das durfte nicht sein!

„Scher dich zum Teufel! Du wirst schon Gewalt anwenden müssen, und das dürfte nicht deinem Stil entsprechen!"

„Ich glaube nicht, dass ich Gewalt anwenden muss." Er blickte sie eindringlich an, und bevor Anna wusste, wie ihr geschah, spürte sie seine Lippen auf den ihren. Wie von selbst öffneten sich ihre Lippen und passten sich seinen Spielereien an. Sie konnte und wollte sich nicht wehren, verzehrte sich nach seinen Küssen und Berührungen.

Dieser Mann war ein Teufel. Ein verflucht erotischer, anziehender Teufel.

Anna war zu keinem klaren Gedanken mehr fähig. Willenlos erwiderte sie seinen Kuss. Als Aaron ihre Nachgiebigkeit spürte, wunderte er sich. Er hatte mit mehr Abwehr gerechnet. Innerlich applaudierte er sich für sein gekonntes Vorgehen. Er umfasste ihr Gesicht, intensivierte seinen Kuss.

Anna schob alle störenden Gedanken beiseite. Sie wollte weder an das Vorher noch an das Nachher denken. Nur dieser Augenblick zählte. Sie wollte ihn genießen. Wie magisch gelenkt vermeinte sie, ganz im Hier und Jetzt aufzugehen. Sie ließ es zu, dass ihr Körper sich vor Wonne in kleine Moleküle aufzulösen begann. Es war ein Gefühl, als zerflösse sie unter seinen Berührungen.

Die Zeit schien still zu stehen.

Sie kostete das süße Gefühl des Verlangens, das der Kuss in ihr auslöste, mit jeder Faser aus und gab einen unwilligen Laut von sich, als er von ihren Lippen abließ.

„Ich hoffe, du amüsierst dich gut, Anna! Sofern du weißt, wie das geht ... sich amüsieren ... den Moment und das Leben genießen." Er zwinkerte ihr zu und verschwand im Trubel.

Sie blickte ihm mit einer Mischung aus aufkeimendem Ärger und Sprachlosigkeit nach, bemerkte dabei, wie die schöne Frau in Weiß sie mit kühlem Blick fixierte.

Sie hatte alles beobachtet! Und was sie gesehen hatte, schien ihr ganz und gar nicht zu gefallen.

Anna begann sich unwohl zu fühlen. Ihre Gedanken sprudelten durcheinander, ohne eine klare Linie erkennen zu lassen. Was war hier los? Was passierte mit ihr? Wieso sehnte sie sich nach diesem Mistkerl? Und was führte Aaron Vanderberg im Schilde?

„Das ist Kassandra. Sie hat es sich in den Kopf gesetzt, den Herrn des Hauses zu ködern, ihn für sich allein zu haben!"

Erstaunt und immer noch atemlos blickte Anna sich um.

Franziska nippte an ihrem Champagnerglas und beobachtete die schöne, schlanke Frau, wie sie sich mit geschmeidigen Bewegungen Aaron mehr und mehr näherte. „Sie frisst ihn gleich mit ihren Augen auf."

Anna grinste. „Ein Wunder, dass sie nicht gleich hier die Hüllen fallen lässt."

„Das könnte durchaus passieren. Der Dame ist alles recht, um die ungeteilte Aufmerksamkeit unseres Gastgebers zu erlangen."

Sie winkte nach einem mit Tabletts vorbeieilenden Kellner, stellte ihr leeres Glas ab und griff nach zwei vollen Gläsern. „Wir sind kurz vor dem Verdursten, Verehrtester! Entfernen Sie sich also nicht zu weit von unserem Platz." Sie zwinkerte dem Kellner zu, reichte Anna ein Glas und stieß mit ihr an. „Auf einen schönen Abend."

„Cheers."

Franziskas unbekümmerte Art gefiel Anna. Gemeinsam beobachteten sie das sich tummelnde Volk, und mehr als einmal brach Anna in schallendes Gelächter aus, denn Franziska sparte nicht mit Anekdoten über vergangene Veranstaltungen.

„Das ist übrigens Philipp, der Traum meiner schlaflosen Nächte", wisperte sie Anna zu, als sich ein attraktiver, als römischer Gladiator verkleideter Mann näherte. Er trug ein Kettenhemd, einen knappen Lendenschurz, der gerade sein Gesäß bedeckte und enge Wildlederstiefel, die ihm bis zu den Knien reichten. Sein muskulöser Körper war gebräunt, sein Outfit verlieh ihm den Ausdruck von Abenteuer und Wildheit. „Er arbeitet ebenfalls hier. Als Gärtner. Wohnt aber im nächsten Dorf."

Anna schmunzelte, als Franziska auf den gut aussehenden jungen Mann zuschritt, ihn ihr vorstellte und ihn dann ohne Scheu bei der Hand nahm und zur Tanzfläche zog.

Alle Gäste schienen sich prächtig zu amüsieren. Nur sie fühlte sich mit einem Mal fehl am Platze. Dabei war sie doch hier, um exklusiv über den Mohnball zu berichten und nicht, weil sie dazugehören wollte. Doch diese Tatsache verschwand in den Tiefen ihres Bewusstseins.

Ihr Blick fiel auf Aaron Vanderberg. Eng umschlungen tanzte er mit Kassandra, deren Gesichtsausdruck einer Katze glich, die sich endlich ihren Leckerbissen ergattert hatte. Als sie seinem Blick begegnete, dachte sie an seine letzten Worte: *Sofern du weißt, wie das geht … sich amüsieren … den Moment und das Leben genießen …*

Ein Räuspern unterbrach ihre Gedanken. „Darf ich Sie zum Tanz bitten?"

Der Mann war groß, bestimmt 1.90 m, schwarzhaarig und trug eine weite arabische Reithose. Er hatte breite Schultern und schmale Hüften. Seine blau glänzende, offen stehende Weste zeigte viel von seinem muskulösen Oberkörper. Seine Stirn zierte ein breites Stirnband.

Er war attraktiv und kam gerade zur rechten Zeit.

Mit einem gespielt verführerischen Lächeln folgte Anna dem Mann auf die Tanzfläche. Sie war wild entschlossen, von nun an keinen Tanz mehr auszulassen. Diesem Snob von Vanderberg würde sie es zeigen! Jeder sollte sehen, welch großes Vergnügen ihr dieses Fest bereitete. Wie sehr sie ihr Leben und vor allem den Moment zu genießen wusste.

So legte sie kokettierend den Kopf schief und schenkte ihrem Tänzer ein hinreißendes Lächeln. Dann warf sie einen triumphierenden Blick in Richtung Aaron. Dieser fing ihren Blick auf, beantwortete ihn mit einem ironischen Grinsen.

Flegel!

Mit trotzig hervorgerecktem Kinn und fröhlicher Miene schwebte Anna an ihm vorbei und fortan von Tanz zu Tanz. Innerlich allerdings hoffte sie, dass diese Folter bald ein Ende finden möge, denn sie spürte, wie ihre Füße schmerzten.

Ein Pirat und ein Blumenmädchen drängten sich auf die Tanzfläche direkt neben ihr, ein Husar und eine Hexe versuchten aus dem Treiben herauszukommen, um in einem der Séparées zu verschwinden. Während ihr Blick den beiden folgte, sah sie einen Ritter, der eine Dame im Barockkleid gerade von hinten nahm. Sie wollte wegsehen, doch es gelang ihr nicht.

„Ich stehe darauf, meinem Freund beim Sex mit fremden Frauen zuzusehen", hörte sie eine Dame in Schwarz ausrufen, die in den Armen eines Harlekins über die Tanzfläche schwebte und ihren Blick ebenfalls auf das sich öffentlich verlustierende Paar heftete.

Die Menge trieb Anna weiter, sie verlor die beiden aus dem Blick, aber je mehr der Champagner floss, umso häufiger begannen sich überall ähnliche Szenen abzuspielen, die Anna gegen ihren Willen erregten.

Die Atmosphäre erinnerte an jene Zeit, in der Monogamie nur etwas für Leibeigene war. Die Anonymität der Masken und Kostüme ließ Schamgefühl und Moral vollkommen verschwinden. Je weiter die Nacht voranschritt, desto mehr Champagner floss, und desto mehr Fleisch war überall zu sehen. Erhitzt ließ Anna zu, dass diese Euphorie, dieser Hunger nach Leben und Leidenschaft auch sie erfasste. Fast war ihr, als schwebte sie in anderen Sphären, während sie in den Armen ihrer jeweiligen Tanzpartner über das Parkett glitt.

Als die Band eine Pause machte, griff sie erneut nach einem Glas Champagner. Durstig leerte sie es in einem Zug. Sie wusste längst nicht mehr, wie viel Champagner sie schon konsumiert hatte. Sicherlich zu viel, denn sie fühlte sich unsicher auf den Füßen.

Berauscht ließ sie sich auf einem Diwan nieder. Ihre Blicke suchten Aaron, fanden ihn und blieben an ihm haften.

Er stand nah bei einer blonden Pharaonin, die, mit dem Rücken zur Wand, sichtlich Freude daran hatte, dass seine Hand sich unter ihrem Kleid zu schaffen machte. Ihr Schenkel legte sich um seine Hüften, ihre Finger krallten sich in sein Haar.

Anna sah, wie die Frau sich wand, um möglichst viel von seiner Berührung zu spüren. Ein Teil von ihr neigte zur Flucht, wollte nicht weiter zusehen, der andere Teil jedoch wollte jede Einzelheit in sich aufsaugen.

Zwischen ihren Beinen begann es verräterisch zu kribbeln, ihr Blut kochte, grenzenlose Gier suchte ihren Körper heim. Sie stellte sich vor, es sei ihr Körper, den Aaron gerade derartig sinnlich beköstigte.

Die schöne Pharaonin griff nach seiner freien Hand, dirigierte sie langsam ihre Taille entlang bis hinauf zu ihren Brüsten. Seine Handfläche umschloss eine ihrer schweren, bedürftigen Brüste und schob den goldenen Stoff beiseite. Als Antwort richteten sich die rosigen Nippel auf.

Anna seufzte leise auf, spürte das brennende Bedürfnis nach ebensolchen Berührungen. Die Hitzewelle in ihrem Schoß intensivierte sich, als sie sah, wie Aarons Lippen leicht den Hals der Frau zu küssen begannen, die sich mit einer provozierenden Bewegung an ihm rieb, mit den Fingern durch sein Haar zauste und die Konturen seiner attraktiven Gesichtszüge nachzeichnete. Dann löste sie sich von ihm, ergriff seine Hand und zog ihn mit sich nach draußen zu einem verschwiegenen Winkel des Gartens.

Eifersucht glomm in Anna auf.

Sie verfluchte diesen Casanova und sich selbst. Aaron hatte trotz ihrer Vorurteile eine unstillbare Gier in ihr erweckt, und sie musste sich brennend eingestehen, dass der Zauber, der von ihm ausging, schon längst seinen Mantel über sie geworfen hatte. Einen Mantel, der sie sinnlich umhüllte und nach mehr schreien ließ. Sich gegen diese Übermacht an Gier zu wehren war zwecklos, also gab sie sich diesem Bewusstsein kampflos hin.

Sie wollte diesen verfluchten Macho. Wollte von ihm verführt, geführt, berührt, dominiert und geliebt werden. Sehnte sich nach seinen funkelnden Blicken, seinen sinnlichen Lippen und danach, dass er sie unter all den Frauen auswählte, seine Geliebte zu sein. Seine First Lady, denn für sich allein würde sie einen derartigen Mann wohl nie haben.

Verrückte Wünsche, das war Anna bewusst, dennoch kam sie nicht dagegen an. Sie beneidete die Frau, die gerade von ihm verwöhnt wurde.

Mit einem Gefühlschaos im Bauch und einem Gedankenkarussell im Kopf folgte sie den beiden mit ihren Blicken. Ihr Verschwinden schien Kassandra offensichtlich ebenso wenig zu gefallen, denn ihre Blicke schossen giftige Blitze in die Richtung, in der Aaron und die Frau verschwunden waren.

Vier Bauchtänzerinnen schoben sich fröhlich verschwitzt von der Tanzfläche, suchten sich einen Platz ganz in der Nähe. Neugierig fasziniert beobachtete Anna zwei der Frauen, die sich innig zu küssen begannen. Die beiden anderen unterhielten sich, kicherten und flüsterten, wobei eine der beiden Annas Blicke bemerkte und ihr zulächelte. Ertappt und peinlich berührt bemühte Anna sich um ein ebenso freundliches Lächeln und musste schließlich lachen, als die andere das wer-zuerst-wegschaut-hat-verloren-Spiel mit ihr begann.

Neckende Blicke, rotgeschminkte Lippen, verführerische Augenaufschläge, verhaltenes Kichern ... urplötzlich begriff Anna, was sie da gerade tat: Sie flirtete mit einer Frau. Noch bevor sie überlegen konnte, wie sie sich unauffällig aus dieser für sie ungewohnten Situation lösen sollte, schnappte sich die Frau zwei Gläser Champagner von einem vorbeieilenden Kellner und kam schnurstracks auf sie zu. Etwas verlegen schaute Anna zur Seite, und schon ließ die andere sich neben ihr nieder. Sie lächelte wieder, reichte ihr den Champagner. Anna wusste nicht, wie sie sich verhalten sollte, nahm das Glas entgegen und bedankte sich.

„Du gefällst mir." Die Hand, die sich ihr Bein entlang bewegte, ließ Anna kurz nach Luft schnappen. Ihr Kopf sträubte sich gegen diese Berührungen, ihr Körper jedoch wollte mehr davon.

Mit einem einzigen Zug leerte sie ihr Glas, und als sie sich der forschen Bauchtänzerin zuwandte, um ein unverfängliches Gespräch zu beginnen, gab diese ihr ohne Vorwarnung einen Kuss. Ihre Lippen waren warm und weich, ihre Zunge spielte zärtlich. Fasziniert erwiderte Anna den Kuss, war jedoch froh, als dieses kurze Intermezzo ein Ende fand, weil ein Lied gespielt wurde, bei dem es die andere nicht auf ihrem Platz hielt. Sie sprang auf, sang lauthals mit, forderte Anna auf, ihr zu folgen. Und dann verschwand sie im Getümmel.

Leichter Schwindel machte sich in Anna breit. Eindeutig ein Zuviel an Champagner! Sie brauchte frische Luft, schlenderte kurze Zeit später durch die große, weiße Flügeltür auf die weitflächige Terrasse.

Ein Mann, der das Kostüm eines Sultans und eine Federmaske trug, rempelte sie an. Wie alle Kostüme war auch dieses verschwenderisch in seiner Pracht. Von seinem Gesicht konnte sie nur die blauen Augen erkennen und einen Mund, dessen sinnliche Lippen leicht geöffnet waren. Sie erwiderte sein Lächeln, schlug jedoch seine Einladung, ihm in eines der Séparées zu folgen, aus. Einerseits wusste sie, dass die neu entdeckte, reichlich beschwipste Abenteuerin in ihr es sich nie verzeihen würde, dass sie nicht mutig genug war, ihm zu folgen, denn sie wollten diesen Rausch nicht nur wahrnehmen, sondern wirklich erleben; als Beteiligte, nicht nur als Zuschauerin. Andererseits war da immer noch die andere Seite ihrer Persönlichkeit. Eine Seite, die für derartige Orgien überhaupt nichts übrig hatte und sich nicht erklären konnte, wie man dermaßen den Kopf verlieren konnte.

Außerdem – und das war viel stärker – mochte sie nicht gefragt werden, ob sie kuscheln oder Sex haben wollte. Sie wollte überrumpelt und überrascht werden, an die Wand genagelt mit harter, fordernder Hand. Von SEINER Hand. Und nur von seiner Hand. Sie sehnte sich nach purer Dominanz, wollte ihre Lust laut herausschreien, wahnsinnig werden vor Gier, wehrlos ihrer Lust ausgeliefert sein ... vor Begierde nicht mehr wissen, wo ihr der Kopf stand. Fleischgewordene Träume. Sündig und heiß. Sie wollte ihr Hirn ausschalten ... fühlen, ohne zu denken.

Auf der prächtig mit Blumenschmuck und Kübelgewächsen geschmückten Terrasse tummelten sich nur wenige Festgäste. Eine himmlische Ruhe herrschte hier. Nur ab und zu war der klagende Laut eines Käuzchens aus dem nahen Tannenwald zu hören. An die Balustrade gelehnt blickte Anna in den Park und atmete tief. Sie genoss die laue Sommerluft, in der eine betörende Duftmischung von einheimischen Wildkräutern, Rosen, Flieder und Oleander lag. Ruhe breitete sich in ihr aus. Erst jetzt bemerkte sie, wie beschwipst sie war. Kichernd hielt sie sich fest, um nicht das Gleichgewicht zu verlieren.

„Anna!", ermahnte sie sich mit schwerer Zunge. „Du hast eindeutig zu tief ins Glas geschaut!" Und im betont affektierten Tonfall fügte sie hinzu: „So etwas gehört sich nicht!"

Sie blickte auf die hell erleuchteten Fenster des Ballsaales, in dem das pralle Leben tobte, und die Gäste sich immer mehr amüsierten, sofern eine Steigerung überhaupt noch möglich war.

Die Musik drang bis nach draußen, zauberte ein Lächeln in ihr Gesicht.

Was für ein Abend! Und was für ein Mann! Anna seufzte leise, und obwohl sich ein Teil von ihr immer noch darüber ärgerte, dass sie Aarons Charme nun ebenfalls erlegen war, geriet ein anderer, wesentlich größerer Teil ins Träumen.

Daran ist nur dieser verdammte Champagner Schuld. Teufelszeug!

Mit geschlossenen Augen begann sie zu tanzen. Sie vernahm nichts als diese sinnliche Musik, tanzte sich auf einen anderen Planeten durch viele Traumbilder hindurch. Sie versank im Nichts.

Plötzlich spürte sie zwei Hände auf ihren Hüften. Jemand tanzte hinter ihr und bewegte sich mit ihr zusammen im Takt. Aaron … hoffte sie … wollte sich aber nicht umdrehen, aus Angst, dieser Wunsch könnte ein Luftschloss sein. Sie spürte wohlig den kitzelnden Atem an ihrem Hals, behielt die Augen geschlossen, umfasste die sie haltenden Hände und tanzte weiter. Heute war alles egal.

Sie spürte, wie sich kühle Lippen leicht auf ihre Haut legten, genoss das Prickeln in ihrem Bauch, doch umdrehen wollte sie sich immer noch nicht. Als das Lied vorbei war, atmete sie einmal tief, bemerkte, wie sich die Arme an ihrer Hüfte lösten und drehte sich langsam um. Ihr Herz machte einen freudigen Satz. Aaron. Er war es tatsächlich.

Er beugte sich zu ihr, seine Stimme klang schmeichelnd. „Ich würde mich freuen, wenn du mir auch den nächsten Tanz widmest."

Leicht verlegen strich sie sich eine Strähne aus dem Gesicht, lächelte, als er sich galant verbeugte. Sie ergriff seine Hand, ließ sich von ihm in den Arm ziehen und mit Leichtigkeit zur Musik führen.

Das war gut! Das war verdammt gut! Sie hatte lange nicht mehr mit all ihren Sinnen getanzt, genoss seine Hände auf ihren Hüften, seinen Atem an ihrem Ohr. Für den

Moment gab es für sie nichts Himmlischeres, als in seinen Armen zu liegen und sich dabei der Musik hinzugeben. Ihre Wangen hatten sich gerötet, ihre Augen strahlten, sie fühlte sich gut, leicht und beschwingt. Wohlig spürte sie den sanften Druck seiner warmen Hände auf ihrem Rücken.

Wie sich diese Hände wohl bei einem innigen Liebesspiel anfühlen? Wenn sie damit beschäftigt sind, zärtlich jeden Zentimeter meines Körpers zu erforschen? Meinen Hals, meine Schultern, meine ...

Sie errötete, wagte es nicht, weiterzudenken.

Anna verlor jedes Zeitgefühl. Ein elementares, wildes Verlangen bemächtigte sich ihrer.

Die Band war nun dazu übergegangen, langsamere Stücke zu spielen. Aaron zog sie enger an sich. Sie konnte das Spiel seiner Muskeln unter dem Stoff seines Hemdes ebenso spüren wie seinen Atem nah an ihrem Ohr. Wie gebannt hob sie ihr Gesicht zu ihm empor, ersehnte seine Lippen, heiße Küsse, flüsternde Worte.

„Ein Kuss kann ein wunderbarer, sehr schöner Einstieg für mehr sein", hörte sie seine schmeichelnde Stimme. „Er sorgt für Kribbeln, für köstliches Prickeln, kann Lust und Leidenschaft aufeinander steigern." Er lächelte jungenhaft charmant. „Noch köstlicher jedoch ist der kurze Moment davor, und genau diesen möchte ich jetzt nicht zerstören."

Eine kalte Hand griff nach ihrem Herz, als er sich bei diesen Worten unmerklich zurückzog.

Aaron spürte ihre Enttäuschung, ihre Sehnsucht. Empfand mehr und mehr Spaß dabei, sie mit dem berühmten Spiel aus Nähe und Distanz auf Spannung zu halten. Er lachte leise.

Anna senkte ihren Blick, ärgerte sich über sein Lachen und begann sich ungeduldig aus seinen Armen zu lösen.

„Du willst nicht mehr tanzen?" Er unterdrückte ein amüsiertes Grinsen, zuckte die Schultern. „Okay, es wird sich sicherlich die eine oder andere Dame finden, die nur zu gerne für dich einspringen wird." Ein neckendes Zwinkern, ein Zeigefinger, der kurz ihre Nasenspitze anstupste, und schon war er verschwunden.

Ärger glomm in Anna auf. Ärger über ihn. Über diesen ganzen verflixten Abend. Aber auch über sich selbst.

Der Abend war für sie gelaufen, Schwindel suchte sie heim, ihr war heiß. Sie beschloss, sich in ihrem Zimmer ein wenig auszuruhen. Die Dunkelheit, die sie dort empfing, war ihr mehr als angenehm. Sie brauchte kein Licht, öffnete die Balkontür und bückte sich, um ihre Schuhe abzustreifen. Mit Erstaunen bemerkte sie, dass sie keine mehr trug. Wo hatte sie die bloß verloren? Egal. Jetzt würde sie sich nicht mehr auf die Suche machen.

Sie zog sich aus, stellte sich nackt auf den Balkon und genoss die erfrischende Nachtluft, die sanft wie ein Flügelschlag über ihren erhitzten Körper strich. Eine

Sommernacht zum Träumen, zum Sehnen und sich treiben lassen. Es war lange her, seit Anna zum letzten Mal diesen inneren Rausch, diese herrliche Leichtigkeit und die Gier verspürt hatte. Damals war sie süße 16 gewesen, das Interesse am anderen Geschlecht hatte ihren erblühten Körper zu heißen Träumen getrieben. So wie heute.

Anna seufzte leise.

Eine Wolke schob sich über den schimmernden Mond. Sie gab ihm etwas Mystisches, Geheimnisvolles. Annas Blick folgte ihrem Lauf, bis sie hinter den weitläufigen Ästen einer Linde verschwunden war. Sie beobachtete den Mond, der nur als Sichel zu erkennen war, die Umgebung aber dennoch mit seinem Licht erhellte. Eine kühle Brise kam auf und ließ jedes einzelne kleine Härchen auf ihrer Haut zu Berge stehen. Die Haut zog sich zusammen, ihre Brustwarzen stellten sich auf. Es war, als kitzelte der Wind sie neckend, als hüllte er sie schmeichelnd ein. Mit geschlossenen Augen genoss sie dieses Gefühl, dieses Windspiel, das sich wie zärtliche Hände anfühlte, die sanft mit ihr posierten.

Kapitel Sieben

Aaron stand schweigend im Türrahmen, beobachtete die Silhouette ihres Körpers, die sich dunkel vor dem silbern glänzenden Mondlicht abhob. Ein zufriedenes Lächeln umspielte seine Lippen. Dieser Körper schrie nach Erfüllung, Ekstase und Hingabe. Wie weich und anschmiegsam sie wirkte, den Kopf leicht zurückgelegt, ganz in ihrem elementaren Empfinden gefangen. Diese für ihn deutlich spürbare hingebungsvolle Seite kam seinem Vorhaben zugute. Nicht mehr lange, und er hatte sie genau da, wo er sie haben wollte. Zu seinen Füßen, wimmernd vor Lust und sich nach ihm verzehrend. Nichts als biegsames Wachs in seinen Händen. Er würde sie unterwerfen, sie willenlos machen.

Aaron lachte leise in sich hinein. Sie würde es nie wieder wagen zu verbreiten, er sei ein hirnloser Weiberheld und alle Frauen, die sich mit ihm einließen, seien bedauernswerte Dummchen.

Leise begann er sich ihr zu nähern.

Als Anna realisierte, dass die Hände auf ihren Hüften keineswegs ihren Tagträumereien entsprangen, zuckte sie zusammen. Die Hände waren zart, spielten mit ihr, umkreisten ihren Bauchnabel und wanderten langsam nach oben. Sie spürte heißen Atem in ihrem Nacken, wandte den Kopf, erkannte Aaron und atmete die Worte „genieße es", ein.

Sie fuhr herum, blinzelte einige Male. „Du? Was willst du hier?" Ihre Worte waren nur ein Flüstern, ihre Lider flatterten, das Herz schlug ihr bis zum Hals. Mit einer Mischung aus Unwillen und Sehnsucht schaute sie ihn an.

„Dich, ich will dich."

Allein seine Stimme zog sie magisch an, doch sie wollte diesmal nicht wie Fallobst in seine Arme sinken.

„Welches Spiel spielst du, Aaron Vanderberg? Und was willst du wirklich?"

Er grinste spitzbübisch mit funkelnden Augen. Sie wartete auf eine Antwort, aber er schwieg. Das Schweigen zog sich in die Länge. Anna spürte seine Anwesenheit überdeutlich, ein schwaches Zittern der Erregung durchlief sie.

Sie konnte ihn mit jeder Faser ihres Körpers spüren, ihr Herz schlug laut und unregelmäßig. Das Schweigen und die Nähe schienen plötzlich lebendig zu werden, griffen nach ihr. Anna fühlte sich matt und erregt. Sie wollte etwas sagen, um dieses auf ihr lastende Schweigen zu unterbrechen, doch ihr fehlten die passenden Gedanken und Worte.

„Wenn du mich zum Narren halten …", weiter kam sie nicht, denn er hatte sie gepackt, zog sie eng an seinen Körper.

Er legte eine Hand unter ihr Kinn und zwang sie, den Kopf zu heben und ihn anzusehen. In seinen Augen loderte eine Glut, die sie erschreckte und gleichzeitig magisch anzog. Sie wollte den Kopf zur Seite drehen, seinem erotischen Bann entfliehen, aber er hielt ihren Kopf fest.

„Wehr dich nicht. Ich spüre, dass du mich begehrst!"

„Du irrst!" Trotzig versuchte sie seiner Nähe zu entkommen. Vergeblich!

„Lügnerin!" Seine raue Stimme ganz nah an ihrem Ohr, sein fester Griff, ihre geheimen Wünsche und der übermäßige Champagnergenuss – das alles war eine Mischung, die sie lahm legte. Ein Zittern durchlief ihren Leib, als seine Lippen sich leicht auf die ihren legten. Nur ein Hauch von einem Kuss und doch so verwirrend.

Gierig empfing sie seine Lippen. Hungrig. Voller Hingabe. Endlich!

Seine Lippen waren so sanft und leicht wie eine Zuckerwolke, so unbeschwert wie das Lächeln, das stets um seine Mundwinkel tanzte. Ein leichtes Berühren seiner Lippen, ganz so, als wollte er sie zappeln lassen. Seine Zungenspitze umfuhr die Konturen ihrer Lippen, flirtete kurz mit ihnen, nur um sich dann wieder zurückzuziehen. Spielerisch nagte er an ihrer Unterlippe, dann presste er seinen Mund fest auf den ihren. Ihre Zungen trafen sich, spielten miteinander. Es war ein heißer Kuss, wild und züngelnd, sinnlich und süß.

Anna begann zu zittern. Sie ertrank an ihm, aß sich an ihm satt, stillte ihre Sehnsucht, ihre Gier – diese unstillbare Gier. Sie erwärmte sich an seinen Küssen, inhalierte seine Nähe, kostete von seinem saugenden Mund. Dieser Kuss schwemmte sämtliche Gedanken aus ihrem Kopf, ihre Haut heizte sich auf, ihre Knie wurden weich. Endlich hatten sich ihre sehnsuchtsvollen Träume manifestiert, pures Glück kroch durch ihr Herz.

Sein Mund war weich und hart zugleich, sanft und fordernd. Sie hielt sich an ihm fest, genoss seine Hände, die leicht über ihren Körper strichen, ihre Kurven abtasteten, über ihre Brüste und den Bogen ihrer Hüfte fuhren. Sie war benommen und beinahe ohnmächtig vor Verlangen. Die Hände strichen zart, fast unmerklich über ihre Brüste, berührten viel zu kurz die harten Nippel und wanderten wieder nach unten.

Annas Lust kochte über. Atemlos konzentrierte sie sich auf die Spur seiner Hände, die sich nun wieder auf ihre Brüste legten. Ihre Nippel bohrten sich hart wie Diamanten in seine Handflächen, brannten vor Lust, ersehnten Stimulation.

Und dann endlich spürte sie seine Lippen, die sich abwechselnd um ihre Brustwarzen kümmerten, daran saugten und lutschten. Er biss leicht zu, ließ seine Zunge den Zähnen folgen, stieß die Nippel mal von der einen, mal von der anderen Seite an. Seine Lippen wanderten von einer Brust zur anderen. Als er spürte, wie gierig sie ihre Schenkel aneinander rieb, verstärkte er das Saugen seiner Lippen. Er sog die erregten Brustwarzen tief in seinen Mund, saugte mit solcher Kraft, dass Anna das Gefühl hatte, sämtliche Nervenenden würden sich in ihren Brüsten treffen.

Sie gab sich seinen Lippen hin, verlor sich im warmen feuchten Ziehen seiner Zunge und seiner Zähne. Und dann spürte sie seine Hand zwischen ihren Schenkeln. Der heiße Mund auf ihren Brüsten, die saugenden Lippen, und die sanften Finger zwischen ihren Beinen raubten ihr vollends die Besinnung.

Aaron kniete sich hin, seine Hände schoben ihre Beine auseinander. Anna stöhnte entzückt auf, als er seine Zunge zwischen ihre Schamlippen drückte und sein Mund sämtliche Lustsäfte aus ihr herauszauberte. Immer wieder drang seine Zunge in sie ein, erforschte die feinsten Verästelungen ihrer Höhle, penetrierte ihre Klitoris. Ihre Lust war fast schon schmerzhaft, sie wollte sich ihm entziehen, aber seine Hände hielten sie gnadenlos gepackt.

„Ich bin noch nicht fertig mit dir", raunte er, blies seinen Atem über den seidigen Streifen, der ihren Venushügel bedeckte. Der Hauch seines Atems war wie ein verheißungsvolles Versprechen – laut und flüsternd zugleich.

Er neckte ihre Klitoris mit der Nase, stupste sie an, rieb seine Zunge an der harten Perle und atmete sie tief ein. Der feste Griff um ihr Gesäß stand im krassen Gegensatz zu der sanften Melodie seiner Zunge, die ihre Schamlippen teilte, ihre Klitoris aus der fleischigen Hülle lockte, bis sie sich komplett aus der rosigen Feuchte erhob. Die Muskeln ihrer Vagina zogen sich zusammen, die brennende Hitze in ihr ließ sie erbeben. Sie fühlte sich am Rand einer Klippe, in der Hoffnung hinabgerissen zu werden in das tosende Tal der Lust; spürte, dass es bald so weit war.

In diesem Augenblick zog Aaron sich zurück. Enttäuscht wollte sie aufbegehren, fiel aber schon bald in erneutes Entzücken, denn er spitzte seine Zunge und ließ sie vor dem Eingang zur ihrer Vagina kreisen. Anna genoss das Spiel seiner Zungenspitze, schrie laut auf, als diese hart in sie hineinstieß. Sie fühlte sich wie in Ekstase gebadet, in einem sinnlichen Cocktail, voll grenzenloser Hitze. Wie ein Windhauch glitten seine kühlen Finger über ihre heiße Haut, verursachten einen Brand in ihrem Unterleib. Ihre erigierten Brustwarzen schmerzten.

Als seine Zunge immer wieder diesen einen Punkt traf, von dessen Existenz sie bisher nie etwas geahnt hatte, begann sie unkontrolliert zu zittern. Und dann spülten die Wellen des Orgasmus sie von der Klippe in ein dunkles Nichts, das gnädig seinen Mantel um sie hüllte.

Aaron erhob sich, schweigend standen sie sich gegenüber. Annas Lider begannen unruhig zu flattern, sie wich dem Blick aus, der sie emotionslos fixierte.

Seine Hand legte sich unter ihr Kinn, zwang sie, ihm in die Augen zu schauen.

„Du bist sehr sinnlich und anschmiegsam. Das gefällt mir." Er lächelte. Dann verdunkelte sich sein Blick. „Und nun dreh dich um und bück dich!"

Anna stöhnte leise auf.

Das war es, was sie heimlich ersehnte. Härte, Dominanz, Gehorsam und Unterwerfung.

Wilde Gier erfüllte sie, aber auch Angst. In ihr schlummerten zwei Seelen … die eine, die mehr wollte … die andere zur Flucht bereit. Die abwehrende Seite gewann für einen kurzen Moment die Oberhand. Unwirsch schob Anna seine Hand fort, blitzte ihn trotzig an, was ihm ein Schmunzeln entlockte.

„Wehr dich nicht, Anna! Vor dem Schicksal kann man nicht fliehen." Aarons verführerische Stimme kroch durch ihre Gehörgänge, hinterließ ein sehnsuchtsvolles Kribbeln. Sie spürte seine Hände, die langsam über ihre Schultern strichen. Seine Finger waren zärtlich, gleichzeitig bohrten sich seine Nägel fest in ihr Fleisch. Zarte Härte, lustvoller Schmerz, federleichte Dominanz und schmerzhafte Leichtigkeit.

Anna wollte sich ergeben, doch sie ersehnte auch eine Hintertür, durch die sie jederzeit hindurchschlüpfen konnte.

„Tu, was ich dir sage." Seine Stimme drang wie durch Watte zu ihr durch. Erreichte sie dennoch wie ein Dolch. Erbarmungslos, lockend und doch so gefährlich.

Stur reckte sie ihr Kinn vor, verweigerte sich.

Seine Hand unter ihrem Kinn erzwang erneut ihren Blick.

„Soll ich gehen? Möchtest du allein sein?" Seine geflüsterten Worte ließen in ihrem Kopf ein Feuerwerk abbrennen. Natürlich wollte sie nicht, dass er ging!

Sie schüttelte den Kopf, erst langsam, dann heftig.

Er strich über ihr Gesicht und zog ihren Kopf in den Nacken.

„Dann gehorche!"

Anna wurde es heiß und kalt zugleich. Sie spürte deutlich, wie unbarmherzige Blitze durch ihren Körper jagten.

Mit einer Mischung aus Abwehr und Hingabe hielt sie seinem Blick stand, lehnte sich weiterhin gegen seinen Befehl auf. Ein letztes Aufbegehren vor etwas, was sie zu verschlingen drohte. Innerlich brennend begannen ihre Lider zu flattern, legten sich auf ihre Wangen. Sie brachte es nicht länger fertig, dem feurigen Glanz seiner Augen standzuhalten, ohne dass ihr die Knie wegsackten.

„Solltest du dich weiterhin widersetzen, werde ich gehen." Seine Stimme ging ihr durch Mark und Bein.

Anna zögerte, biss sich auf die Lippen. Er durfte nicht gehen. Auf keinen Fall. Spürte er denn nicht, dass sie einfach ein wenig umgarnt werden wollte? Seine Sanftheit genießen, bevor sie sich seiner Härte ergab? In liebkosenden Worten versinken, bevor sie unbarmherzige Befehle inhalierte? Sie ersehnte seine Nähe, weiche Härte, nachgiebige Dominanz.

Doch er wirkte unerbittlich. Ein harter Zug lag um seinen Mund, und irrsinniger Weise war es gerade das, was sie innerlich zum Glühen brachte, ihr dieses schaurig schöne Prickeln bescherte, und in ihr den Wunsch aufkommen ließ, sich bar jeder Kontrolle hinzugeben.

Sie seufzte leise – gehorchte. Den Oberkörper nach vorn geneigt, stützte sie sich auf einem kleinen Tisch ab, bot ihm ihr Hinterteil dar.

„Na also!" Diese zwei Worte … kühl und doch so heiß, wurden von einem sanften Klaps begleitet, der auf ihrem Gesäß landete.

Die Tatsache, dass seine Blicke sie nun durchbohren konnten, ohne dass sie sehen konnte, wohin er schaute – und vor allem wie er schaute – durchfuhr sie bis auf den Grund.

Ob ihm gefiel, was er sah? Sie war sich ihrer runden Hüften bewusst, die mit den grazilen Formen der Frauen, mit denen Aaron sich sonst umgab, nicht mithalten konnten. Ihre milchige Haut war so ganz anders als die der sonnengebräunten Schönheiten, die ihn umschwirrten wie die Motten das Licht. Sie war eher weiblich weich als elfenhaft oder durchtrainiert.

Während des minutenlangen Schweigens jagten unzählige Gedanken durch ihren Kopf, die erst durch Aarons Worte ein Ende fanden.

„Ich werde mich nun über dein Hinterteil hermachen und egal, was ich mit dir anstellen werde, ich möchte keinen Ton hören, verstanden?" Ein fordernder Griff in ihren Nacken betonte seine Worte.

Anna glühte, nickte. Tosende Fantasien suchten sie heim, verdrängten die dunklen Zweifel, die sie gerade eben noch gequält hatten. Ein fiebriger Rausch bemächtigte sich ihrer. Ein Rausch, der sämtliche Gedanken fortspülte, sie in andere Sphären schickte. Sie fühlte sich gut; nackt, in gebückter Haltung, eine starke Hand im Nacken, ein fester Griff im Haarschopf, das Gesäß entblößt und dargeboten, durch die Haltung seinen Blicken gnadenlos freigegeben und schutzlos jedem seiner Zugriffe ausgeliefert. Das angenehme Kribbeln zwischen ihren Beinen und in ihrem Nabel verstärkte sich. Ihr Inneres glich einem Irrgarten, aus dem sie nicht mehr herausfand. Zu viele verworrene Wege, die sie hineinführten. Zu viele Winkel, die erforscht werden wollten, lockten und einluden.

Seine Hand klopfte an die Innenseiten ihrer Schenkel. „Weiter auseinander. Ich will deine Möse sehen."

Sie gehorchte, spreizte die Beine weiter. Er griff probeweise zwischen ihre Beine – sie war nicht nur feucht, sondern nass. Seine Augen verengten sich, ein wissendes Lächeln umspielte seine Lippen. Ein Lächeln der Zufriedenheit. Er war auf der richtigen Spur, nah davor herauszufinden, was Anna heiß machte. Und das war gut so!

Sekundenlang passierte nichts, dann sauste seine Handfläche nieder – erst auf ihre linke, dann auf ihre rechte Pobacke.

Schläge, die sie laut aufkeuchen ließen.

„Schweig!"

Der nächste Schlag folgte. Härter.

Anna gelang es nicht, einen Schrei zu unterdrücken.

„Keinen Ton, habe ich gesagt!" Seine Stimme war gefährlich leise.

Weitere Schläge, fester als zuvor, prasselten auf ihre glühende Haut. Mühsam biss Anna die Zähne zusammen, keuchte in sich hinein. Ihre geröteten Gesäßbacken bebten noch nach, als der jeweilige Schlag längst vorüber war.

Seine Schläge nahmen an Intensität zu. Einzig das Brennen ihres Hinterteils, der qualvolle Schmerz und die Kühle der Tränen auf ihren Wangen quollen als Emotionswellen unkontrolliert über Anna herein. Sie wünschte sich seine Berührungen, gefühlvoll und sanft. Sehnte dennoch jeden einzelnen harten Schlag herbei wie ein kostbares Geschenk. Ein Geschenk der Lust, der Leidenschaft und der Gier. Sie bewunderte ihn. Bewunderte ihn dafür, dass er so genau wusste, was sie brauchte, und dafür, dass er in der Lage war, ihrer Angst vor Kontrollverlust zu trotzen. Dieser Angst begegnete er mit dem ihm innewohnenden Selbstverständnis, ihr genau diese zu nehmen.

Wunderbar, sich so hinzugeben, zu zerfließen. Sollte er ihr doch alles nehmen – ihre Würde, ihre Rechte. Zurückbekommen würde sie pure Lust. Lust, die nicht in Worte zu fassen war.

Schlag um Schlag setzte er auf ihr glühendes Gesäß. Wie um sie zu martern gruben sich seine Finger in ihr weiches Fleisch, bevor er zum nächsten Hieb ausholte. Anna biss sich auf die Unterlippe, um das Stöhnen zu unterdrücken. Sie wollte ihm bedingungslos gehorchen. Sehnte sich danach, mehr von dieser bittersüßen Macht zu kosten, die er ausstrahlte und an sie weiter gab. Alles in ihr sehnte sich nach diesem Mann, der so wunderbar küssen konnte. Sanft, wild, feurig und leidenschaftlich. Der mit seinen Lippen und seiner Zunge Dinge vollbrachte, die ihr den Verstand raubten.

Der genau wusste, wie er sie anfassen musste, damit sie alles um sich herum vergaß. So wie jetzt.

Sie zitterte, als er ihre Haare beiseite schob und mit seinen Fingernägeln über ihren Nacken glitt.

Ein weiterer Griff zwischen ihre Beine. Er tastete ihre Öffnung aus, schob zwei Finger tiefer hinein und dehnte sie, spürte, wie sie sich um seine Finger zusammenzog.

„Du bist eng. Ich werde dich weiten."

Annas Blut kochte. Sie gierte nach seinem Schwanz, spürte Vorfreude aufkommen, wollte ihn in sich spüren. Egal wo, egal wie, aber sie wollte es gleich.

Sein Griff in ihren Nacken war hart. Er drückte ihren Kopf auf die lackierte Tischplatte. In Erwartung seines Stoßes reckte sie ihm ihr Hinterteil lockend entgegen. Sie wurde mit einer Masse an Unausweichlichkeit konfrontiert, die sie überrollte. Aber sie ließ sich nur allzu gern überrollen, wollte gar nicht ausweichen. Nicht mehr! Es war zu spät, ihr zweites Ich hatte gesiegt.

Etwas Hartes, Kühles stemmte ihre vaginalen Muskeln auf, schob sich in sie hinein. Das war nicht sein Glied. Es war etwas anderes. Ein Dildo?

Am liebsten wäre ihr gewesen, er hätte das Teil wieder aus ihr herausgezogen, dafür seinen Schwanz in sie hineingedrückt. Aber er dachte nicht daran, ließ stattdessen das Teil in ihr auf und abgleiten. Rein, raus – mal sanft, mal hart.

Sie stand immer noch gebückt, ihr abgewinkelter Oberkörper lag halb auf dem kleinen Tisch. Sie schob sich die Hände unter das Gesicht, biss sich auf die Finger, um nicht laut aufzuschreien.

„Halt still." Seine Stimme zerriss die Stille, ein harter Schlag folgte.

Anna zuckte zusammen. Unwillkürlich presste sie ihre Schenkel ein Stück zusammen.

„Ich sagte, nicht bewegen. Du wirst deine Schenkel erst dann schließen, wenn ich es dir erlaube."

Der Druck seiner Hand an den Innenseiten ihrer Schenkel zwang sie dazu, ihre Schenkel zu öffnen. Der Dildo glitt tief in sie hinein, spießte sie auf. Aarons freie Hand spielte mit ihrer Klitoris. Verwöhnte, umkreiste, neckte und rieb.

Anna hatte das Gefühl, als würde ihr Innerstes nach außen gekehrt. Dies war kein Spiel mehr, kein reines Begehren, sondern wuchs zu etwas unsagbar Wichtigem, zu etwas Existenziellem. Sie erbebte unter seinen kundigen Fingern. Spürte, dass sie bald so weit war. Ihre Atemzüge beschleunigten sich, sie bog ihren Rücken durch, um sich besser an seinen Fingern reiben zu können und keuchte auf, als sie für diese Bewegung mit einem erneuten Schlag aufs Gesäß bestraft wurde.

„Du willst nicht gehorchen? Okay. Dann musst du fühlen!" Seine Worte waren wie klirrendes Eis.

Die unbarmherzig liebkosende Hand zog sich zurück. Sie spürte, wie er den Dildo aus ihr entfernte, stattdessen etwas anderes in sie einführte. Einen Vaginal-Plug, an dem zwei Edelstahlkettchen mit kleinen Zierkugeln aus Edelstahl befestigt waren.

Seine Hand griff unsanft in ihr Haar, zog sie in eine sitzende Position. Zusammengekauert zu seinen Füßen erwartete sie angstvoll mit geschlossenen Augen das, was folgen würde. Aaron stand da, betrachtete sie. Seine Augen glitten ihren Körper entlang. In Schweigen gehüllt hielt sie den Atem an, wohlwissend, dass es manchmal unumgänglich war, in Stille zu verharren. Fast gierig erwartete sie seine Strafe. Weitere Schläge, unerbittlich und heiß – süße Qual. Sie war zu allem bereit, wenn er ihr nur diese unwiderstehlich harte Zuwendung zukommen ließ, sie mit Sinnlichkeit folterte.

Verhangene Augen, die zu ihm aufblickten, sich in ihm verloren.

Breitbeinig stand er vor ihr, attraktiv, stark und gefährlich. Sein Blick hart wie Stahl, seine Kiefermuskeln zuckten.

Ihr Hals war trocken, der Boden hart, ihre Knie schmerzten, Kälteschauer liefen über ihre nackte Haut. Die Brustwarzen aufgerichtet und hart, die Hände wie schützend über ihrem Bauch gekreuzt, so erwartete sie seine Aufmerksamkeit, seine führende Hand, seine strafende Zuwendung. Jedoch vergeblich. Oder war es seine Art der Strafe, sie mit diesen Blicken zu foltern? Mit Blicken, die sie verbrannten. Von denen sie noch nicht einmal erahnen konnte, was sie zu bedeuten hatten. Was dachte er? Hatte er genug von ihr? Allein der Gedanke daran ließ sie innerlich aufschluchzen.

Sie wollte sich an ihn schmiegen, in ihn hineinkriechen. Innerlich zitternd senkte sie ihren Blick, wünschte sich seine harte Hand … seine streichelnde Hand.

Stattdessen ging er zur Tür.

„Ich wünsche dir eine angenehme Nachtruhe und erwarte dich morgen Mittag in meinem Büro." Er drehte sich noch einmal um. „Wage es nicht, den Stöpsel zu entfernen."

Dann war er verschwunden.

***

Aaron durchquerte den Nordflügel, lief eine Wendeltreppe hinauf zu seinen privaten Gemächern. Durch die bunten Glasfenster tropfte das Mondlicht, hüllte die Umgebung in silbriges Zwielicht. Aaron mochte diese Atmosphäre.

Er lauschte in die Nacht hinein und betrat seine Suite. Die elfenbeinfarbenen Fliesen, die warmen Mokkatöne des Mobiliars und der Wände – alles wirkte warm und doch kühl. Edle Eleganz gepaart mit Nostalgie. An den Wänden hingen schwere, gerahmte Gemälde. Er blickte aus dem Fenster, ließ sich in einem mit Brokat bezogenem Ohrensessel nieder, schenkte sich zufrieden einen Sherry Oloroso ein, gab eine

Orangenscheibe dazu und drehte dann das Glas leicht im Uhrzeigersinn. Die bernsteinfarbene Flüssigkeit, die dezent im edlen Kristallglas rotierte, war auch optisch ein Genuss. Aaron liebte das vollmundige, an Walnüsse erinnernde Aroma und nahm einen Schluck.

Lächelnd richtete er seine Aufmerksamkeit auf die jüngsten Ereignisse. In seinen Lenden pochte es. Seine bewusst zurückgehaltene Lusterfüllung ließ die Hose eng werden. Er wollte in Bezug auf Anna zunächst so taktisch wie möglich vorgehen, sich mit klarem Kopf auf sie konzentrieren, herausfinden, wie Anna „tickte". Seine Lust konnte er auch an anderer Stelle stillen.

Der Erfolg gab ihm recht, denn alles lief besser als gedacht. Er hatte schon bald ein Bild davon bekommen, worauf Anna in erotischer Hinsicht stand. Die Rechnung ging also auf, nahm Formen an. Nicht mehr lange, und die Pressetante würde voll und ganz in seinem Netz zappeln.

Kapitel Acht

Fast die ganze Nacht wälzte sich Anna ruhelos und voller Sehnsucht im Bett. Sie lag halb wachend, halb träumend in den kühl seidigen Laken, hielt Zwiesprache mit einer Motte, die lautlos durch das Zimmer schwebte. Wieder und wieder durchlebte sie die Szenen, die sich vor ein paar Stunden abgespielt hatten. Der Plug hatte sich in sie hineingesaugt, erregte sie, füllte sie aus und erinnerte sie an ihre Gier nach Aaron, nach seinen Händen, seinem festen Griff. Ihre Lippen und Wangen röteten sich, ihr Mund war trocken. Immer wieder glitt ihre Hand zwischen ihre Schenkel, wie um sich zu überzeugen, ob alles noch an Ort und Stelle war. Wieso hatte er sie nicht genommen? Ihr stattdessen dieses Ding hineingeschoben? Und dann war er einfach gegangen. War das die Strafe, von der er gesprochen hatte? Entzug als Strafe, statt lustvoller Schläge?

Sie hoffte es, denn sonst gab es für sie nur eine einzige Erklärung dafür, dass er so urplötzlich verschwunden war: Dass er genug von ihr hatte. Eindeutig genug!

Die Gedanken daran stürzten sie in tiefe Verzweiflung. Unruhig setzte sie sich auf, ließ sich wieder zurückfallen und vergrub ihr Gesicht in den Kissen.

Was er in diesem Moment wohl gerade tat? Lag er bei einer anderen Frau, um sich dort das zu holen, was er von ihr nicht hatte haben wollen? Bei dieser wunderschönen Frau – Kassandra – die wie eine Spinne im Netz nur darauf wartete, ihn zu ködern?

Dieses Bild quälte sie. Anna schluchzte auf, fühlte einen dicken Klumpen in ihrem Magen.

Endlich fiel sie in einen unruhigen Schlaf. Sie erwachte erst, als ein vorwitziger Sonnenstrahl sie an der Nase kitzelte. Für einen Moment hatte sie das Gefühl, alles sei ein Traum gewesen. Sie blinzelte. Nein, es war kein Traum. Sie war wirklich hier auf dem Anwesen eines Mannes, der ihr Innerstes berührt, ihr eine unruhige Nacht beschert und Unsicherheit, Ängste, aber auch Gier in ihr zurückgelassen hatte. Sie errötete, als sie an den vergangenen Abend zurückdachte, konnte noch immer seine Hände auf ihrem Körper spüren, seine Zunge in jedem Winkel ihres Körpers und den Geruch seines Eau de Toilette in ihren Haaren. Tausende von Erinnerungsstücken wirbelten in ihrem Kopf durcheinander.

Um ein wenig zur Ruhe zu kommen erinnerte sie sich eindringlich daran, dass am Nachmittag – nach diesem Interview – sowieso alles vorbei sein würde. Nicht mehr lange, und sie würde ihn nie wiedersehen. Nachdenklich erhob sie sich. Die frische Morgenluft kroch über ihre bloßen Füße und unter das dünne Hemd, in dem sie geschlafen hatte. Sie schüttelte die Kissen auf, schlug die Bettdecke zurück und griff nach dem Morgenrock, hüllte sich hinein und trat auf den Balkon. Dabei baumelten die Ketten zwischen ihren Beinen hin und her, schlugen gegen die Innenseiten ihrer Schenkel.

Der Park lag in strahlendem Sonnenlicht vor ihr und wirkte ebenso reizvoll und verwunschen wie am Vortag. Auf dem Balkon huschte ein Eichhörnchen über das Geländer und sprang mit kühnem Schwung auf den Ast einer großen Weide.

Anna seufzte tief. Auch wenn es ihr nicht sonderlich behagte, so musste sie sich eingestehen, dass es schmerzte, wenn sie daran dachte, dass sie das Anwesen – und vor allem IHN – noch am selben Tag verlassen würde. Sie verspürte den tiefen Wunsch, er möge sie bitten, hierzubleiben.

Leise seufzend schlang sie die Arme um ihren leicht fröstelnden Körper.

Ach, wäre er doch hier. Jetzt. Bei ihr.

Sie ersehnte dieses Kribbeln, das sie so atemlos machte. Ausgelöst durch lustvolles Dominieren und atemlose Hingabe. Wünschte seine starke Hand – hier, jetzt und sofort.

Anna ging duschen und kleidete sich an. Bei jedem Schritt fühlte sie den Plug in sich, die sanft baumelnden Ketten, derentwegen sie auf ein Höschen verzichtete. Allein das Gefühl, ausgefüllt zu sein erzeugte einen besonderen Reiz. Der Plug schien sich auszuweiten, immer größer zu werden. Ihn in sich zu spüren verstärkte ihre Sehnsucht und ließ den Wunsch nach Aarons Schwanz groß und größer werden.

Es klopfte an der Tür. Eine junge Frau trat ein, lächelte. „Yvette", stellte sie sich mit leichtem Nicken vor. „Ich zeige dir den Frühstücksraum".

Anna folgte ihr mit flauem Magen und betrat den eleganten Frühstückssalon. Die Sonne tauchte den freundlichen, im Kolonialstil eingerichteten Raum in ein zartrosa gefärbtes Licht. Die quadratischen, dunkel lackierten Tische waren mit

Frühstücksgeschirr eingedeckt. Ein Strauß aus Mohnblumen verlieh dem Raum eine heitere Note. Auf der Kommode standen auf Wärmeplatten Kaffee, Tee und Eierspeisen. Säfte, Obst, Salate aller Art, Käse-, Wurst- und Schinkenplatten rundeten das Angebot ab. Ein Anblick, der dem Eintretenden das Wasser im Mund zusammenlaufen ließ.

Anna hatte allerdings keinen Blick für die Schönheit dieses Raumes. Nervös griff sie zur Kaffeekanne und zu dem Teller mit den Croissants. Zum Glück hatte sie einen kleinen, unbesetzten Tisch am Fenster gefunden, denn belangloser Small Talk war das Letzte, wonach ihr heute der Sinn stand. Leises Gemurmel füllte den Raum. Er war nur zur Hälfte gefüllt, da die meisten Gäste bereits abgereist waren oder noch schliefen.

Die Gedanken an den vergangenen Abend hüllten sie ein, legten sich um sie wie ein lüsterner Komplize, der sich nicht abschütteln ließ.

Sie schenkte sich die dritte Tasse Kaffee ein, das Croissant lag unberührt auf ihrem Teller. In ihrem Magen grummelte es. Mit einer Mischung aus Unbehagen und irrsinniger Vorfreude dachte sie an das bevorstehende Wiedersehen mit Aaron. Ihr Kopf schwirrte, die Gedanken drehten sich im Kreis. Wie würde er auf sie reagieren? Und wie konnte sie ihm nach der letzen Nacht in die Augen blicken?

Ihr war übel, und sie versuchte, ihr Unbehagen mit einem großen Schluck Kaffee hinunterzuspülen. Lustlos biss sie in ihr Croissant, doch es schmeckte fad. Alles in ihr war fad. Sie fühlte sich leer und doch übervoll. Konnte die trüben Gedanken an ihren bevorstehenden Abschied nicht abschütteln. Sie hätte sich in diesem Moment am liebsten vor Aaron auf den Boden geworfen und ihn angefleht, bei ihm bleiben zu dürfen. Ob es half, einen Zaubertrank zu brauen und ihn diesem Kerl einzuflößen, damit er sein Herz an sie verlöre?

Anna sah sich im Geiste schon Kräuter sammeln, kochen, die Flüssigkeit in Reagenzgläser füllen und sie mit einem Zauberspruch versehen.

Sie presste ihre Fingerspitzen an die Schläfen. Ihr Kopf brummte. Wo war die andere Anna? Die immer wusste, wo es lang ging. Die nichts so leicht aus der Bahn warf. Und die für derartige sexuelle Gier bisher nur Hohn übrig gehabt hatte.

Sie musste sie mobilisieren.

Später, nach einer weiteren Tasse Kaffee, fühlte sie sich wacher und klarer im Kopf. Sie sprach sich Mut zu, denn es würde ein Leben nach diesem Interview – nach Aaron Vanderberg geben. Und wenn ein paar Tage vergangen waren, war das Phantom Aaron mit Sicherheit aus ihrem Gehirn verschwunden. Sie würde wieder zur Tagesordnung übergehen, sich in die Arbeit stürzen, und alles würde gut werden. Schließlich war sie mit ihrem Leben stets mehr als zufrieden gewesen – wieso sollte sich dieser Zustand nicht wieder einstellen? Zumal ein Mann wie Aaron nur Unruhe in das Leben einer Frau brachte. Sie konnte also froh sein, wenn sie ihn nach dem Interview nie wieder sah, wenn die Erinnerung an ihn mehr und mehr verblasste und schließlich wie ein lästiger Nebelhauch im Nichts verschwand. Sie musste nur noch die nächsten Stunden hinter sich bringen, seine Unwiderstehlichkeit dabei so gut es ging ignorieren und dann zurück in ihr heißgeliebtes altes Leben eilen.

Sie straffte die Schultern, biss wesentlich genussfreudiger in ihr Croissant und atmete wie zur Bekräftigung hörbar aus. Alles würde gut werden!

***

Vor der schweren, dunklen Tür, die zum Büro führte, holte sie tief Luft, erst dann klopfte sie an.

„Herein!" Wie durch Watte drang die Stimme des Hausherrn zu ihr.

Aaron thronte in einem Sessel hinter dem wuchtigen Schreibtisch. Seine Miene war undurchdringlich, die Augen blitzten, als er ihre Gestalt musterte.

„Nimm Platz!" Er begann die Papiere, die zerstreut vor ihm lagen, zu sortieren.

Anna war froh, als sie die Sitzfläche des Stuhles unter sich spürte, denn ihre Knie waren weich wie Butter.

Sie mied seinen Blick, platzierte das Aufnahmegerät auf dem Schreibtisch.

„Sieh mich an."

Anna tat, als habe sie ihn nicht gehört, kramte in ihrer Handtasche nach Stift und Block.

Ehe sie sich versah, stand er vor ihr, zog sie am Ellbogen auf die Füße.

„Ich sagte, du sollst mich ansehen." Gefährlich leise schlichen diese Worte durch ihren Gehörgang. Schauer durchliefen ihren Körper.

Ihr Blick kreuzte den seinen, floh, nur um sich kurz darauf erneut in den Tiefen seiner Iris zu verlieren.

„Schon besser. Und nun werde ich nachschauen, ob du mir gehorcht hast."

Seine Hand fuhr unter ihren Rock, tastete sich vor. Anna unterdrückte einen wohligen Seufzer.

Aaron lachte in sich hinein. Der Stöpsel steckte. Was für ein Triumph.

Zart wie ein Flügelschlag strichen seine Finger über ihre Schamlippen. Die Berührung seiner Hand machte sie schwindelig.

„Du trägst kein Höschen. Extra für mich?" Er lächelte süffisant, spielte an den beiden Ketten und zog daran. Noch ehe Anna etwas erwidern konnte, befahl er: „Zieh dich aus."

Seine Worte trafen ihre Sehnsüchte; ihr Begehren stand in ihren Augen geschrieben.

Eine Amsel sang, Sonnenstrahlen fanden ihren Weg durch das Fenster ins Büro, zeichneten helle Linien in den flauschigen Teppich unter ihren Füßen.

Anna schwindelte, sie sehnte sich danach, seinem Wunsch nachzukommen. Doch da war auch noch die andere Seite in ihr. Die sich vorgenommen hatte, tausend Schleier über sich zu werfen – als Schutzbarriere, als Wall. Sie hasste ihre Widersprüchlichkeit. Versuchte die Anna, die eine hohe Mauer ziehen wollte, aufzurütteln, um ihn fern zu halten. Trotzig blickte sie weiterhin an ihm vorbei.

Aaron schien ein Lachen zu unterdrücken. „Du weigerst dich auch heute, meinen Befehlen Folge zu leisten?" Grob umfasste er ihren Oberarm und drückte zu.

Anna vermied ein Seufzen, als seine andere Hand sich unter ihr Kinn legte. Ihren Blick stur an ihm vorbei gerichtet, vertiefte sie sich in den Anblick des Topfes mit Veilchen, der auf der Fensterbank stand. Die Vorhänge wehten leicht, leuchteten blutrot in der Mittagssonne.

„Ich wiederhole mich nicht gern", zischte er zwischen zusammengepressten Zähnen hervor. Der Griff in ihr Haar schmerzte. Er zog ihren Kopf hart und unerbittlich zurück. „Ein letztes Mal: Zieh dich aus."

Aufgewühlt blickte sie ihn an. Seine steingrauen Augen wirkten wie kaltes Feuer. Flüssiges Eis. Brennend und doch kühl. „Entweder du tust, was ich dir sage, oder du bekommst dein Interview und kannst gehen. Für immer." Seine Worte schnitten in ihre Seele, quälten sie, streichelten gleichzeitig ihre Sinne. Es bestand die Chance zu bleiben?

Sie begann ihre Bluse aufzuknöpfen.

„Du willst bleiben?"

Sie hob den Kopf, hielt seinem Blick fast trotzig, aufmüpfig, aber gleichzeitig voller Hingabe stand. Dann nickte sie.

„Ich hoffe, du weißt, was du tust." Minutenlanges Schweigen. Er schritt um sie herum wie ein Raubtier. Mit langsamen Bewegungen, den unbarmherzigen Blick stets auf ihre Gestalt gerichtet. Die Stille hüllte Anna ein, verwischte die Grenzen, war unerträglich laut und doch erlösend sanft. Sie schloss die Augen, nickte wieder, zuckte leicht zusammen, als seine Stimme das Schweigen wie ein Kanonenschlag durchbrach. „Okay. Lass dir allerdings gesagt sein, dass ich mit dir machen werde, was mir gefällt! Du wirst meinen Wünschen zu jeder Zeit, und so lange es mir beliebt, Folge leisten. Also, Anna, noch hast du die Option zu gehen."

„Ich bleibe."

Er hob eine Augenbraue, kam nicht umhin, sie für ihre entschlossene Kühnheit zu bewundern. Diese Frau hatte es nicht nötig, sich zu zieren, stand zu dem, was in ihr vorging. Das imponierte ihm.

Sie schob den Rock über die Hüften und reckte ihr Kinn vor. Erneut glomm dieses amüsierte Glitzern in seinen Augen auf. Ihr wurde schummrig.

„Solltest du dich mir widersetzen, wirst du in der Hölle schmoren. Du wirst Höllenqualen leiden, die du nie wieder vergessen wirst. Du wirst im Bett liegen und dir wünschen, mir nie begegnet zu sein. Hast du verstanden?"

Anna nickte schweigend mit glühendem Blick und geröteten Wangen. Sie war schon längst nicht mehr Herrin ihrer Sehnsüchte, wollte ihm ganz gehören, bedingungslos tun, was er von ihr verlangte. Diesen Weg zu gehen, diese bisher fremde Seite kennenzulernen und immer ein Stückchen weiter zu gehen – sie begann es zu genießen. Nicht ahnend, was als Nächstes geschah, der Sinne beraubt, gleichzeitig aber aller Sinne geschärft. Berührungen, zufällig, gewollt, direkt, bestimmend, mal zärtlich, mal hart, mal beides. Zu wollen, aber nicht so zu können, wie sie es gerne wollte – sich zu gedulden, zu gehorchen. Die devote Seite auszuleben, die nun, da sie geweckt worden war, mit aller Gewalt nach oben drängte.

Nur zu gern wollte sie sich komplett fallen lassen, alles andere um sich herum vergessen, und sich dabei so intensiv spüren wie nie zuvor.

Nackt stand sie vor ihm. Ihre Brustspitzen standen steil ab, waren hart wie Diamanten und reif wie fruchtige Himbeeren. Aarons Blick auf ihrem Körper empfand sie als beunruhigend, aber auch erregend. Sanft wie ein Wimpernschlag streifte sein Zeigefinger die Linie ihres Halses, während sein Blick auf ihrem Mund ruhte. Ihr Atem ging stoßweise, was ihre üppigen Brüste einladend mitwippen ließ.

„Ich werde mit dir spielen und dich an deine Grenzen führen", flüsterte er. Sein Lächeln war jungenhaft charmant, gleichzeitig aber auch kühl fordernd. Sie erbebte, als er sie am Arm packte und vor dem Schreibtisch zu Boden drückte. Sie lag auf dem Rücken, ihm ausgeliefert. Im nächsten Moment hatte er auch schon zwei Handschellen aus einer Schublade gezogen.

Er legte sie um ihre Handgelenke, ließ sie zuschnappen und befestigte das andere Ende jeweils an den schweren Füßen des Tisches. Hilflos lag sie da, die Arme über dem Kopf weit auseinandergezogen. Sie erbebte, als er ihre Brüste berührte, die Handflächen darauf legte, ohne Druck zart rieb, gerade so viel, dass ihre Nippel hart blieben. Seinem Blick entging keine Regung. Er erhob sich, betrachtete ihren nackten Körper, mit dem er jetzt alles tun konnte, was er wollte. Annas Atem beschleunigte sich bei diesem Gedanken. Er stellte sich breitbeinig über sie und ließ die Spitze einer Gerte, die wie von Zauberhand plötzlich in seinen Händen lag, über ihren Körper gleiten. Einem Stromschlag gleich reizten diese Berührungen ihre Sinne. Sie zuckte zusammen, ihr Körper reckte sich jeder Bewegung der Gerte entgegen, die über Bauch, Wangen, Hals und Brüste bewegt wurde. Den Brustspitzen ließ Aaron besondere Zuwendung zukommen, ließ die Spitze spielerisch um den Vorhof kreisen, tippte die harten Nippel an. Dann ging die Entdeckungsreise weiter hinab über ihren Bauch, ihren Venushügel und die Schenkel.

Anna erschauerte. Sie hob ihr Becken an. Ihr Schoß war hungrig, konnte es nicht erwarten, ebenfalls bedacht zu werden.

„Halt still!"

Aarons Stimme erreichte sie nur halbwegs. Sie ersehnte Penetration, fand sich in anderen Sphären wieder. Aber Aaron ließ sich Zeit. Das kühle Leder der Gerte klopfte sich leicht an den Innenseiten ihrer Schenkel hinab, strich an den Außenseiten wieder empor und verweilte für ein paar Sekunden auf dem Venushügel.

Diese Sekunden brachten Anna an den Rand ihrer Selbstbeherrschung, sie begann unkontrolliert zu zittern. Als Aaron die Gerte langsam wieder zu bewegen begann, schloss sie ergeben die Augen und gab einen lustvollen Seufzer von sich.

Das Leder der Gerte glitt zwischen ihre Beine, rieb sich an ihren Schamlippen und spielte mit den Ketten des Plugs.

Anna stöhnte laut auf, weil er in diesem Moment mit der Gertenspitze ihre Klitoris berührte. Sie bog sich zum Hohlkreuz, schob ihm ihr Becken entgegen. Der Druck der Gerte verstärkte sich ebenso wie der des Stöpsels in ihr.

„Ich sagte, du sollst still halten", zischte Aaron, zog die Gerte zurück und schlug auf ihren Oberschenkel. Leicht, aber doch fest genug, um sie zusammenzucken zu lassen. Die Stelle, an der er sie getroffen hatte, kribbelte. Ein weiterer Schlag folgte, dieses Mal fester, auf die Innenseite des Schenkels, ziemlich weit oben. Sie stieß einen kleinen Schmerzenslaut aus.

„Schließ die Augen."

Anna hielt die Luft an, als ein weiterer Gertenhieb auf sie niedersauste. Ihre Nerven waren zum Zerreißen gespannt. Stöhnend zuckte sie zusammen, als der nächste Schlag ihre linke Brustwarze traf. Ein weiterer Gertenhieb. Diesmal war es die rechte Brustwarze. Ihre Augenlider flatterten. Sie wollte sie öffnen, um darauf vorbereitet zu sein, wo der nächste Schlag sie treffen würde, doch Aaron kam ihr zuvor.

„Die Augen bleiben geschlossen."

Ihr Körper zuckte, als die Gerte ihr Schambein traf. Sie schrie auf.

„Halt den Mund und konzentriere dich auf den Schmerz. Du wirst lernen, dass Schmerz zu Leidenschaft gehört. Nicht mehr lange, und du wirst dich danach sehnen. Horche in dich hinein und spüre nach, wie es sich anfühlt."

Erstaunt bemerkte Anna, wie sie den Schmerz von Hieb zu Hieb weniger als Schmerz empfand. Vielmehr verwandelte er sich in ein sinnliches Prickeln.

Wieder sauste die Gerte auf ihre Brust nieder. Diesmal war es allerdings kein einzelner Schlag, sondern mehrere kurze Hiebe hintereinander, die quer über ihre Brust gesetzt wurden.

Sie spürte, wie es auf ihrer Haut brannte. Die nächsten Schläge trafen die Mitte ihres Bauchnabels, ihr Schambein und die Schamlippen. Anna keuchte und bäumte sich leicht auf. Die geflochtene Gertenspitze glitt zart über ihren Körper, umtanzte ihre Nippel. Sie konnte vor Erregung kaum sprechen. Aaron stand zwischen ihren Beinen, schob sie mit seinen Schuhen weit auseinander.

„So! jetzt kommen wir zur Sache." Er zog an den Ketten zwischen ihren Beinen und den Plug aus ihr heraus.

Anna begann sich erwartungsvoll zu winden. Die Gertenspitze presste sich an ihre Klitoris, vibrierte dort. Sie hielt den erregenden Druck und das Reiben zwischen ihren Beinen kaum noch aus, biss sich auf die Lippen. Dies war die reinste Hölle. Qual, Folter und Himmelreich zugleich.

Er legte den Schaft der Gerte quer zwischen ihre Schamlippen, begann ihn rhythmisch vor- und zurückzuschieben. Anna hob ihr Becken an, presste sich dieser köstlichen Penetration entgegen. Das geflochtene Leder verschwand in ihrem rosigen Fleisch, glitt wie eine Schlange durch die Nässe ihres Schoßes, vorbei an ihrer Klitoris, mit süßem Locken über ihre Pforte hinweg. Diese Spielerei ließ tausend Stromstöße durch ihren Körper jagen. Ein Gefühl so süß wie Honig, so gewaltig wie ein Feuerwerk. Die Luft schien aufgeladen. Ihr Blick flackerte. Sie wollte hart und gierig ausgefüllt werden, Gedanken überschwemmten sie, zogen sich wieder zurück.

Und dann endlich bohrte sich die Spitze in sie hinein – zunächst langsam vortastend, dann energisch.

Aaron konnte den Hunger in ihren Augen sehen. Ihr Körper vibrierte, gierte nach mehr. Er spürte den Rausch, der sie umgab, bewegte die Gerte in kreisenden Bewegungen in ihr auf und ab. Anna genoss jede einzelne Sekunde.

Ein brennendes Verlangen breitete sich in ihr aus, überwältigte sie, machte sie atemlos und weckte eine verräterische Glut in ihr. Vertraute wollüstige Empfindungen übernahmen jetzt die Regie. Ihr Bewusstsein löste sich auf, ihre Lippen bebten, ihr Blick verschwamm. Anna versank in einem Taumel an Gefühl, ihr Mund war trocken, das Herz hämmerte unruhig.

Aaron führte die Gerte so, dass sie die empfindsamen Innenwände ihrer Vagina massierte und den richtigen Druckpunkt fand. Währenddessen rieb der Daumen seiner anderen Hand ihre Klitoris. Ein Zucken durchzog ihren Unterleib und breitete sich wellenförmig aus. Es tauchte sie in ein Meer aus Lust, dessen Wogen ihre Sinne streichelten. Und dann explodierte etwas in ihr. Heiße Schauer durchschüttelten ihren Schoß, zogen sämtliche Sinne Annas mit sich, bis sie in einem gewaltigen Orgasmus mündeten, der ihr ein berauschend süßes Gefühl bescherte.

Sie benetzte ihre trockenen Lippen, blinzelte und erschrak, denn Aarons Blick verhieß nichts Gutes. „Habe ich dir erlaubt zu kommen?"

Sie entwand sich seinem Blick, schüttelte den Kopf.

„Du siehst doch ein, dass ich dich dafür bestrafen muss?!"

Ohne eine Antwort abzuwarten, richtete er sich auf und begann sie mit der Gerte zu züchtigen.

Anna schrie und zuckte. Schmerz fuhr durch ihren Körper. Diese Schläge hatten nichts mit den Hieben gemeinsam, die sie kurz zuvor hatte genießen dürfen. Sie waren grausam und unerbittlich. Sämtliche Muskeln ihres Körpers spannten sich an. Aaron kannte kein Erbarmen, ließ die Gerte wieder und wieder auf sie niedersausen, ließ kaum einen Zentimeter ihres Körpers aus. Das harte Leder prasselte immer und immer wieder auf ihren Bauch, ihre Brüste, ihre Arme und Beine, dann dazwischen und schließlich auf die zarteste Stelle ihres Körpers.

Ihre gellenden Schreie ignorierte er, betrachtete stattdessen zufrieden die roten Striemen auf ihrer blassen Haut. Und dann nahm die Wucht der Schläge ab. Sie wurden gezielter gesetzt, gefühlvoll platziert. Anna begann sich zu beruhigen, und obwohl ihre Haut brannte, begann sie die einzelnen Hiebe bald nicht mehr als Schmerz, sondern als lüsternes Kribbeln zu empfinden. So intensiv, dass sie es nicht erwarten konnte, mit weiteren Schlägen bedacht zu werden. Sie ersehnte die Momente, in denen sich der Schmerz in ein süßes Gefühl verwandelte, von Mal zu Mal intensiver, bis sie trunken vor Ekstase und benebelt vor Hingabe war.

Die Lust drückte auf ihre Lider, ihre Wimpern waren zu schwer, um zu flattern. Mit halbgeschlossenem Blick sah sie die Gerte hinabschnellen. Erwartete sie freudig, seufzte leise auf, wenn sich das zischende Brennen in ein kribbelndes Gefühl verwandelte.

Sie lag da, reglos, willenlos. Ganz so, als hätte Aaron einen magischen Zauber über sie geworfen. Sie spürte, wie Aaron die Gerte erneut der Länge nach zwischen ihre Schamlippen legte und sie leicht vor- und zurückschob.

Hoffnungsvolle Erregung färbte ihre Wangen rot.

Aarons Pupillen zogen sich zusammen – graues Feuer glomm in seinen Augen auf.

Anna zwang sich, seinem Blick standzuhalten, auch wenn sie innerlich daran verglühte.

Der lederne Schaft der Gerte glitt am Tor ihrer Vagina entlang, streifte ihre Klitoris, umkreiste die geschwollene Perle, tippte sie in regelmäßigen Abständen verführerisch an. Wie ein verlängerter Finger begann sie die Knospe zu reiben, die sich inmitten der rosigen Feuchte lockend aufrichtete. Anna begann zu wimmern.

Sie war kurz davor, erneut zu explodieren, bat im letzten Moment um Erlaubnis.

Aaron schüttelte den Kopf. Ihren aufkeimenden Protest erstickte er im Keim, indem er ihr einen warnenden Blick zuwarf. Einen Blick, der ihr ein Loch in die Seele brannte, der sich erbarmungslos in sie hineinbohrte, sie verschlang und willenlos machte.

Anna fröstelte. Da stand er nun vor ihr. Stolz und schön. Mit einem Blick, der keine Schwäche zu kennen schien.

„Du bist ohne meine Erlaubnis gekommen. Einen weiteren Orgasmus hast du nicht verdient. Merke dir also für die Zukunft: Du wirst erst dann kommen, wenn ich es möchte, wenn ich es dir erlaube."

Er befreite sie von den Handschellen. „Und nun hast du genau fünf Minuten, um mir einen Orgasmus zu verschaffen. Gelingt dir das nicht, wirst du auch die nächsten Tage ohne Orgasmus auskommen müssen. Also streng dich an."

Breitbeinig stand er vor ihr, öffnete den Reißverschluss seiner Hose und ließ sie zu Boden gleiten. Anna schaute fasziniert zu, wie sein Schwanz aus dem knappen Slip sprang. Sie malte sich aus, wie sich sein Schaft tief in sie hineinschob. Gierte danach. Hitzige Visionen durchfluteten ihr Hirn. Die Sehnsucht nach Vereinigung brannte in ihrem Schoß, pochte in ihrer Klitoris und sandte Wellen des Verlangens durch ihren Körper. Sein Schwanz war lang und gerade. Die Vorhaut, etwas zurückgezogen, gab den Blick auf die geschwollene Eichel frei. Anna hatte noch nie einen schöneren Schwanz gesehen.

Wilde Lust glomm in ihr auf. Sie nahm seinen Penis, zog die Vorhaut vollends zurück und küsste seine Gliedspitze, die heiß auf ihrer Zunge brannte. Ihre Lippen setzten sich seitlich auf den Schaft, bewegten sich abwärts. Mit der freien Hand massierte sie die seidigen Hoden. Prall gefüllt, reif und köstlich ruhten sie in ihrer Hand. Sie fühlten sich gut an, weich und warm, seidig, sündig. Gefühlvoll begann sie seine Leisten zu massieren, seine Hoden und seinen Schwanz. Spielerisch umkreiste sie ihn, freute sich, als sie bemerkte, wie sein Körper lustvoll zusammenzuckte ... und zog ihre Hand im letzten Moment bewusst zurück.

Aaron hob erstaunt die Augenbraue. Ein solch lustvolles Spiel hätte er dieser Person gar nicht zugetraut. Immer dann, wenn er glaubte, sie würde seinen Schwanz endlich umfassen, hielt sie inne und belehrte ihn eines Besseren, indem sie stattdessen seinen flachen Unterbauch, die Innenseiten seiner Schenkel und seine Brust liebkoste. Er begann zu genießen, spürte, mit welcher Lust sie bei der Sache war. Eine angenehme Erfahrung für ihn, denn meistens hatte er es mit Frauen zu tun, die lediglich an ihrer eigenen Lustbefriedigung interessiert waren.

Sie rieb ihre Brüste an seinen Oberschenkeln, umfasste seine Hoden, spielte mit ihnen, massierte und ertastete jeden Millimeter der samtenen Haut.

Aaron schloss die Augen, seine Lider zuckten, er wand sich unter ihren Berührungen. Sein prall gefüllter Schwanz und die glänzenden Lusttropfen auf seiner Eichel verrieten seine Erregung.

Anna beugte ihren Kopf vor und berührte mit der Zungenspitze erneut seine Eichel. Sein Schwanz zuckte unter ihrer Zunge. Sie nahm seine Lusttropfen auf und bewegte sich in einem geraden Strich an seinem harten Schaft hinab, bis hin zu den samtigen Hoden. Ihre Lippen umschlossen die seidigen weichen Bälle und saugten daran. Ihre Zunge umzüngelte genussvoll seinen Schaft.

Als sie seinen Schwanz Stück für Stück und schließlich ganz in sich aufnahm, begannen Aarons Beine zu zittern. Er spürte, wie lustvoll sie sein bestes Stück verschlang.

Waren ihre Liebkosungen zunächst zaghaft, zärtlich gewesen, so waren sie nun wild und gierig. Sein Becken drückte sich ihr entgegen. Die Hände auf seinen Gesäßbacken, lutschte sie seinen Schwanz. Seine Hüften schossen vor und zurück, arbeiteten schneller. Annas Lippen, ihr bereitwilliger Mund waren köstlich, trieben ihn unermüdlich der nahenden Erleichterung entgegen, die sich ankündigte. Und dann war sie da – die Explosion – die ihn heiser aufstöhnen ließ. Ein Orgasmus, der seinen Körper durchschüttelte und tausend Stromstöße durch ihn jagte. Aaron wünschte sich, dass dieser Moment ewig dauern möge.

Sekundenlang blieb er regungslos stehen, dann zog er sie mit einem festen Griff an ihrem Oberarm zu sich nach oben. Er spürte ihr Erschauern, als er sie dafür lobte, die von ihm angesetzten fünf Minuten nicht überschritten zu haben.

Dann wurde seine Miene undurchdringlich. „Genug für heute. Zieh dich an."

Mit zitternden Fingern sammelte sie ihre Kleidung ein. Röte schoss ihr ins Gesicht, als sie ihm gegenüberstand, seinen prüfenden Blick spürte. In diesem Moment wünschte sie sich weit weg, fühlte sich verloren, unsicher und verletzlich. Gleichzeitig ersehnte sie Erfüllung, wollte diesen Mann in sich spüren, von ihm ausgefüllt werden, bis der erlösende Orgasmus die quälende Spannung aus ihrem Körper trieb. Wieso fickte er sie nicht? Warum ließ er mitten drin von ihr ab? Es war die Hölle. Unwillkürlich presste sie ihre Oberschenkel zusammen, um dem pochenden Kribbeln entgegenzuwirken.

Als könnte er ihre Gedanken lesen, gab er ihr einen Klaps auf die Außenseite ihres Schenkels. „Wage es nicht, Hand an dich zu legen. Weder jetzt, noch später." Sein Blick brannte eine heiße Spur auf ihre Haut. Rasch schlüpfte sie in ihre Kleidung, in der Hoffnung, der schützende Stoff möge ein wenig Sicherheit zaubern.

„Nun, willst du immer noch bleiben?" Ein zynisches Lächeln lag in seinen Mundwinkeln. Ihr Herz klopfte bis zum Hals. Ein Teil von ihr hätte in diesem Moment am liebsten laut ‚Nein' gebrüllt. Aber es war zu spät zum Umkehren. Viel zu spät. Sie wollte mehr. Viel mehr. Es gab kein Zurück.

Sie beantwortete seine Frage mit einem Nicken.

„Ich hoffe, du hast dir das gut überlegt. Ich kann grausam sein, wenn es darauf ankommt."

Ihr war flau im Magen. Seine Worte ließen sie erbeben. Wirre Gedanken schossen ihr durch den Kopf, Bruchstücke bunter Bilder, die sie vieltausendmal in ihrem Kopf abgespult hatte. Ihre Lippen waren trocken, brüchig. In ihrem Schädel hämmerte es.

„Ich bleibe."

In Aarons Augen blitzte es auf. „Okay. Dann kümmern wir uns nun um das Interview, damit du es zusammen mit deinem Bericht an die Redaktion schicken kannst. Ich erwarte, dass du alles Weitere regelst. In den nächsten Tagen wirst du ausschließlich mir gehören. Und zwar so lange, bis ich genug von dir habe."

Kapitel Neun

Kritisch betrachtete sich Kassandra in dem großen, mit einem klobigen Goldrahmen versehenen Spiegel. Sie trug ein lindgrünes Seidenkleid, das beinahe durchsichtig war. Die hauchzarten Träger waren mit Perlen verziert, der Rücken gefährlich tief ausgeschnitten. Sie war eine große Frau, und sie war schön. Ihr tiefschwarzes Haar hatte sie zu einem kunstvollen Knoten frisiert. Ihre Züge waren vollkommen ebenmäßig, ihre Augen tiefblau und ihr Teint makellos. Sie gehörte zu den Frauen, die ohne Make-up genauso gut aussahen wie von Meisterhand geschminkt.

Es kam vor, dass sich mehrere schöne Frauen im selben Raum aufhielten, doch Kassandra war stets diejenige, die alle Aufmerksamkeit auf sich zog. Sie war diejenige, nach der man sich umdrehte, denn niemand konnte einen solchen Auftritt hinlegen wie sie. Äußerlich war sie einer Göttin gleich. Doch es steckte ein deutliches Zuviel an Hochmut in dieser göttlichen Hülle. Innerhalb von wenigen Sekunden mutierte sie zur Drama Queen, stellte sich mit selbstverständlicher Arroganz in den Mittelpunkt und verfügte über ein Repertoire an Persönlichkeits-Facetten, das es ihrem Umfeld schwer machte, sie zu durchschauen.

Sie war eine starke Frau, die stets wusste, was sie wollte. Die sich von nichts und niemandem von ihren Plänen abbringen ließ, nur schwer zu beeindrucken war und sich nicht darum kümmerte, was andere sagten.

Anmutig drehte sie sich vor dem Spiegel. Dabei gab der seitliche, hüfthohe Schlitz des Kleides, der ebenfalls mit zart glitzernden Perlen verziert war, den Blick auf ihre langen Beine preis. Sorgfältig hatte sie Lidschatten und rauchgrauen Eyeliner aufgetragen, wirkte edel, selbstsicher und unabhängig. Bei ihrem Porzellanteint war weniger Make-up mehr. Sie wollte heute strahlen ... glühen ... sie brannte darauf, diesen gefährlichen Hunger in Aarons Augen zu sehen.

Ihr Blick fiel auf die Champagnerflöte, die sie auf der Kommode aus Kirschholz abgestellt hatte. Sie hatte nicht die Absicht, sich zu betrinken. Wollte nüchtern bleiben, Herrin ihrer Sinne, sich gekonnt in Szene setzen.

Das Glas war halbleer. Kassandra zögerte. Ein kleiner Schwips konnte vielleicht doch nicht schaden, fand sie, zuckte die Schultern, griff zum Glas und trank es aus. Eine undefinierbare Unruhe machte sich in ihr breit. Ganz gegen ihre Natur war sie mit einem Mal unsicher, zögerlich, atemlos.

Sie hörte Schritte vor der Tür. Ihr Herz begann unregelmäßig zu klopfen, ihre Lider zuckten. Ihr wurde ein wenig flau im Magen, und sie dachte mit Unbehagen an Aarons unsteten, kühlen Blick, der ihr in der letzten Zeit immer häufiger aufgefallen war. War er ihrer überdrüssig? Gefiel sie ihm nicht mehr?

Sie lächelte verführerisch, als er hereinkam, warf ihm einen betörenden Blick zu und bewegte ihren Körper mit eleganten Bewegungen auf ihn zu.

Aaron hob eine Augenbraue, warf ihr ein sarkastisches Lächeln zu, ging an ihr vorbei zu einem kleinen Tisch und goss sich einen Brandy ein. „Was machst du in meiner Suite? Ich kann mich nicht daran erinnern, dass wir verabredet waren."

„Ich wollte dich überraschen." Langsam drehte sie sich um die eigene Achse, präsentierte ihm ihr neues Kleid. „Wie findest du das?"

Er blickte sie von oben bis unten an. „Ich finde dich wie immer wunderschön."

Kassandra lächelte betörend und setzte in ihren Riemchenschuhen mit den sündig hohen und sehr dünnen Absätzen graziös einen Fuß vor den anderen.

Jetzt oder nie! Sie musste etwas tun, um sich in seiner Gegenwart wieder sicherer zu fühlen. Auf ihn verzichten wollte sie auf keinen Fall, also musste sie gegen die Langeweile ankämpfen, die er mehr und mehr in ihrem Beisein zu empfinden schien. Aaron war ihre Schwachstelle. Die Einzige! Aber das reichte aus, um sie aus der Fassung zu bringen. Er war der faszinierendste Mann, den sie jemals kennengelernt hatte, und es waren wahrhaftig eine ganze Menge Männer gewesen.

Ihre Hände begannen leicht zu zittern. Männer verließen sie nicht. Sie verließ die Männer, kam ihnen zuvor, bevor sie die Wahrheit erkannten, dass ihre Schönheit nur äußerlich war, dass dahinter nichts weiter steckte als gähnend schwarze Abgründe, Hochmut und Egoismus. Nichts konnte sie innerlich wirklich berühren. Sie besaß kein Herz. Und dennoch schien es neuerdings zu schlagen. Für Aaron. Sie würde Aaron vögeln, bis er den Verstand verlor. Würde dafür sorgen, dass er sich wieder ebenso nach ihr verzehrte wie sie sich nach ihm. Schließlich hatte es einmal eine Zeit gegeben, in der es so gewesen war. Er würde sie niemals von sich stoßen, denn sie war durch nichts und niemanden zu ersetzen. Okay, es gab auch andere Frauen für ihn, aber sie war seine Königin, und sie würde dafür sorgen, dass es so bliebe.

Sie konnte sich ein Leben ohne die regelmäßigen Treffen mit Aaron nicht mehr vorstellen. Im Gegenteil. Sie wollte viel mehr. Mehr, als nur ein regelmäßiger Gast auf seinem Anwesen sein. Sie erstrebte die Rolle der Hausherrin. Wollte fest an seiner Seite sein und bleiben. Hatte sich ernsthaft in ihn verliebt, sofern sie zu derartigen Gefühlen überhaupt fähig war. So hatte sie noch für keinen Mann empfunden.

Sie kam mit wiegenden Hüften auf ihn zu, blieb so knapp vor ihm stehen, dass ihre Brustspitzen sein Hemd streiften. Anmutig legte sie ihre Hand auf seinen Arm und schmiegte sich an ihn. Sie wusste, wie sie ihren Körper einsetzen musste, um ihr Gegenüber zu bezaubern und versuchte ihre Unsicherheit zu unterdrücken.

Kassandra hob die Hand und strich mit ihren feingliedrigen Fingern zärtlich durch sein Haar. Ihre zarten Handgelenke schmückten feine Armbänder, die leise klimperten. Sie stellte sich auf Zehenspitzen, rieb ihre üppigen Brüste aufreizend an seinem Oberkörper und legte eine Hand auf seine Wange. Ihr feucht-verzehrender Blick fieberte ihm entgegen.

Aaron spürte ihre Hand zwischen seinen Beinen, wie sie ungeduldig die Hose zu öffnen begann. Seine Augen verengten sich. Er war kein Kind von Traurigkeit. War es nie gewesen. Nahm mit, was sich ihm bot. Eine Frucht, die sich ihm reif und köstlich vor die Füße legte und nicht einmal gepflückt werden musste, war ein nicht zu verachtender Nachtisch. Und da das Spiel mit Anna ihn angeheizt, seine Lust aber nicht vollends gestillt hatte, kam ihm Kassandras Offensive gerade recht.

Fordernd presste er seine Lippen auf die ihren, griff ihr in den Ausschnitt und fasste nach einer der ihm dargebotenen vollen Brüste, die von dem fast durchscheinenden Kleid kaum bedeckt wurden. Mit einem wilden Funkeln in den Augen drückte er Kassandra mit dem Rücken gegen die Wand, riss das Kleid am Ausschnitt entzwei. Ausgiebig begann er an ihren rosigen Spitzen zu knabbern.

Wogen köstlichster Lust brachen über ihr zusammen und ließen sie erzittern.

Er griff ihr ins Haar, entfernte die Haarnadeln und zog an den sich lösenden Strähnen ihren Kopf zurück. Seidig fiel ihr Haar über die Schultern. Sein Gesicht kam nah, gefährlich nah. Dann zog seine Zunge eine feuchte Spur über ihren Hals, er blies seinen Atem über ihre Lippen und verzog seinen Mund zu einem jungenhaften Lächeln.

Ihre Augen waren verschleiert. Blicklos.

Aarons Hand berührte ihre Wange.

„Du willst gefickt werden?"

Sie nickte.

„Dann sag es."

„Bitte, Aaron … ich habe noch nie jemanden so gewollt wie dich. Nimm mich. Fick mich." Ihr Atem war heiß. Ihre Arme umklammerten seinen Hals. In ihrem Gesicht zeichnete sich eine nahezu haltlose Sehnsucht ab.

„Okay, das sollst du haben. Ich bin davon überzeugt, dass ich dir genau das geben kann, was du ersehnst."

Er setzte seinen Fuß zwischen ihre hochhackigen Sandaletten, schob mit dem Knie ihre Beine auseinander, blies seinen Atem in ihr Ohr und begann an ihrem Ohrläppchen zu knabbern. In einer fließenden Bewegung schob er ihre Haare beiseite, drehte ihren Kopf zur Seite und fuhr mit seiner Zunge in einem geraden Strich über ihren Nacken. Wilde Begierde stieg in ihr auf. Begierde, die nach Vereinigung verlangte. Sie schob ihm die Hose über die Hüften nach unten und stöhnte auf, als sein harter Schwanz gegen ihre Bauchdecke sprang.

Aarons Lippen verzogen sich wissend.

„Ich rieche deine Geilheit, deine Lust und möchte wetten, du bist schon ganz nass." Ganz nah an ihrem Ohr raunte er diese Worte, während seine Hand sich unter ihr Kleid schob und zwischen ihre Beine glitt, das Spitzenhöschen beiseite schob und genau die richtige Stelle fand.

Kassandras Körper bebte. Er sprach die Sprache der Wollust, sie wand sich Aaron entgegen und war mehr als bereit für ihn. Seine Finger teilten ihre Schamlippen, neckten die Klitoris und schoben sich in die feuchten Tiefen ihrer Spalte.

Er zog seine Finger zurück, umfasste fest ihr Gesäß, hob sie leicht an und drang hart in sie ein. Sein Becken schoss vor und zurück. Sie schob sich ihm aufstöhnend entgegen und passte sich seinem wilden Rhythmus an. Ihre schweren Brüste wippten auf und ab, sie wand sich vor Lust, krallte ihre Finger in seine Schultern und schrie leise auf.

Aaron legte eine Hand um ihre wogende Brust, presste seine harten Lippen auf ihre senkrecht abstehende Brustwarze und knabberte lustvoll daran. Wie ein Dolch fuhr sein Penis immer wieder in sie hinein.

Er hob sie hoch, sie schlang ihre Beine um seine Hüften, lehnte den Kopf nach hinten und streckte ihm ihre Brüste auffordernd entgegen, während er sie gegen die Wand gepresst hielt. Sie öffnete ihre Lippen zu einem stummen Schrei, krallte ihre Finger in sein Haar, während er sie so lange ritt, bis die Wogen des Orgasmus sie tosend überrollten.

Kapitel Zehn

Geschafft! Anna reckte sich, sorgte für Ordnung auf dem Schreibtisch und stand auf.

Nach dem Interview hatte Aaron ihr das Büro überlassen, so dass sie den Nachmittag über ihren redaktionellen Verpflichtungen nachkommen konnte. Bericht und Interview waren per Fax unterwegs zur Redaktion. Per Telefon hatte sie kurzfristig Urlaub beantragt. Nun hatte sie alles erledigt, hatte Zeit zur freien Verfügung, bis Aaron nach ihr verlangte. Der Gedanke daran erhitzte sie. Es erschien ihr fast wie Bestimmung, hier auf Abruf für ihn bereit zu sein. Allein die Erinnerung an seine Berührungen ließ sie zittern. Sie wünschte, es würde nicht zu lange dauern, bis er sie zu sich rief. Seine Nähe und seine Worte trafen ihre Seele. Sehnsüchtig dachte sie an die Momente mit ihm. Momente der Hingabe. Sie wusste, dass diese Zeit einmal ein Ende haben würde. Nämlich dann, wenn er ihrer überdrüssig war.

Aber das war ihr zu diesem Zeitpunkt egal. Vollkommen egal!

Sie versuchte nun schon seit Stunden, diese Luftblase zu greifen, die sich um ihren Körper gehüllt hatte und sie auf eine ganz besondere Weise und in einer unglaublichen Leichtigkeit schweben ließ, zu greifen, doch es gelang ihr nicht. Sie hatte heute mit allen Sinnen den Augenblick eingefangen, und nun badete sie im Glück.

Für den Rest des Nachmittags beschloss sie, die Bibliothek aufzusuchen. Sich die Zeit mit dem Stöbern durch die einzelnen Regale zu vertreiben und nach ansprechender Bettlektüre Ausschau zu halten. Sie wusste, dass sie sich im Haupthaus befand – ganz in der Nähe des Ballsaales. Ob Franziska noch arbeitete? Sie würde sie suchen.

Ein bordeauxroter, flauschiger Teppich schluckte ihre Schritte. Langsam durchschritt sie den Haupttrakt, vorbei an goldeingefassten Gemälden, blank polierten Türen und unter imposanten Kronleuchtern hindurch. Noch ein Stückchen den Gang entlang, und sie war am Ziel. Ihr Blick erfasste die matt goldene Aufschrift ‚Bibliothek', dann schob sie die riesige Flügeltür auf und trat ein.

Niemand war zu sehen. Franziska hatte sicher schon Feierabend. Der Duft von Papier und Leder hing in der Luft. Ein Geruch, den Anna liebte. Der Raum verfügte über zwei Fenster, die zu den hinteren Teilen der Gärten hinaus zeigten. Die Aussicht war atemberaubend. Ein schmaler gepflasterter Weg zog sich halb versteckt durch Holunder und Ginster. Auf den Wiesenflächen ringsherum Mohnblumen, wohin der Blick auch fiel. Rot lackierte Sitzbänke, ein weißer Pavillon, umrankt von wilden Heckenrosen, hauchzarte Vorhänge, die sich im lauen Sommerwind bewegten, eine weiße Büste von Aphrodite. Schmetterlinge flatterten von Blüte zu Blüte. Die Sonne warf orangefarbenes Licht in den Raum, verklärte den Blick.

Anna wandte sich den Regalwänden zu, freute sich darauf, es sich in dem samtbezogenen Ohrensessel mit einem Buch in der Hand und weiteren Werken griffbereit auf dem Beistelltisch gestapelt, gemütlich zu machen. In einer der Stellwände entdeckte sie ein kleines Buch mit dem Titel: „Amore impulsus non odio commotus age!", was „Handle von Liebe angetrieben und nicht von Hass bewegt!" bedeutete. Der Inhalt des Buches war in Latein verfasst. Jedoch war es mit mehreren Zeichnungen und Illustrationen angereichert. Sie hielt es in den Händen, spürte das edle Material des Einbandes, blätterte darin. Gerade wollte sie es zurückstellen und sich auf die Suche nach Kriminalromanen machen, da entdeckte sie im hinteren Teil der Bibliothek eine schmale Tür. Neugierig ging sie darauf zu, drückte die goldene Klinke. Vor ihr lag ein Raum, der in warmes Grün getaucht war. Grün – durch und durch grün. Die Stofftapete, deren Lilienmuster sich champagnerfarben abhob, die dünnen Vorhänge vor dem offenen Fenster, die sich träge bewegten, der dicke Teppich, der an etlichen Stellen ausgetreten war und seine Weichheit verloren hatte, die zerknitterten Samtbezüge der Stühle – alles grün! Aber kein Grün wie Gras, kein Grün wie das einer Tanne, sondern ein weiches Grün, das sich warm auf die Sinne legte.

An der Wand schlug eine Uhr. Das gesprungene Ziffernblatt vergilbt, das elfenbeinfarbene Holz alt, das Pendel darunter in gleichmäßigem Takt. Alles wirkte ruhig, besänftigend, interessant. Der Raum enthielt einen Arbeitstisch, zwei Stühle und Regale, die voll mit edlem Papier und Dutzenden von Tintengläsern in den unterschiedlichsten Farbschattierungen waren. Auf dem Tisch und einem Bord darüber standen altertümliche Federkiele in ihren Halterungen. Auf einem der grün gepolsterten Stühle saß ein Mann. Er war alt, sehr alt, trug einen weißen Bart und einen grünen Arbeitskittel. Er schaute auf, lächelte freundlich.

Weise ... das war die erste Assoziation, die Anna in den Sinn kam. Klug und herzlich. Sein Bild prägte sich ein. Das Gesicht war mit unzähligen Runzeln übersät, die hellblauen Augen blickten wach und listig.

„Selten, dass sich jemand hierher verirrt. Kann ich etwas für Sie tun?" Seine Stimme war tief und melodiös. Jedes Wort kam klar und vernehmlich. Er erinnerte Anna an einen Märchenerzähler, den sie als Kind so gemocht hatte.

Sie reichte ihm die Hand. „Anna Lindten. Ich wollte nicht stören ... die Neugier ... ich ... es ist heimelig hier."

„Freut mich, dass Ihnen mein kleines Reich gefällt. Setzten Sie sich doch."

Anna nahm Platz, bewunderte das edle Büttenpapier, die geschwungenen Zeichen, die altertümlichen Federkiele.

„Ich gehe hier meinem Hobby nach. Wandle auf den Spuren altertümlicher Schreiber und übe mich in der Kunst der Hieroglyphen. Ein interessantes, gleichzeitig aber auch beruhigendes Hobby, denn es entspannt, wenn die Feder übers Papier gleitet, wenn die Gedanken mit der Tinte dahinfließen. Und Sie? Haben Sie auch ein Hobby?"

Anna überlegte, schüttelte den Kopf.

„Nicht direkt. Mein Beruf ist mein Hobby. Er hat auch mit Schreiben zu tun. Ich bin Journalistin. Herr Vanderberg war so nett, mir ein Interview zu geben." Beim Aussprechen seines Namens fühlte sie Hitze in sich aufwallen. Leichte Röte stieg in ihre Wangen, ihr Mund wurde trocken.

„So, so. Das wundert mich. Wo er die Presse doch normalerweise ablehnt."

Er stand auf und hob einen imaginären Hut. „Gestatten ... Joe!"

Er lächelte, warf einen wachen Blick auf ihre im Schoß verkrampften Hände.

„Probieren Sie mal." Er hielt ihr einen Federkiel hin, schob ein Tintenglas und ein Stück Pergament zu ihr rüber. „Es müssen ja nicht gleich Hieroglyphen sein. Berufen Sie sich zunächst auf die modernen Buchstaben. Bekommen sie ein Gefühl für das Werkzeug. Die gute alte Handschrift verkümmert mehr und mehr. Eine Schande ist das. In der Antike war die Fähigkeit zu schreiben so wertvoll, dass ein ganzer Berufsstand – die Schreiber – davon lebte. Heute wird lieblos in die Tastatur gehauen, ja selbst Briefe werden nicht mehr per Hand geschrieben."

Sie nahm das Schreibgerät entgegen, öffnete das Tintenglas, tauchte die Feder ein. Gehemmt setzte sie die Spitze auf das Papier, warf ihre störenden Gedanken dann über Bord und begann einen Vers, den sie erst kürzlich gelesen und für gut befunden hatte. Es war ungewohnt, mit Feder und Tinte zu schreiben. Zumal auch sie zu denjenigen gehörte, die höchstens noch ihre Unterschrift per Hand setzten.

Doch dann war sie fertig. Ihre Wangen glühten, die Augen strahlten. Sie mochte den Mann, seine Ausstrahlung, die Atmosphäre dieses Raumes.

Unter Joes geduldiger Anleitung probierte sie unterschiedliche Federkiele und wagte sich sogar an die altdeutsche Schrift. Allerdings mit mäßigem Erfolg. Irgendwann schmerzte ihr Nacken von der ungewohnten Haltung. Als die alte Pendeluhr 19 Mal schlug, verabschiedete sie sich von dem Schreiber und freute sich über sein Angebot, jederzeit wiederkommen zu dürfen.

Auf dem Weg zu ihrem Zimmer lief sie Franziska über den Weg. „Da bist du ja. Ich habe den Auftrag, dich zu suchen. Möchtest du das Dinner zusammen mit den anderen im Salon einnehmen oder lieber auf deinem Zimmer? Du hast die Wahl! Die Küche und das Personal müssen es nur rechtzeitig wissen."

Anna entschied sich für ihr Zimmer. Sie erfuhr, dass gut ein Dutzend Gäste geblieben waren. Wie immer nach einem Event wie dem Mohnball. Hauptsächlich Frauen, die auf vergnügliche Stunden mit Aaron hofften.

Auf dem Weg zu ihrem Zimmer warf sie einen Blick in den Saal, wo das Dinner serviert wurde. Stimmengewirr war zu hören, Lachen, Gläserklirren. Als sie die große Runde sah, die an dem reich gedeckten Tisch saß, war sie froh, sich für ihr Zimmer entschieden zu haben. Viele Frauen saßen um den Tisch, eine schöner als die andere, lachten, plauderten und kokettierten.

Anna fühlte sich mit einem Mal befangen. So etwas wie Eifersucht kroch in ihr empor. Waren das alles Frauen, mit denen Aaron sich vergnügte? Sie hielt sich krampfhaft an dem glänzenden Geländer fest, stieg die Stufen empor und war froh, als sie das Zimmer erreicht hatte.

Das Dinner war köstlich. Hähnchenbrust an Pistazien-Limettensauce mit hausgemachten Nudeln. Zum Dessert gab es eine Weinschaumcreme. Anna aß mit Genuss, machte es sich in der Sitzecke, die sich in einem Erker genau vor dem Fenster befand, gemütlich und genehmigte sich ein Gläschen Weißwein. Die Flasche stand gut gekühlt in einem Champagnerkübel ... ließ Hoffnung in ihr aufkeimen, noch an diesem Abend Gesellschaft von Aaron zu bekommen.

Sie wollte es selbst kaum glauben, aber sie hatte schon jetzt Sehnsucht nach ihm. Dabei war ihr Beisammensein erst ein paar Stunden her. Allein der Gedanke an ihn ließ ihren Magen kribbeln.

Zeit zur freien Verfügung, bis er nach mir verlangt ...

Anna seufzte. Wünschte sich sehnlichst, dies möge so bald wie möglich der Fall sein.

Nervös lief sie auf und ab. Wie ein Tiger im Käfig. Sie suchte das Badezimmer auf, testete ein paar Düfte, die für sie bereitgestellt worden waren und tropfte sich etwas Parfum-Öl hinter die Ohren. Sie bürstete ihre Haare, bis sie knisterten, putzte sich die Zähne.

Stunden sehnsuchtsvollen Wartens vergingen. Geistesabwesend blickte sie aus dem Fenster, beobachtete den Mond, der behäbig seine Bahn zog und die Umgebung in silbernes Licht tauchte. Anna schien in einem Meer aus Erwartung und zunehmender Langeweile zu versinken. Ein weiteres Gläschen Wein …

Sie schloss für einen Moment die Augen. Sofort schob sich Aarons Gestalt vor ihr inneres Auge.

Mit dem Glas in der Hand trat sie auf den Balkon hinaus, ließ sich in die weichen Kissen eines Liegestuhls fallen. Süßer Blütenduft hing in der Luft, Grillen zirpten. Es war windstill. Der Himmel war über und über mit Sternen besät, der Abend klar und warm.

Ihr Blick tauchte ein in das Meer aus Sternen, und mit einem Lächeln dachte sie daran zurück, wie Aaron in der Nacht des Mohnballs plötzlich hinter ihr gestanden und sie verführt hatte.

Die Erinnerung an diese Nacht rann wie prickelnder Champagner durch ihr Blut, machte sie trunken. Die Sterne am Himmelszelt schienen sie mit ihrem Funkeln zu liebkosen, zu küssen und zu streicheln. Sie blinkerten ihr zu, als wüssten sie um ihre wachsende Sehnsucht. Eine Sehnsucht, die an diesem Abend leider nicht mehr erfüllt werden würde.

**

Die Nacht lag auf ihren Schultern wie ein schwerer Mantel.

Unruhig wälzte sich Anna im Bett. Das Licht des Mondes war unwiderstehlich, lud zum Träumen ein, berauschte und bescherte sündige Gedanken. Sie sehnte sich nach Schlaf, doch da gab es einen Teil in ihr, der nicht schlafen wollte. Einen Teil, der stärker war als ihr Bewusstsein – der das Duell gewann. Dies war ihre zweite Nacht in der Villa, und sie war schon jetzt süchtig nach diesem wundervollen Zauber, der von Aaron ausging. Die bitter-süßen Sphären, in die seine Hände sie versetzen konnten, machten sie trunken, ließen sie schweben. Seine Ausstrahlung war gewaltig. Ein unverkennbares Feuer loderte in ihr auf, wenn sie nur an ihn dachte. Ein Feuer – reißerisch und verführerisch, aber auch alles verschlingend und gefährlich. Dennoch wollte sie diesem Feuer erliegen, die Flut an Gefühlen nicht abblocken. Sein Charisma raubte ihr den Atem. Anna seufzte leise.

Den Zauber des Augenblicks spürte sie als Prickeln auf der Haut.

Innerlich erhitzt rekelte sie sich in den Laken, spreizte ihre Schenkel, legte ihre Hand auf den Venushügel. Ihre Augen waren fest geschlossen, ihre Lider zuckten, kleine Schauer überliefen ihren Körper.

Verführerischer Nachtwind durchzog die Hitze der Nacht, sorgte dafür, dass sich ihre Brustwarzen hart vor Lust steil aufrichteten. Eine Gänsehaut zierte ihren Bauch, zog sich hinauf über ihre Brüste bis zu ihrem Nacken.

Die Nacht war endlos, so wie die nicht ruhen wollenden, sich überschlagenden Gedanken, die sie durch diese späten Stunden begleiteten.

Ein anregendes Prickeln breitete sich in ihrem Magen aus. Sie hatte keine Ahnung, was sie in den kommenden Tagen erwartete, aber es würde hoffentlich ebenso aufregend werden wie alles, was sie bisher mit Aaron erlebt hatte.

Die Hand auf ihrem Schoß tastete sich vor.

Wage es nicht, Hand an dich zu legen. Weder jetzt, noch später! Wie aus dem Nichts klopften Aarons Worte in ihrem Innern an.

Hastig zog sie ihre Hand zurück. Sie wollte ihm gefallen, gehorchen. Tun, was er verlangte. Ihr Orgasmus sollte ihm gehören. Selbst wenn sie tagelang in der Hölle schmoren musste, bis es so weit war.

Der Nachtwind liebkoste ihre erhitzte Haut. Sie schaute zum Fenster, sah zu ihrem Erstaunen, dass es zwar noch düster war, aber nicht mehr lange dauern würde, bis die Sonne die letzten Schatten der Dunkelheit vertrieben hatte. Die Zeit war vergangen, ohne dass Anna es bewusst wahrgenommen hatte. Sie schwang sich aus dem Bett und lief zum Fenster.

Der Garten lag im tiefen Morgenschatten, ein lauer Wind blies, die Blätter rauschten. In der Nacht hatte es geregnet. Selbst das bemerkte sie erst jetzt. Auf den Bäumen, Sträuchern und Blumen lagen noch glitzernde Wassertropfen.

Die Blätter der Linde vor ihrem Fenster hatten Tropfen an ihren Zweigen gesammelt und funkelten trotz fehlender Sonne wie kleine Perlen. Schon als Kind hatte sie es geliebt, diese zarten Tropfen zu beobachten, mit ihnen zu spielen. Selig lächelnd war sie durch den elterlichen Garten gestromert, hatte die Tropfen wie Murmeln über die Blätter der jeweiligen Pflanzen kullern lassen, hatte beobachtet, wie sie an der Spitze eines Blattes hängen blieben und irgendwann nach unten fielen.

Annas Faszination für dieses kleine Schauspiel war bis heute geblieben. Sie schnupperte die weiche, feuchte Luft und spürte ihre Nacktheit. Nur noch eine Stunde, dann würden Lerche und Amsel den neuen Tag begrüßen. Der erste zarte Ton am Ende der Nacht ließ sie immer und immer wieder mit angehaltenem Atem lauschen. Und wenn dann das Schwarz zu einem dunklen Blau wurde und dieses erst an den Rändern, dann auch zur Mitte hin heller und heller wuchs, und die ersten Konturen sich aus der nächtlichen Formlosigkeit schälten, dann war es ihr, als würde dieser neue Tag ihr gehören.

Es war schön, einer singenden Amsel hoch oben auf einem Baumwipfel zuzuhören und sich vom Duft der unzähligen Blüten betören zu lassen, mit einem leisen, süßen Pochen ganz tief im Herzen.

Sie warf sich einen champagnerfarbenen Morgenmantel aus Seide über und beschloss, das Anwesen zu erkunden. Es war still, alle anderen schliefen noch – also die perfekte Zeit für eine kleine Entdeckungstour.

Kurze Zeit später schlich sie durch einen der Flügel des Anwesens, in dem laut Franziska keine Schlafräume lagen. Sie genoss die fast schon hörbare Stille, öffnete eine Tür nach der anderen und betrat schließlich einen Raum, der ringsum verspiegelt war. Er enthielt keinerlei Mobiliar, einzig ein merkwürdiges Metallgerüst hing unter der Decke; ein großer Kristalllüster spendete sanft-goldenes Licht.

Kein Fenster, kein Lichteinfall störte die Harmonie der gefangenen Lichter in den Spiegelwänden.

Sie stellte sich mitten in den Raum und betrachtete sich – alleine mit sich und den Lichtern, die gefangen waren wie sie. Der Morgenrock umspielte ihre weiblichen Rundungen sanft und kühl. Ihr Haar floss weich über den edlen Stoff, fiel ihr bis über die Schultern, seidig glänzend, mit tausend funkelnden Lichtreflexen bedeckt. Sie trat nahe an eine der Spiegelwände und betrachtete ihr Gesicht.

Es wirkte verändert.

Da war etwas, was sie von innen strahlen ließ, ihr eine Aura verlieh, die etwas Besonderes aus ihr machte. Die Anna, die ihr sonst morgens aus dem Spiegel anblickte, war verschwunden. Hatte Platz gemacht für etwas anderes ... Fremdes. Ein loderndes Feuer tanzte in ihren Augen, schien sich von dort wellenförmig auf ihr Antlitz zu legen und ließ ihr Äußeres wild-sinnlich erscheinen. All ihre Träume, Sehnsüchte und Hoffnungen spiegelten sich in ihren Zügen, in ihren Augen wider. Und sie wusste, dass all diese Träume sich nur um ihn drehten. Um den Einen, von dem sie wusste, dass nur er das Ende ihrer Gier hervorrufen konnte. Der Eine, in dessen Hände sie sich zunächst widerwillig, dann voller Lust gegeben hatte. Der sie mehr ausfüllte als alles, was vor ihm gewesen war. Von dem sie jedoch wusste, dass er ihr einmal bittereren Schmerz bereiten würde, denn er war ein Playboy, der mit den Frauen spielte und nichts weiter in ihnen sah als Sexspielzeug ... willkommen, um das Feuer seiner hungrigen Lenden zu stillen.

Sie löste den schmalen Gürtel, der den Morgenrock in ihrer Taille zusammenhielt. Ohne diesen Halt fiel der Stoff vorn auseinander. Sie streifte ihn von ihren Schultern, und mit der zarten Sanftheit einer streichelnden Hand glitt er an ihrem Körper hinab. Sie war nackt, und die gefangenen Lichter zauberten flackernde Reflexe auf ihre blasse Haut.

Sie fuhr mit den Fingerspitzen über ihren Körper und musste lächeln. Es hatte schon Männer in ihrem Leben gegeben, aber diese Begegnungen hatten nie ihre Seele berührt. Es war nie jemand darunter gewesen, der sie hatte fliegen lassen, der diesen besonderen Zauber in sich trug – das gewisse Etwas – animalisch-zart und doch so hart. Sie liebte es, wenn er nach seinem Belieben mit ihr spielte, wusste tief im Innern, dass er damit ihre geheimsten Sehnsüchte spiegelte, ihre bisher verborgenen Wünsche erfüllte. Grausam und hart – lieblich und zart. Er führte sie, und sie ließ sich fallen. Sie ließ sich nur allzu gern fallen, genoss jede einzelne Sekunde, denn er war es, der sie nach einem ziellosen Fall auffangen würde, sie mit erfahrener Hand weiterführte zum nächsten Abgrund, von dem sie niemals wusste, wie tief er war.

Ein großes Glücksgefühl durchströmte sie.

Kapitel Elf

Als sie kurze Zeit später weiter durch die Gänge schlich, den Nordflügel erkundete, wurde sie von dem Geruch nach Kaffee und frisch gebackenem Brot empfangen. Ihr Magen meldete sich, verlangte ein reichhaltiges Frühstück. Aber zuerst musste sie duschen und sich ankleiden.

Sie war gerade in ihrem Zimmer angekommen, da klopfte es an der Tür.

Yvette trat ein, reichte ihr eine kleine Schüssel mit Mandeln, Nüssen und Rosinen. „Ein Imbiss vor dem Frühstück. Und dann müssen wir zum Baden in den Wellnessbereich."

„Ich kann alleine baden. Hier!" Anna wies mit dem Kinn auf das angrenzende Badezimmer.

„Herr Vanderberg wünscht es so." Yvettes Ton war emotionslos.

Sie gab lediglich einen Befehl weiter, erkannte Anna. Und wenn Aaron es so wünschte, dann würde sie sich nicht sträuben. Schließlich wollte sie ihm gefallen.

Sie steckte sich eine Handvoll der köstlichen Nuss-Mischung in den Mund, nahm die seidenen Pantoffeln entgegen, die ihr gereicht wurden, und folgte der jungen Frau.

Yvette führte sie in den Westflügel, über eine Galerie und am Ende des Ganges eine Treppe aus Marmor hinab. Vorbei an Massageabteilungen, dem Saunabereich und einem Ruheraum ging es weiter bis zu einer Flügeltür aus milchigem Glas. Der Marmor unter ihren Füßen glänzte. Sie widerstand der Versuchung, sich der Pantoffeln zu entledigen, um den kühlen, glatten Stein unter ihren bloßen Füßen zu spüren.

Jenseits der Tür empfing sie ein lieblich-zarter Duft. Der Fußboden sank zur Mitte hin ab, und in der Mitte stand ein Sockel. Zwei große ovale Becken schlängelten sich entlang der Wände, geschmackvoll in mit zarter Spitze verhangene Nischen gebaut, umringt von Regalen mit allen erdenklichen Tiegeln, Flaschen, Krügen, mit Körben voller Handtücher, Badekugeln und Blütenblättern.

Yvette bedeutete ihr, den Morgenrock abzulegen, dann verschwand sie.

Leises Kichern war zu hören. Anna wandte sich um, sah zwei leicht bekleidete Frauen, die sich bei einem Mann ganz in Weiß eingehakt hatten und ihn hinausbegleiteten. Ein Masseur, wie Anna am Schriftzug auf der Rückseite seines T-Shirts erkennen konnte.

Und dann war Yvette zurück, gefolgt von zwei jungen Frauen mit Schöpfkellen und Leinentüchern und einer wunderschönen Frau mit einem weiteren Masseur, der geradewegs auf sie zukam.

Erschrocken fuhr Anna vor ihm zurück. Ihre Hände legten sich unwillkürlich auf ihre Scham. Doch der Mann musterte sie vollkommen sachlich. Er betastete mit beiden Händen ihre Schultern, ihre Arme, ihren Rücken. „Alles sehr verspannt. Wunder kann man heute nicht erwarten. Aber das wird mit der Zeit." Er wandte sich zu seiner Begleiterin, flüsterte ihr etwas zu. Sie war eine Frau in mittleren Jahren. Attraktiv. Äußerst attraktiv und perfekt gestylt. Geschmeidig und gertenschlank stand sie da. Jedes Haar lag an seinem Platz, Finger und Fußnägel waren lackiert und glänzten. „Zuerst peelen, dann enthaaren, baden und anschließend zur Massage, wo sich Amanda persönlich um Sie kümmern wird." Die Anordnungen des Masseurs waren knapp und präzise. Seine Begleiterin – Amanda, wie Anna schlussfolgerte – lächelte knapp. Sie griff nach ein paar Tiegeln, nickte Anna kurz zu und verschwand an der Seite des Masseurs.

Bewegung kam in die beiden jungen Helferinnen, als Yvette ihnen etwas zurief. Sie führten Anna zur Mitte und drei Stufen auf den Marmorsockel hinauf.

Anna fühlte sich wie aufgebahrt. Der Stein war kühl, und schon bald rauschte aus den Schöpfkellen warmes Wasser auf sie hinab. Ihr Körper wurde mit einer Mischung aus Honig, Olivenöl und Meersalz eingerieben, sie musste sich ein paar Mal drehen, damit keine Stelle zu kurz kam. Weiteres Wasser wusch alles wieder ab.

Ihr Haar wurde gewaschen, mit Olivenöl eingerieben und dann mit einem angewärmten Tuch umwickelt. Mit flauschigen Badetüchern rieb man sie sanft trocken. Yvette führte sie zu einem tragbaren Tisch, der unter einem großen Farngewächs stand. Fügsam und mit prickelnder Haut lag sie mit halb geschlossenen Augen da. Yvette stand neben ihr, eine Pinzette in der Hand, während die beiden Frauen mit Nassrasierern bewaffnet waren.

„Dir werden nun Beine und Arme rasiert. Währenddessen zupfe ich dir dein Schamhaar. Der Herr wünscht es so. Das Haar wächst nicht so schnell und vor allem nicht so stoppelig nach. Es wird zunächst wehtun, macht man es aber regelmäßig, gewöhnt man sich daran."

Anna nickte und blickte zu dem zitternden Farnwedel über ihr empor.

Augen zu und durch!

Ihre Arme und Beine wurden mit einem nach Rosen duftendem Schaum bedeckt. Die Rasur begann. Auch Yvette zückte ihr Werkzeug, beugte ihren Kopf über Annas

Unterleib und zupfte erst langsam, dann immer schneller. Es tat tatsächlich höllisch weh, ihre Haut brannte wie Feuer. Anna musste sich zusammennehmen, um nicht laut aufzuschreien. Ihr Körper zuckte. Am liebsten hätte sie nach ihrer Peinigerin getreten, den Morgenrock gepackt und wäre in ihr Zimmer geflüchtet. Aber sie blieb liegen, versuchte still zu halten, ertrug den Schmerz mit zusammengebissenen Zähnen. Nach einer gewissen Zeit wurde der Schmerz erträglicher. Mit jedem weiteren Zupfer von Yvettes erbarmungsloser Pinzette wuchs das Ziepen an ihrer empfindsamsten Stelle von einer unliebsamen Notwendigkeit zu einem Gefühl der Selbstverständlichkeit. Und von dort weiter. Der brennende Schmerz bekam Gesellschaft von einem Gefährten: Lust! Annas masochistische Ader fing jegliches Missempfinden ab, wandelte es in köstliches Prickeln um und ließ auf diese Weise Adrenalin durch den Körper jagen. Lustgewinn durch Schmerz – ihr nicht mehr unbekannt. Immer vertrauter und willkommener.

Als ihre Schamhaare gezupft und ihr restlicher Körper rasiert war, machte Yvette sich über ihre Augenbrauen her, näherte ihr kleines, vollendetes Gesicht dem ihren und streckte die rosige Zungenspitze zwischen die Lippen. So vertiefte sie sich in ihre Aufgabe. Währenddessen waren die beiden Helferinnen damit beschäftigt, die Reste des Schaums mit heißen Tüchern von Annas Waden und Schenkeln zu nehmen.

Als Yvette sich schließlich aufrichtete, wollte auch Anna aufstehen, aber Yvette schüttelte den Kopf, nickte den beiden Gehilfinnen zu, die kurz verschwanden und bald darauf mit Tiegeln, Pinseln und Rosenblättern zurückkamen. Anna erhielt eine dickcremige Gesichtsmaske und obenauf ein paar Blütenblätter. Ihr Körper wurde mit warmem Öl übergossen, man half ihr vom Tisch, und kurze Zeit später lag sie bis zum Kinn in einem duftenden Ölbad. Das rosarote, duftende Wasser fühlte sich wie Seide auf ihrer Haut an. Anna spürte ein Kribbeln, als sie zwei Paar Hände auf ihrem Körper fühlte. Die zärtlichen Berührungen erweckten ihre Sinne zum Leben. Der schäumende Schwamm umspielte ihre Brustwarzen, tauchte zwischen ihre Beine hinab, die sich unwillkürlich öffneten und nach mehr verlangten.

Kundige Hände manikürten sie, auch eine sorgsame Pediküre wurde nicht vergessen. Zu guter Letzt wusch man ihr das Öl aus den Haaren. Als sie aus der Wanne stieg, trocknete man sie ab. Eine angenehme Hitze durchlief Annas Körper.

Gefangen in einem sanften Taumel ließ sie sich in einen flauschigen Frotteemantel stecken.

„Ich bringe dich nun zu Amanda." Yvette führte sie am Arm zur Tür, dann in einen mit weißen, weichen Teppichen ausgelegten Flur, dessen Türen zu verschiedenen Kabinen führten.

Amanda nickte zur Begrüßung und schloss die Tür. Die leuchtende, pfirsichfarbene Umgebung hüllte Anna angenehm ein, verströmte eine Aura von Behagen und

Wohlbefinden und nahm ihre Befangenheit, die sie bei dem Gedanken, mit dieser eleganten Frau allein zu sein und sich in ihre Hände zu begeben, überkam.

Das ovale Waschbecken war aus pfirsichfarbenem Porzellan. Handtücher, Fußboden, Wandfarbe und Mobiliar besaßen die gleiche Schattierung. Die Massageliege war weich gepolstert und glich eher einem Ruheplatz für eine Göttin als einem Möbelstück aus der heutigen Zeit.

Amanda trat hinter Anna, schob den Frotteemantel über die Schultern und bedeutete ihr, sich auf die Liege zu legen. Die kühle Luft tanzte über Annas nackte Pobacken, gefolgt von Amandas eingeölten Fingern, die ihre Muskeln bearbeiteten, kneteten und von sämtlichen Spannungen befreiten.

Anna genoss jede einzelne Sekunde, spürte dem duftenden Öl nach, das langsam auf ihren Rücken tröpfelte und von weichen Händen verteilt wurde. Sie spürte, wie das Öl sich über ihren Rücken ergoss, wie es sich langsam zwischen ihren Pobacken verteilte, hinabrann und eindrang, wie es an ihren Schenkeln entlanglief, an ihr heruntertropfte. Es war viel Öl … wohl riechendes Öl. Sie roch Jasmin, Oleander, Amber, Wildrose. Ein geheimnisvoller, sinnlicher Duft, der sie umnebelte, beruhigte und entspannte. Während Amandas eine Hand diese köstliche Flüssigkeit mit großzügigen Bewegungen auf ihrem Rücken und ihren Pobacken verteilte, massierte die andere ihre Schultern, ihren Nacken.

Dann waren die Rückseiten ihrer Oberschenkel dran. Zart, sanft, aber energisch. Hinab zu ihren Knien, weiter zu den Knöcheln bis hin zu ihren Zehen. Amanda durchforstete die Zwischenräume, dehnte ihre Zehen, zog daran, ließ keinen Millimeter aus. Wo immer Amandas Finger landeten, erzeugten sie Hitze, die Anna durchströmte und sich in ihrem Schoß sammelte. Sie presste sich nach unten, versuchte die drängende Schwellung gegen das Badetuch zu drücken, aber ohne Erfolg.

Amanda ließ für einen Moment von ihr ab, badete ihre Hände erneut in dem wunderbar duftenden Öl, ließ es auf Annas Gesäß tropfen und setzte ihre Massage fort. Ihre warme, ölgetränkte Hand glitt die Pobacken hinab, von hinten zwischen Annas Schenkel und wanderte für den Bruchteil einer Sekunde leicht wie eine Feder weiter nach vorn zu ihren Schamlippen.

Anna zuckte und seufzte wohlig.

Ihre Gesäßbacken wurden auseinandergeschoben. Die Massage wurde fortgesetzt, diesmal an den Innenwänden dieser sonst verborgen liegenden Region. Amanda massierte Millimeter für Millimeter behutsam und zärtlich. Sanft wie ein Flügelschlag umfuhr ihr Zeigefinger die sensible Rosette. Umkreiste und umschmeichelte diese Stelle sekundenlang.

Dann beugte sie sich zu Anna hinab, flüsterte ihr: „Dreh dich um", ins Ohr.

Anna konnte in ihren Ausschnitt blicken, sah die wohlgeformten Rundungen ihrer Brüste, roch ihr teures, französisches Parfum. Sie fühlte sich so leicht und entspannt, als hätte sich jeder einzelne Knochen ihres Körpers aufgelöst. Jeder Muskel, jede Sehne. Sie rollte sich auf den Rücken, zeigte bereitwillig ihre Brüste. Ihr Becken hob sich kurz an. Zum ersten Mal in ihrem Leben wünschte sie sich, nackt in den Armen einer Frau zu liegen.

Amandas Augen schimmerten geheimnisvoll. Ihre Handflächen tanzten über Annas Brüste, ihren Bauch und die Innenseiten ihrer Schenkel. Ihre Finger waren wendig. Anna keuchte auf, als sie ihren blanken Venushügel berührten, kurz rüber den schmalen Haarstreifen strichen, den Yvette hatte stehen lassen.

„Diese Stelle bedarf besonderer Aufmerksamkeit. Ich werde dich nun bis kurz vor den Höhepunkt bringen, und sobald du so weit bist, gibst du mir ein Zeichen, so dass ich rechtzeitig aufhören kann. Damit üben wir deine Fähigkeit, deinen eigenen Körper zu beherrschen und zu kontrollieren." Ihre Stimme war pure Verführung, duldete jedoch keinen Widerspruch. Anmutig griff sie zu einem Cremetiegel.

Anna wartete und schluckte. Ihre Klitoris schwoll an, ragte zwischen den Schamlippen hervor und sehnte sich nach Aufmerksamkeit.

„Entspann dich und spreiz deine Beine. Die Creme beruhigt gezupfte Haut." Anna tat wie ihr geheißen, erschauerte, als Amanda ihre Schenkel weiter spreizte, und in duftende Creme getauchte Hände ihre Schamlippen berührten. Ihr Inneres begann zu pulsieren. Mit wohlriechenden, cremigen Fingern kümmerte Amanda sich um ihren Hügel, ihre geschwollenen Lippen – mit kreisenden Bewegungen, die ein prickelndes Gefühl in Annas Klitoris hinterließen.

Ihre Brustwarzen verhärteten sich. Amanda bemerkte es sofort, streichelte sie, ließ ihre Handfläche von einer Brust zur anderen gleiten und neckte die aufgerichteten rosigen Spitzen so lange, bis Anna wohlig zuckte.

Flehend hob Anna ihre Hüften an, rieb sich an Amandas Hand.

„Bleib liegen und horch in dich hinein. Und vergiss nicht: Du darfst nicht kommen. Aaron wünscht es so, und er wird dich bestrafen, wenn du nicht gehorchst."

Das Gefühl der Finger, die nah an ihrer Klitoris vorbeifuhren, trieb sie fast in den Wahnsinn. Sie sehnte sich danach, ihre Perle dagegenzudrücken, damit sie endlich explodierte.

Ein seufzendes Stöhnen verließ ihre Lippen, als Amandas Daumen und Zeigefinger ihre Schamlippen spreizten, mit kleinen kreisenden Bewegungen ihre Klitoris lockten. So verführerisch und zielorientiert, dass Anna schon bald einem Bollwerk der Lust entgegensteuerte. Rechtzeitig wurde ihr bewusst, dass sie nicht kommen durfte.

Ihre Lider flatterten, ihr Mund öffnete sich, um etwas zu sagen, aber sie brachte keinen Ton hervor. Sie hob ihren Kopf, suchte Amandas Blick. „Gleich ... ich bin gleich soweit", brachte sie endlich gehetzt hervor.

Augenblicklich hielt Amanda inne. Ihr undefinierbarer Blick tauchte in Annas, sie nickte.

„Okay. Das Ganze üben wir nun eine Weile."

Wieder nahm Amanda etwas von der Creme in ihre Hände. Ihre Finger glitten über die Innenseiten der Schenkel, entlang der gierig entblößten Lippen und streichelten die geschwollene Knospe am oberen Ende der Spalte. Sie bearbeitete sie, umkreiste sie, spielte damit, quälte die harte Perle, ließ sie dabei nie ganz los, erfinderisch, fantasievoll, bittersüß. Anna stöhnte, erfüllt von nagender Sehnsucht nach dem nahenden Orgasmus. Auch diesmal gelang es ihr, rechtzeitig ein Zeichen zu geben.

Es ging in die nächste Runde.

Anna fühlte einen feurigen Strudel, der sie mitriss. Das Gefühl entsprang tief in ihrem Inneren, ihren Eingeweiden ... unaufhaltsam. Amanda erhöhte die Geschwindigkeit ihrer Finger. Sie spielte jetzt nicht mehr, sondern setzte alles auf eine Karte. Sie wollte es Anna diesmal besonders schwer machen, sie testen. Eine elektrische Ladung durchschoss Anna, sie stieg dem Gipfel der Lust unaufhaltsam entgegen. Sie spürte, wie Amandas Handballen ihre Klitoris rieb, während ein Finger sich in sie hineinschob. Ihr Schoß pochte. Sie wollte kommen. Jetzt. Es gab kein Zurück mehr. Doch da war auch noch etwas anderes in ihr. Etwas was wuchs, innerhalb von Sekundenbruchteilen stärker wurde als jede Lust: Sie wollte Aaron nicht erzürnen, wollte seinen Befehlen Folge leisten. Und so entwand sie sich der heißen Welle, die kurz davor stand, sie zu überschwemmen. „Stopp ... ich ... bitte ... stopp."

Amanda reagierte sofort. Der Tanz auf dem Drahtseil war beendet.

„Gut gemacht. Das Ganze üben wir nun täglich. Und vergiss nie: Jeder deiner Orgasmen gehört Aaron. Du darfst nur kommen, wenn er es dir ausdrücklich erlaubt." Anna schloss erschöpft die Augen. Ihr Schoß pochte, ihr Inneres schrie nach Erlösung.

Leicht benommen erhob sie sich, ließ sich von Amanda den Bademantel umlegen. Sie spürte, wie die Nachbeben ihrer unerfüllten Lust ihren Körper peinigten, wie sie ihren Leib durchliefen. Aber sie war zufrieden, dass sie Aarons Befehlen Folge geleistet hatte.

„Und nun kümmere ich mich um dein Haar und dein Make-up."

Sie wurde zu einem sehr schönen Schminktisch aus Zedernholz geführt. Die polierte Tischplatte war in Kupfer eingelegt. Ein Bildnis von Aphrodite, als Inbegriff für Schönheit und Anmut, war hineingearbeitet. Ein ovaler Kupferspiegel mit filigranen Ornamenten rundete das Bild ab.

Amanda bedeutete ihr, sich zu setzen, tastete unter der Tischkante nach einem Riegel und schon schob sich seitlich eine Schublade voller Töpfchen, Pinsel, Lippenstifte, Eyeliner, Puder und vielen weiteren Schminkutensilien hervor. Geschäftig öffnete sie winzige Tiegel, wählte Pinsel aus.

„Zunächst eine leichte Feuchtigkeitspflege." Beim Reden füllte sie Mandelmilch in einen Tiegel, tropfte etwas Honig und andere Substanzen dazu und verrührte alles. Das geschah so anmutig und geschickt, dass Anna ihr wie gebannt zusah und noch stundenlang so hätte dasitzen können.

„Mach bitte die Augen zu."

Anna gehorchte. Ihre Lider zitterten ein wenig, als sie die Berührung des Pinsels spürte.

Die wohlriechende Masse wurde in ihre Gesichtshaut einmassiert, musste etwas einwirken, während Amanda ihre Haare auf dicke Papilloten einrollte. Anschließend wurde die Feuchtigkeitspflege mit warmen Tüchern wieder abgenommen.

Amanda trug eine Grundierung auf, etwas Make-up und betonte mit Rouge Annas Wangenknochen. Mit brauner Wimperntusche, einem Lidstrich und einem Hauch von luxuriösem Lidschatten betonte sie Annas Augen. Etwas Lipgloss, die Wickler aus den Haaren, und sie war fertig.

Anna schüttelte auf Amandas Anweisung hin den Kopf, fuhr sich mit den Händen durch die locker glänzende Mähne. Ein Blick in den Spiegel zeigte eine kapriziös veränderte Anna. Ihr gefiel, was sie sah, auch wenn es ungewohnt war.

Amanda lächelte zufrieden. Sie klingelte nach Yvette, die Anna zu ihrem Zimmer begleitete.

Kapitel Zwölf

Der große Eichentisch war eingedeckt mit weißem Linnen, schwerem Tafelsilber und feinem Geschirr mit dezentem Dekor.

Jonathan Vanderberg warf einen letzten Blick auf den liebevoll gedeckten Tisch. Mit seinen 79 Jahren war er immer noch fit wie ein Wiesel und legte trotz des zahlreichen Personals Wert darauf, hier und da selbst zu kochen. Für sich allein. Oder aber für seine beiden Enkel und sich – sofern Alexander nicht in der Weltgeschichte unterwegs war. Heute hatte er Aaron zum Mittagessen eingeladen und freute sich darauf, ihm sein neuestes kulinarisches Werk zu präsentieren.

Leise vor sich hin lächelnd betrat er die Küche seiner Suite, machte sich an dem modernen Herd zu schaffen. Sein ganzes Leben hatte er in diesem Hause verbracht. Hatte seine Frau überlebt, seinen Sohn und seine Schwiegertochter, die bei einem Autounfall ums Leben gekommen waren.

Er liebte dieses Anwesen, war stolz darauf, dass es seit jeher in Familienhand ruhte, und er machte sich seit Tagen intensive Gedanken darüber, ob diese Tradition Bestand haben konnte. Aaron und Alexander jedenfalls dachten nicht daran, eine Familie zu gründen.

„Man wird sehen", murmelte er, während er mit flinken Bewegungen den Salat anrührte und duftende Kräuter aus seinem Kräutergarten daruntermischte.

Als Aaron kurze Zeit später in die Wohnräume seines Großvaters trat, fand er diesen geschäftig werkelnd in der Küche vor. Die Mittagssonne warf goldene Schuppen auf die anthrazitfarben durchzogene Arbeitsplatte aus Marmor. Überall lagen Kräuter, Rezeptbücher und allerlei Zutaten herum. Aaron war gut gelaunt an diesem herrlichen Sommertag. Ein warmes Gefühl stieg in ihm auf, als er seinen Großvater schweigend und herzlich lächelnd beobachtete.

Jonathan stand am Herd und briet summend eine großzügige Portion Speck, schlug Eier in eine Schüssel, verquirlte sie mit Milch und frischen Kräutern.

Ein köstlicher Duft durchzog die Küche.

Aaron setzte sich an den gemütlichen Küchentisch und schnupperte.

„Hm, das riecht verlockend." Er linste zum Herd hinüber.

„Aaron, da bist du ja, mein Junge. Ich hoffe, du hast genügend Hunger mitgebracht? Heute werde ich dich mit lukullischen Genüssen der ganz besonderen Art verwöhnen."

„Daran zweifle ich keine Sekunde. Du bist ein wahrhaftiges Allround-Talent, lieber Grandpa."

Jonathan zwinkerte seinem Enkel zu. Es war ihm deutlich anzumerken, dass ihm dessen Worte gefallen hatten. Aaron zwinkerte zurück, und eine Weile blickten sie sich wortlos in die Augen – im vollen Einklang und voller Sympathie. Schließlich räusperte sich Aaron, stand auf und stibitzte ein Stück Speck aus der Pfanne.

„Finger weg!" Sein Großvater drohte ihm mit dem Kochlöffel. Dennoch gelang es Aaron, ein weiteres Stück Speck zu ergattern.

„Ich muss doch testen, ob dein Mahl genießbar ist", verteidigte er sein Vorgehen und lachte schallend.

„Du Lausebengel. Genau wie früher." Jonathans Augen funkelten amüsiert. Er liebte seinen Enkel abgöttisch. Auch wenn er es nicht guthieß, wie dieser sein Leben lebte. Jonathan wünschte, er würde sich endlich auf die Suche nach seiner Herzensdame machen. Damit aufhören, ein Leben ins Saus und Braus zu führen. Laufend wechselnde Damenbesuche, ausgelassene Feste … ein Leben auf der Überholspur. Er nahm sich vor, beim gemeinsamen Essen das Gespräch mit ihm zu suchen.

***

In ihrem Zimmer fand Anna einen Tablettwagen, üppig beladen mit frischen Croissants, noch warmem Brot, Rührei, Würstchen, Parmaschinken, Erdbeeren, Mangostücken, verschiedenen Honigsorten, Obstsäften, Tee und Kaffe vor. Er stand unmittelbar vor ihrem Nachtlager, lud zu einem ausladenden Brunch im Bett ein.

Voller Vorfreude ließ sie sich in die Kissen fallen, stopfte sich das größte in den Rücken, reckte sich.

Nach einem ausgiebigen Seufzer reinster Zufriedenheit machte sie sich hungrig über die Köstlichkeiten her, tauchte die lauwarmen Croissants und frischen Erdbeeren abwechselnd in Himbeerblüten- und Pinienhonig, ließ sich das Rührei schmecken und den süßen Milchkaffee genüsslich ihre Kehle hinabrinnen.

Die zarten Vorhänge flatterten in der Brise, die das offene Fenster hineinließ. Zwei Blaumeisen saßen auf dem Fenstersims und sonnten sich. Anna genoss es, sich träge und satt im Bett zu rekeln. Mit sich und der Welt zufrieden beobachtete sie die Vögel.

Was Aaron wohl gerade machte? Ob er allein war? In seiner Suite? Oder war er unterwegs?

Anna begann zu träumen. Stellte sich vor, wie sie sich in fließendes Leinen hüllte, sich mit parfümiertem Öl übergoss, in sein Schlafgemach schlüpfte und ihn gnadenlos verführte. Wie er wohl aussah, wenn er schlief? Zu gern würde sie dies in Erfahrung bringen. Sie hatte große Sehnsucht nach ihm. Stellte sich vor, wie er friedlich im Bett lag, die Augen geschlossen, den Mund entspannt.

Ihre Lider flatterten. Für einen Moment ließ sie sie auf ihren Wangen ruhen, dann öffnete sie ihren Blick. Erinnerungen an die Stunden mit Aaron fluteten ihr Inneres. Seine starken Arme, der feste Griff, die unbeugsame Stimme, der fordernde Blick. Die Wärme seiner Nähe. Heiße Küsse … und viel mehr. Das alles ersehnte sie mit einer Kraft, die sie schwindeln ließ. Sie träumte, ließ es sich zwischendurch immer mal wieder schmecken und leckte sich genüsslich die Finger ab. Wie pompös es sich anfühlte, gecremt und gepudert in ihr Zimmer mit all diesen Köstlichkeiten geführt zu werden und es sich mit einem riesigen, weichen Kissen im Rücken träge gut gehen zu lassen, nur um darauf zu warten, dass der Mann ihrer Träume sie zu sich rief. Die Zeit zerrann wie flüssige Schokolade. Anna genoss jede einzelne Sekunde, hüllte sich in Vorfreude.

Es klopfte an der Tür. Sie sah, wie Yvette eine Truhe, die mit zarten Dessous und den verschiedensten Kleidungsstücken vollgestopft war, ins Zimmer schob. Darunter befanden sich Korsagen, Pumps, geschmeidige Stoffe, Taft, Seide, Samt, Satin – edel und verrucht, bunt und dezent. Von Champagner bis Pink war jede Farbe dabei.

Mit zittrigen Händen öffnete sie den Briefumschlag, den Yvette ihr reichte, zog eine Karte heraus, wohl wissend, von wem diese Nachricht stammte.

Such Dir in Ruhe etwas aus, von dem Du denkst, dass es mir am besten gefallen könnte. Ich habe einen Favoriten! Und Du solltest nicht den Fehler machen, Dich für das falsche Stück zu entscheiden. Wenn Du Dich entschieden hast, läute nach Yvette. Sie wird Dir beim Ankleiden behilflich sein und Dich um 17 Uhr in meine Gemächer führen. Bis dahin gestalte Deine Stunden, wie es Dir gefällt. Also, bis dann … Aaron.

Yvette reichte ihr einen Pieper, nickte ihr mit unbewegtem Gesichtsausdruck zu. „Drück den Knopf, wenn du eine Wahl getroffen hast." Dann war sie verschwunden.

Neugierig wühlte Anna in der geschmeidigen Pracht. Sie bewunderte die hübschen Kleider aus Taft, die seidigen Oberteile und die sündige Wäsche. Selbst die Farben der Strümpfe hatten einen satten Glanz. Tastend befühlte sie die edlen Materialien, die üppigen Stoffe, die aufwändigen Korsagen. Rote Lackpumps, goldene Riemchensandaletten, kniehohe Stiefel, Pantöffelchen, Negligés, gepolsterte Fußmanschetten, breite Halsbänder aus Leder, Handschellen und Augenbinden vervollständigten die Auswahl.

Ein erwartungsvolles Kribbeln jagte durch Annas Adern.

Sie nahm ein Seidenkleid heraus, hielt es gegen das Licht. Es war leicht wie ein Windhauch, rosenrot und filigran bestickt. Dazu passende Strümpfe und Strumpfhalter im selben Muster. Ob ihm das gefiel? Oder doch lieber etwas anderes?

Es verging einige Zeit für die vielen Anproben. Sie hatte sich vor dem Spiegel gedreht und gewendet, sich begutachtet und an Seide und Lack herumgezupft.

Eine Wahl aber hatte sie immer noch nicht getroffen. Welches der Teile war Aarons Favorit? Sie unterlag einer gewaltigen Reizüberflutung.

Anna seufzte und beschloss, Joe einen Besuch abzustatten. Die fließende Bewegung einer leicht kratzenden Feder auf edlem Papier, und die ruhige Atmosphäre der Schreibstube würden sie etwas erden. Außerdem hatte es ihr eine Menge Spaß gemacht, sich von diesem weisen Mann in das Handwerk des altertümlichen Schreibens einweisen zu lassen. Sie beglückwünschte sich zu dieser hervorragenden Idee, kleidete sich an und lief los. Anschließend war noch genügend Gelegenheit, eine Wahl zu treffen.

***

Nachdenklich und mit einem Gefühl des Unbehagens schlenderte Aaron durch den Garten. Er war gereizt. Die Worte seines Großvaters hatten ihm nicht gefallen, auch wenn er sich große Mühe gegeben hatte, sein Gehör auf Durchzug zu stellen. Er liebte seinen Großvater. Sogar sehr. Aber er liebte auch sein Leben. Rauschende Feste, schöne Frauen, Sex, Unbekümmertheit ohne Bindungen und Zwänge, kompromisslos und pompös, ausschweifend und grenzenlos.

Liebevoll, ohne Erwartungshaltung und ein wenig bekümmert, hatte sein Großvater das Gespräch gesucht. Und gerade das machte Aaron so zu schaffen. Hätte dieser geliebte Mensch ihn gemaßregelt, kritisiert und Forderungen gestellt, es wäre ein Leichtes für ihn gewesen zu rebellieren, seinen Standpunkt dagegenzusetzen, und das Ganze dann empört und wütend an sich abperlen zu lassen. So aber ließen ihn die Gedanken seines Großvaters nicht los, lösten tiefes Bedauern in ihm aus. Wenn es eins gab, was er auf gar keinen Fall wollte, dann war es, seinem Großvater Kummer zu bereiten. Er wollte, dass dieser sorglos lebte. Dachte gleichzeitig aber im Traum nicht daran, etwas an seinem Lebensstil zu ändern. Diese Diskrepanz quälte ihn mehr, als ihm lieb war.

Leise fluchend kickte er einen Kieselstein zur Seite. Er musste dieses Unbehagen in eine Schublade stecken, diese zuschieben und fortan ignorieren. Diese Strategie begleitete ihn bei unliebsamen Begebenheiten schon sein Leben lang, und er hoffte, dass es ihm auch diesmal gelang. Es würde nicht einfach sein, denn sein Großvater war der einzige Mensch, dessen Meinung ihm wichtig war ... dem er gefallen wollte, aber er würde es schaffen.

Eine Hand berührte ihn flüchtig am Ellbogen. Er tauchte aus seinen Gedanken auf. Leicht unwillig erkannte er Kassandra. Perfekt geschminkt und manikürt stand sie wunderschön vor ihm, nestelte an der Spitze, die den Ausschnitt ihres weißen Sommerkleides zierte und strahlte ihn an.

Sie schien nach seiner Nähe zu dürsten, denn sie bestürmte in mit Liebkosungen, ungeduldigen Fragen und koketten Wimpernaufschlägen. Ihre Hand schob sich besitzergreifend unter seinen Arm, hakte sich bei ihm ein. Der mit Rosenquarz bestückte Silberring, der ihren Ringfinger schmückte, blitzte in der Sonne auf.

Kassandras Wortschwall und ihre graziösen Gesten drangen in ihn ein. Sie flirtete, kokettierte, umschmeichelte ihn wie Zuckerwatte.

Sonst für Zerstreuungen und derartig eindeutige Aufforderungen jederzeit zu haben, war ihm ihre offensive Anwesenheit in dem Moment eher lästig. Er wich ihrem Blick aus, ihren lockenden Worten, den unverblümten Aufforderungen, ihr ins Liebesnest zu folgen. So sehr er Frauen wie sie schätzte – jederzeit willig, anschmiegsam und sexy – so anstrengend konnten sie in Momenten wie diesen sein. Er genoss die ständige Anwesenheit schöner, sinnlicher Damen auf seinem Anwesen. Fand Gefallen daran, wenn sie ihre Aufenthalte verlängerten, tage- ja manchmal wochenlang bei ihm residierten, während er zu dieser Zeit zu ihrem Dreh- und Angelpunkt wurde. Wenn sie sich vereinzelt oder in Gruppen um ihn tummelten, ihn mit ihrem Sexappeal umgarnten. Jetzt allerdings stand ihm nicht der Sinn danach.

Für den Bruchteil einer Sekunde befand er sich in einem luftleeren Raum. Ihre Worte drangen wie durch Watte zu ihm durch. Dann versuchte er ihre Hand abzuschütteln, sich ihren Fragen zu entziehen. Er lehnte ihre Einladung mehrfach ab, doch sie gab nicht nach, rückte immer wieder nah an ihn ran. Ihr Parfüm, das er sonst genüsslich inhalierte, erdrückte ihn. Die Atmosphäre steigerte sich für ihn bis zur Unerträglichkeit.

Bis er ihr schließlich energisch zu verstehen gab, dass sie ihn in Ruhe lassen sollte, dass er nicht in der Stimmung sei, ihren Worten und Verführungen Einlass zu gewähren.

Ihr eben noch so zuckersüßer Blick bekam einen kalten Glanz, wurde fordernd. Ihr hübsch geschminkter Mund verzog sich zu einer arroganten, verbitterten Maske.

Und schließlich bombardierte sie ihn mit einem Schwall Vorwürfen: Er habe keine Zeit mehr für sie, seit diese Pressefrau da sei … würde ihr ausweichen … ihr mehr und mehr mit Gleichgültigkeit begegnen.

Aaron schob sie unwirsch von sich. Er rang um Beherrschung, versuchte sich zu sortieren, wünschte sie zum Teufel, schickte sie davon. Doch Kassandra war hartnäckig. Er seufzte.

An Anna Lindten hatte er gar nicht mehr gedacht. Zu sehr hatten ihn seine Gedanken und das Gespräch mit dem Großvater beschäftigt. Am liebsten hätte er auch sie weit fortgeschickt. Ihm war alles lästig. Er wollte für den Moment einfach nur seine Ruhe, seine gottverdammte Ruhe.

Kassandras Blicke glühten. Sie dachte gar nicht daran, sich abwimmeln zu lassen. Erneut schmiegte sie sich an ihn.

„Ich sehne mich nach dir. Wieso bist du so abweisend? Oder denkst du an die Neue? An die Frau, der du das Interview gegeben hast? Was hat sie hier eigentlich noch zu suchen? Sie hat ihre Arbeit längst getan."

„Eifersucht steht dir nicht."

„Das ist mir egal." Ihre Hand schoss vor, legte sich zwischen seine Beine und begann seinen Schoß zu massieren. „Komm schon. Ich weiß, was dir gefällt."

Ihre verführerische Stimme und die intime Berührung blieben nicht ohne Wirkung auf ihn. Kassandras Augen blitzten triumphierend auf.

Er blickte in ihr Gesicht, wehrte sich gegen den Wunsch, einfach die Augen zu schließen und sich verwöhnen zu lassen. So gern er sich dem Strudel der Lust ergab, wenn ihn etwas gedanklich beschäftigte, brannte er an anderer Stelle. Einem Schwelbrand gleich, der nur selten Raum für Vergnügungen ließ.

Jeder ihrer Finger vollführte einen aufreizenden Tanz auf seinem Glied, das sich unter ihrer kundigen Berührung mehr und mehr aufrichtete. Er fühlte sich von ihr gleichzeitig angezogen und abgestoßen. Sie hatte vor, ihn in ein Land jenseits der Vernunft zu schicken. Ein Ort, den er zu gut kannte, dem er im Augenblick jedoch nichts abgewinnen konnte.

Er griff nach ihren Schultern, schob sie energisch von sich. „Lass das. Oder willst du dich weiterhin lächerlich machen?"

Seine kalten Worte trafen sie wie Peitschenhiebe. Sie schnappte nach Luft, ihre verhangenen Augen ruhten ungläubig auf seinem Mund. Ihre Gesichtszüge verdunkelten sich, zeigten schließlich eine Maske endgültigen Begreifens.

Vor Wut kochend blickte sie ihm nach, als er sich umwandte und sich mit energischen Schritten von ihr entfernte.

Kapitel Dreizehn

Nach einem ausgiebigen Dauerlauf und einem aufbauenden Telefonat mit seinem Bruder fand Aaron zu alter Form zurück. Er war bereit für die nächste Runde in Sachen Anna Lindten.

Er kam schneller voran, als er zu Beginn vermutet hatte. Nicht mehr lange, und er konnte zum finalen Stoß ansetzen. Weich gekocht hatte er sie jetzt schon. Doch er wollte sie butterweich, wollte ausloten, wo ihre Grenzen lagen. Und das explizit.

Anna, eingehüllt in einen schwarzen Seidenumhang, wurde zu ihm geführt. Ihre Augen waren mit einer breiten schwarzen Binde aus Samt verbunden. Eingängige klassische Musik erfüllte den Raum, betörte ihre Sinne auf subtile Weise.

Der Umhang glitt von ihren Schultern, fiel zu Boden und umgab ihre Füße wie ein schwarzer See aus Seide.

Aaron musterte das lavendelfarbene Kleid aus Taft und Spitze, das die Hälfte ihrer Oberschenkel freiließ, die Strapse und zarten Strümpfe, die Stilettos aus pflaumenfarbenem Samt. Betrachtete ihre vollen Brüste, die blank unter dem dünnen Stoff hervorblitzten und sich hektisch hoben und senkten.

Annas Atem ging stoßweise. Es erregte sie, nicht zu wissen, was sie erwartete.

Schaute er sie an? Gefiel ihm, was er sah? Lächelte er? Oder waren seine Augenbrauen unwillig zusammengezogen? War er allein? All das schoss ihr in unzusammenhängender Reihenfolge durch den Kopf. Sie spürte seine Anwesenheit, seine Aura, roch sein Rasierwasser und spürte seinen Atem auf ihrer Haut mal im Nacken, mal auf dem Dekolleté, mal auf ihren Schultern.

Er umschritt sie wie ein Raubtier auf Beutezug.

Als sie ihre Hand in die Richtung streckte, in der sie ihn vermutete, griff sie ins Leere. Dabei ersehnte sie, ihn mehr als nur mental zu spüren.

Warum sagte er nichts? Sie wurde nervös, begann zu frösteln.

Sie holte Luft, setzte dazu an, die Stille zu durchbrechen. Wollte ihn fragen, was er mit ihr vorhatte. Aber seine Hand verschloss ihren Mund, als ahnte er, was sie zu fragen gedachte.

Ihre Zungenspitze fuhr nervös über ihre trockenen Lippen. Wieder spürte sie seinen Atem. Diesmal an ihrem Hals. Seine Zunge folgte der Spur des Atemhauches und zog eine Linie von ihrem Hals bis hin zu ihrem Schlüsselbein. Heißer Atem, der die entstandene Feuchtigkeit anpustete. Ihre Brustspitzen erhärteten sich. Sie hörte sein heiseres Lachen. Dann nahm sie wahr, wie er ihre Brüste aus dem Ausschnitt hob und spürte seine Zunge auf der linken Brustwarze … seine Lippen … seine Zähne. Ganz vorsichtig nahm er die rosige Knospe zwischen seine Zähne, zog an ihr, ließ sie wieder los, liebkoste sie mit seiner Zunge, saugte, neckte, küsste sie. Anna stöhnte auf. Stromschlaggleich durchzuckte es ihren Körper, und voller Entzücken nahm sie wahr, wie der rechten Brustwarze dasselbe widerfuhr. Fast schon schmerzhaft zog sich die Spitze zusammen.

„Ich werde deine Warzen saugen und beißen, bis sie dunkelrot geschwollen sind", raunte er ihr zu. „Und dann, wenn du dich unter mir windest, auf der Suche nach mehr, werde ich von dir ablassen. Du wirst winseln, vor Lust vergehen, und ich werde mir dreimal überlegen, ob ich fortfahren werde."

Anna keuchte auf. „Du willst mich betteln hören?"

Er antwortete nicht sofort. Dann flüsterte er ganz nah an ihrem Ohr: „Ich will nicht – ich werde."

Und er sollte recht behalten.

Anna wand sich unter dem Spiel seiner Zunge, Lippen und Zähne. Das bittersüße Necken fand sein Echo im Pulsieren ihres Unterleibes. Und wenn er von ihr abließ, flehte sie ihn an, fortzufahren. Ihre Knie begannen zu zittern, ihre Hände, verschränkt hinter ihrem Kopf, hakten sich ineinander. Ein kurzer, scharfer Schmerz, der sich mit süßer Lust zu wahrer Gier vereinte, als seine Zähne sich zu sehr in ihre Nippel vergruben. Lustvolle Qualen, denen sie entgegenfieberte, die sie willkommen hieß.

Jetzt, genau jetzt, sollte jemand die Zeit anhalten. Doch Aaron ließ von ihr ab.

Annas Körper bebte. Sie fühlte sich atemlos, ersehnte mehr.

„Die Wahl deines Outfits stellt mich nicht vollkommen zufrieden." Seine Stimme, ganz nah an ihrem Ohr versetzte sie in Hochspannung. „Mach es wieder gut. Zeig mir, was du zu bieten hast."

Hilflos stand sie in der Mitte des Raumes. Ihres visuellen Sinnes beraubt, machte sie unsicher einen Schritt vorwärts. Die Vorstellung, dass er sie sicherlich mit kritischen Blicken begutachtete, lähmte sie ebenso sehr wie die Tatsache, dass sie nicht wusste, was er von ihr wollte.

Eine ganze Weile verging. Es geschah nichts – außer dem tosenden Orkan in ihrem Innern, der sich zu einem Rauschen in ihren Gehörgängen bündelte.

„Ein jämmerlicher Versuch, mich zu beeindrucken. War das schon alles?"

„Ja ... nein ... ich meine ..."

„Drück dich gefälligst klar aus. Also noch mal: War das schon alles?"

„Nein." Trotz mischte sich in ihre Stimme. Sie straffte die Schultern, reckte ihr Kinn vor. „Ich weiß nicht, was du von mir willst. Also drück du dich gefälligst ebenfalls klar aus." Ihr Trotz war nun deutlich zu hören.

Aaron unterdrückte ein Auflachen. *Gut, dass sie mich jetzt nicht sehen kann!* Es amüsierte ihn gewaltig, wie diese kleine Person trotz ihrer devoten Ader und ihrer eher unsicheren Position gegen ihn aufbegehrte.

Er bemühte sich um einen strengen Tonfall. „Zunächst einmal hast du dich um einen angemessenen Ton zu bemühen. Aufmüpfigkeit dulde ich nicht. Wenn du dich nicht daran hältst, werde ich gehen. Meine Zeit ist zu schade, um sie mit Stimmungen zu vergeuden, die mir nicht zusagen. Hast du das verstanden?"

Annas Herz raste. Sie wollte nicht, dass er ging. Andererseits missfiel ihr, wie er mit ihr umsprang. Sie war hin- und hergerissen, öffnete den Mund, um etwas zu erwidern, doch es kam kein Ton heraus. Innerhalb von Sekundenbruchteilen jagten ihr tausend Gedanken durch den Kopf.

Das, was sie hier erlebte, war genauso, wie sie es sich seit einiger Zeit erträumte, und dennoch begehrte etwas in ihr auf. Die konträren Gefühle überwältigten sie. Sie musste sich zusammenreißen, um nicht laut aufzuschreien, sich dabei gleichzeitig demütig zu ergeben ... alles zu tun, was er verlangte. Sie wollte ihm die Meinung sagen und ihn zum Teufel wünschen. Doch konnte sie mit dem Ergebnis leben, dass er ging? Womöglich endgültig genug von ihr hatte? Dass ihre Zeit hier beendet war?

Nein! Sie hatte sich schon viel zu weit vorgewagt, um jetzt umzukehren. Der Großteil ihres Inneren strebte danach, diese dunklen Pfade weiter zu beschreiten. Sie würde vergehen vor Sehnsucht, wenn alles vorbei wäre.

Um klarer denken zu können, rief sie sich ins Gedächtnis, dass sie das alles hier freiwillig tat. Sie konnte jederzeit gehen, Schluss machen, beenden, was ihr nicht gut tat. Aber wollte sie gehen?

„Ich habe verstanden", antwortete sie gehorsam, neigte den Kopf, um ihre Worte zu bekräftigen.

„Gut. Dann präsentiere dich mir. Mach mich heiß."

Annas Knie begannen zu zittern. So gern sie seinen Wünschen folgen wollte, die Hemmschwelle, die sich riesig vor ihr auftat, blockierte sie. Ihr Mund war trocken, ihre Lippen bebten. Ein kurzes Räuspern, dann machte sie ein paar ungelenke Schritte vor, drehte sich einmal um die eigene Achse.

„Nicht so steif. Ich möchte, dass du deinen Hintern schaukelst, mich wie eine rollige Katze umschmeichelst."

Anna hätte sich am liebsten die Augenbinde vom Gesicht gerissen, ihm dabei vor die Füße gespuckt. Was dachte er eigentlich, wer er war?

„Elender Macho", zischte sie leise, widerstand dem Impuls, wütend mit dem Fuß aufzustampfen.

Aaron lachte schallend auf. „Schimpf ruhig, kleine Lady. Vergiss aber nie, dass ich genau weiß, was du brauchst. Also schlaf nicht ein, sondern tu endlich, was ich von dir verlange."

Stur blieb Anna stehen – regungslos – das Kinn trotzig vorgereckt, die Lippen fest zusammengepresst.

„Erbärmlich. Wirklich erbärmlich. Du gibst dir nicht einmal ansatzweise Mühe." Seine Stimme war emotionslos.

Anna änderte nichts an ihrer Haltung. Erst der harte Griff in ihr Haar ließ sie zusammenzucken. „Dir liegt nicht genug an der Sache. Sonst würdest du dir mehr Mühe geben. Vielleicht aber bist du auch einfach nur zu verklemmt. Am besten, wir vergessen das alles." Er ließ von ihr ab, entfernte sich ein paar Schritte.

Anna schluchzte auf. „Aaron … bitte …!

„Ja?"

„Bitte bleib!"

„Wozu?"

„Weil …" Sie brach ab.

„Ja, Anna?"

Ihr Körper bebte. Er hatte recht. Er wusste genau, was sie brauchte, was sie wollte. Nur dauerte es manchmal, bis sie ihre Kontrolle abgeben, sich vollkommen in seine Hände geben konnte. Wie sollte sie ihm das erklären? Nun, wo seine Geduld am Ende war, und er doch etwas ganz anderes von ihr wollte als erklärende Worte.

Tränen stürzten aus ihren Augen.

„Es tut mir leid. Bitte, gib mir eine Chance."

„Du willst mir wirklich gefallen, Anna?"

Schweigen … dann nickte sie.

„Dann streng dich an!"

„Und wenn ich gegen ein Hindernis renne? Schließlich sehe ich nichts."

„Du denkst zu viel. Tu einfach, was ich verlange und vertrau mir."

Sie atmete schwer, ihre Beine zitterten. Die letzten drei Worte hatte er mit so viel Gefühl ausgesprochen, dass sie sich nicht entziehen konnte. Der Wunsch, ihm zu gefallen, sich zu fügen, wuchs ins Grenzenlose.

Ihr gelang es, jeden einzelnen Gedanken zu verbannen, und so hob sie ihre Arme, legte sie lasziv hinter ihren Kopf und setzte grazile, kleine Schritte voreinander, präsentierte sich ihm zum Takt der Musik mit sanftem Hüftschwung. Die kühle Seide des Kleides umschmeichelte ihre Gesäßbacken.

Sie schritt auf und ab, hielt den Kopf aufrecht, und waren ihre Schritte zu Beginn noch etwas zögerlich, so wurden sie von Schritt zu Schritt mutiger, forscher, entschlossener.

„Streck deinen Rücken gerade durch."

Sie tat, was er verlangte. Ihren Rücken gestreckt, die Brüste vorgeschoben, umfasste sie selbige, ließ ihren Daumen aufreizend über die Brustwarzen tanzen.

Aarons Blicke hefteten sich auf ihre prallen, weichen Brüste … die Nippel, die hart wie Diamanten abstanden. Gegen seinen Willen musste er sich eingestehen, dass diese Person über sinnliche Reize verfügte, die ihm viel zu sehr unter die Haut gingen.

Seine Kiefermuskeln mahlten.

„Hör auf!" Seine Stimme ließ sie zusammenzucken. „Halt lieber still. Der Anblick ist zu traurig. Glaubst du im Ernst, dass mich das scharf macht?"

Anna schluchzte leise auf. Der Wunsch, es ihm recht zu machen durchströmte sie wie der notwendige Atem, fachte ihre Lust an. Ihr würde es verdammt noch mal gelingen, diesen Kerl zufriedenzustellen und seinen Anforderungen zu genügen. Koste es, was es wolle.

Die Aussicht auf dieses Ziel törnte sie an. Erregung pulsierte in ihrem Blut und vereinigte sich in ihrem Schoß. Heißer Lustnektar benetzte ihre Schamlippen. Sie wollte, dass er stolz auf sie war, wollte sie hören ... die Worte, die süßen und verlockenden, sie spüren ... die Zärtlichkeiten, die sanften und groben, sie empfangen ... die Grausamkeiten, die schmerzenden und erregenden.

Aaron spürte, was in ihr vorging. Er trat auf sie zu, nahm ihr die Augenbinde ab.

Benommen glitt ihr Blick zu ihm empor. Er trug ein schwarzseidenes Hemd, die oberen Knöpfe waren geöffnet. Der schmiegsame Stoff brachte seine wohlgeformte Brust vorteilhaft zur Geltung. Seine Beine steckten in cremefarbenen Leinenhosen. Wieder spürte Anna die fast magische Wirkung auf ihre Sinne und seine animalische Ausstrahlung.

Er verschwand aus ihrem Blickfeld und umrundete sie. Strich über ihre Schultern, ließ seinen Atem in ihrem Nacken tanzen und biss drängend in ihre Schulter. Anna stöhnte, ließ ihren Blick durch den Raum schweifen. Er war mit roten Plüschsesseln und einer imposanten Musikanlage ausgestattet. Das rosenholzfarbige Parkett glänzte.

Aaron trat vor sie. Ihre Nerven waren bis zum Zerreißen gespannt, jede Faser ihres Körpers empfindlich. Schon die kleinste Berührung, selbst ein Atemhauch, ließ sie erzittern.

Seine Hand glitt zwischen ihre Schenkel, seine Finger berührten ihre geschwollenen Lippen.

„Du triefst vor Geilheit. Zieh das Kleid aus."

Anna gehorchte. Nackt bis auf Strapse und Stilettos stand sie mit verklärtem Blick, geröteten Wangen und leicht geöffneten Lippen vor ihm.

„Ich bin gespannt, ob du es jetzt schaffst, mich scharf zu machen." Sein Blick unergründlich, den Mund zu einem kühlen Lächeln verzogen, die Hände vor der Brust verschränkt stand er da. Anna hätte sich am liebsten an ihn geschmiegt.

Diese Sehnsucht nach ihm machte sie fast wahnsinnig. Sie wollte ihm nah sein, ihm gehorchen, seine Leidenschaft, Stärke und seinen Stolz inhalieren – ersehnte es, zu seinen Füßen zu knien, jeden seiner Befehle willig annehmend.

„Ich wünsche, dass du mir dein Gesäß präsentierst. Auf allen vieren."

Anna sank hinab, tat, was er verlangte. Die Luft schien elektrisiert, als sie ihm die Kehrseite zuwandte, zunächst schüchtern, angespannt, verkrampft. Das Warten darauf, ihn endlich in sich zu spüren, wurde zu einer Geduldsprobe, die fast schon körperliche

Schmerzen bereitete. Jeder Augenblick war mit der Hoffnung gefüllt, seinen Schwanz tief in sich aufnehmen zu dürfen. Sie würde sich anstrengen ihn zufriedenzustellen, um die ersehnte Belohnung zu verdienen.

Ihre Arme bebten. Aber nicht nur ihre Arme, auch ihre Knie. Das Zittern schien ihren ganzen Körper erfasst zu haben. Die Tatsache, dass er nun freien Blick auf ihre Körperöffnungen hatte, erregte und beschämte sie gleichermaßen. Mit verführerischen Bewegungen präsentierte sie ihm ihr Hinterteil, setzte sich in Bewegung. Sie versuchte sich so sinnlich wie möglich zu bewegen.

Seine prüfenden Blicke spürte sie wie Brenneisen, hoffte auf Lob statt auf Missbilligung.

„Den Arsch nach oben. Und vergiss nicht den Rücken durchzudrücken."

Sie hob ihr Hinterteil an, bog ihren Rücken zum Hohlkreuz. Fast kriechend setzte sie ihren Weg fort.

„Den Kopf tiefer, viel tiefer."

Mit aufblitzenden Augen beobachtete er, wie sie sich alle Mühe gab, seinen Befehlen zu gehorchen. Wie ihre Brüste zwischen ihren Armen baumelten, ihre Brustspitzen den Boden berührten.

Er zog sich einen Sessel heran, ließ sich unmittelbar hinter ihr nieder, betrachtete ihr rundes Gesäß.

„Spreiz die Beine. Weiter."

Lasziv spreizte sie ihre Schenkel – in der Erwartung, dass er sie nahm, sie endlich mit seinem Schwanz ausfüllte.

Elegant glitt seine Hand ihren Rücken hinauf und wieder hinab, über ihr Gesäß, hinterließ eine glühende Spur auf den Rückseiten ihrer Oberschenkel. Anna gierte nach seinen Berührungen, wünschte sich, er möge keinen Zentimeter auslassen. Es brannte ein Feuer in ihr, in dem sie zu verglühen glaubte. Sie wartete sehnsüchtig darauf, dass seine Finger tief in sie eintauchten, zwischen ihren feuchten Schamlippen verschwanden, sich vorwagten, bis hin zur ihrer kribbelnden Öffnung, die hungrig auf ihn wartete.

Nach einer für sie unerträglich langen Wartezeit tastete seine Hand sich endlich von hinten zwischen ihre Beine nach vorn. Berührte hauchzart die rosige, feuchte Haut zwischen ihren Schamlippen, zog sich wieder zurück.

„Und nun werde ich testen, ob du brav geübt hast."

Erneut führte er seine Fingerspitze zwischen ihre feuchten und heißen Schamlippen, ließ sie auf ihrer Klitoris ruhen. Anna zuckte lustvoll zusammen. Sie biss sich auf die Unterlippe, hatte Mühe, sich auf den zittrigen Armen zu halten.

Seine Berührungen stimulierten sie, brachten ihr Blut in Wallung, versetzten jeden einzelnen Nerv in Hochspannung. Sein Zeigefinger umkreiste ihre Klitoris, sandte wohlige Schauer in ihr Lustzentrum. Lockte, spielte, liebkoste. Vergrub sich in der feuchten Spalte und brachte sie fast um den Verstand.

Ihr Gesicht brannte, ihre Finger kribbelten, ihr Schoß pulsierte.

„Wage es nicht zu kommen." Seine Stimme, ganz nah an ihrem Ohr, war nur ein leises Flüstern. „Hast du mich verstanden?"

Der Griff in ihr Haar war kurz, aber so heftig, dass sie leise aufschrie. Der kurze Schmerz intensivierte das stetig wachsende Kribbeln in ihrem Innern. Verstärkte ihre Erregung, rief Gier nach mehr hervor. Lustgewinn durch Schmerz. Annas Atem ging stoßweise. Die kitzelnde Hitze seines Atems an ihrem Ohr kroch bis zu jeder einzelnen Zelle ihres Körpers weiter, bis sie zu vergehen glaubte.

Zwei seiner Finger drangen tief in sie ein, während sein Zeigefinger unermüdlich ihre Klitoris rieb. Es war eine delikate Stimulierung, die Anna an den Rand des Wahnsinns schickte. In ihrem Schoß vibrierte und pulsierte verheißende Vorfreude. Alles in ihr sehnte sich nach sexueller Erfüllung. Jedoch war sie sich schmerzhaft bewusst, dass sie nicht kommen durfte, auch nicht wollte, um ihm zu gefallen.

Sie spürte, wie er erst vorsichtig und behutsam, dann fordernd und wild ihre Klitoris zwirbelte. In ihrem Körper begann es unaufhaltsam zu pulsieren, ein leichtes Beben erfasste sie. Sie spürte, dass sie bald in einen gewaltigen Orgasmus fallen würde. Die Verlockung war groß, nahm zu. Sie keuchte, warf ihren Kopf in den Nacken und begann unkontrolliert zu zittern. Dann schloss sie ergeben die Augen, gab einen lustvollen Seufzer von sich und flüsterte: „Stopp. Bitte ... ich komme gleich."

„Gut gemacht." Seine Stimme klang rau. „Ich lass dir ein paar Minuten, dann geht es in die nächste Runde.

Schon lange hatte Anna aufgehört zu zählen, wie oft er sie an den Rand des Höhepunktes gebracht hatte. In der letzten Stunde hatte er sie auf diese Weise viele Emotionen durchleben lassen: Freude, Ärger, unbändige Wut, Ungeduld, sogar Traurigkeit – dazwischen immer wieder diese unglaublich große Lust.

Ihre Nerven waren zum Zerreißen gespannt, jede Faser ihres Körpers empfindlich. Und wieder glitt seine Hand zwischen ihre Schenkel, seine Finger berührten ihre geschwollenen Lippen, und tauchen abermals in ihr heißes Nass ein. Sein Zeigefinger liebkoste ihre empfindliche Perle, so dass ihr der Atem stockte.

„Du darfst nun kommen."

Welche Erlösung! Gleich einer Köstlichkeit, der nicht zu widerstehen war.

Ein kehliger Laut huschte über ihre Lippen, denn seine Finger trieben sie schnell die Leiter des Höhepunktes hinauf. Sie spürte, wie ihre Vagina sich zuckend um Aarons Finger zusammenzog, wie ihre Scheidenmuskeln kontraktierten. Ihr wurden die Arme schwach, sie erzitterte, und dann war es da, dieses süße Ziehen. Wie ein Orkan braute es sich zusammen, durchströmte ihren Schoß. Anna konnte es nicht erwarten, rieb ihren

Schoß an seiner Hand, ließ ihr Becken kreisen, um den schwindelnden Höhen entgegenzustreben.

Doch auf der letzten Stufe der Lust entzog Aaron ihr fast schmerzhaft seine Hand. Frustriert stieß sie den Atem aus. Wut blitzte in ihren Augen auf, als sie sich enttäuscht umwandte und in sein amüsiert lächelndes Gesicht schaute.

„Wenn du es nicht schaffst, in der von mir angesetzten Zeit zu kommen, bist du selbst schuld. Steh auf."

Sie erhob sich, schwankte kurz. Sanft landete sein Zeigefinger in ihrem Nacken, spielte kurz mit einer ihrer Haarsträhnen und fuhr dann zart ihr Rückgrat hinab. Seine Berührung umschlang sie wie eine weiche Wolke aus Sinnlichkeit.

Anna erschauerte. Dieser Mann hatte Macht über sie. Nicht nur körperlich, sondern auch seelisch. Sie bekam einfach nicht genug von ihm und seinen Sexspielchen, die sie voller Hingabe genoss. Sie wollte sich an ihn pressen, ihn riechen, schmecken, seine heißen Küsse empfangen. Sie wollte dieses köstliche Kribbeln in sich intensivieren, es wachsen lassen, bis es in ihr kochte. Lustvolles Pulsieren und atemlose Hingabe. Feuriges Prickeln und tosende Ekstase. All das wollte sie mit ihm erleben.

„Streichle dich!"

Der Blick aus seinen Augen durchfuhr sie wie ein Schwert. Eis auf Feuer. Unnachgiebigkeit gepaart mit Verstehen. Weichheit – Härte – Glut. Sie wusste nicht, wohin mit ihren Armen, hatte Hemmungen, seiner Bitte nachzukommen.

„Mach dich selbst heiß. Streichle dich und stell dir vor, es sind meine Hände, die dich umgeben. Spüre, wie die Erregung in dir zunimmt."

Das Timbre seiner Stimme wirkte wie schweres Parfum auf sie – betörend, betäubend, eindringlich und süß. Ihr Körper und ihr Geist waren dazu gemacht, von ihm geformt zu werden. Anna schloss genießerisch die Augen, begann ihren Körper zu streicheln. Sie wünschte sich, dass er dieses Schauspiel genoss und Lust auf sie bekam. Wollte endlich von ihm genommen werden. Von vorne, von hinten, zwischen ihren Brüsten.

Ihre Hände begannen mit ihrer Erkundungstour. Dabei hielt sie die Augen geschlossen.

„Sieh mich an. Ich will sehen, wie die Geilheit sich in deine Augen frisst, wie sie zunimmt und von dir Besitz ergreift." Wieder war es seine Stimme, die Adrenalin durch ihren Körper pumpte.

Ihre Lider hoben sich, flatternd, zögerlich. Schließlich blickte sie ihm fest in die Augen, hielt seinem eindringlichen Blick stand.

Ihre Finger liebkosten ihre Brüste. Der zarte Druck auf ihre Brustwarzen ließ einen wohligen Schauer durch ihren Körper jagen. Unendlich sanft rieb sie ihre Daumen kreisend, mal mit süßem Druck, dann wieder hauchzart wie eine Feder über die rosigen Knospen.

Leise stöhnend schloss sie die Augen, dachte an Aarons Befehl und öffnete sie rasch wieder. Ein sehnendes Ziehen durchströmte ihren Körper. Schauer der Lust. Anna stellte sich vor, es sei Aarons Zunge, die derartig sinnlich ihre Brustspitzen liebkoste, während sie in seinen Augen ertrank. Mit Hilfe ihrer Finger begann sie sämtliche Regionen ihres Körpers zu erforschen. Sinnlich strich sie sich über ihren Oberkörper, fand dabei aber immer wieder den Weg zurück zu ihren Brüsten. Sobald sie die steil aufgerichteten Knospen auch nur ansatzweise berührte, meldete sich wieder dieses prickelnde Gefühl zwischen ihren Schenkeln. Ihre Hände glitten weiter über ihren Hals, den Bauch hinab bis zu ihrem Venushügel. Ganz sanft bedeckte sie diese empfindsame Stelle mit der gesamten Handfläche, atmete tief ein.

Sie zögerte den Moment ein wenig hinaus, dann verschwanden ihre Finger sanft gleitend zwischen ihren Schamlippen. Bewegten sich zart über die Klitoris, verschwanden wieder und wieder in der feuchten Spalte und erkundeten sämtliche Winkel ihres Schoßes.

Jede Berührung ihrer Klitoris glich einem Stromstoß. Ihre wollüstig geschwollenen Schamlippen nahmen sie hungrig auf. Ihre Liebesmuskeln spannten sich an, und im Zentrum ihrer Lust begann sich eine Kraft zu sammeln, die sich für eine Explosion bereit machte. Ihr Wunsch nach Entladung der aufgestauten Lust wurde größer und drängender.

„Stopp!"

Ein bohrender Befehl, den sie nur allzu gern ignoriert hätte.

„Aber …"

„Ich dulde keine Widerworte. Ich habe es mir anders überlegt. Du wirst nicht kommen. Du hast meinen Geschmack bei deiner Kleiderwahl nicht getroffen, dafür musst du bestraft werden. Ein Orgasmus aber wäre eine Belohnung. Das verstehst du doch?!" Sein Ton war provozierend. Ein spöttischer Zug lag um seinen Mund.

Er wusste nicht, ob ihr in diesem Augenblick klar war, warum ein Lächeln über sein Gesicht huschte. Er jedoch wusste ganz genau, was ihn so erfreute: Sie war süchtig nach ihm, ihm hörig, konnte sich nicht mehr wehren. Sie brauchte keinen Druck mehr von außen. Der Druck war jetzt in ihr. Er hatte es geschafft.

Braves Mädchen.

Für einen winzigen Moment schloss Anna die Augen. Nicht zu wissen, was als nächstes geschah, erhöhte den Lustfaktor, törnte sie an.

„Egal, was ich auch mit dir anstellen werde – ich möchte keinen Ton hören, verstanden?" Ein fordernder Griff in ihr Haar unterstrich seine Worte.

Anna nickte mit zusammengepressten Lippen.

Er kam näher, verheißend lächelnd, ließ sie dabei keinen Augenblick aus den Augen, was sie erwartungsvoll beben ließ. Seine Hände prüften ihre weichen Gesäßbacken, bohrten sich zwischen die Spalte. Ihr Herz zersprang, sie war angespannt, neugierig, ängstlich und geil zugleich.

„Ich werde dir zur Strafe nun den Arsch versohlen. Dann lasse ich dich nackt durch das Zimmer kriechen und spiele weitere Spielchen mit dir." Er lächelte kühl. Die Peitsche sah furchterregend aus. War viel länger und dicker als die Gerte, die sie schon kennenlernen durfte. Das Leder sah hart aus, unbarmherzig. Die drei langen Enden würden sich bei jedem Schlag wie Lianen um ihren Körper schlingen und somit einen viel breiter gefächerten Bereich ihres Leibes erfassen.

Auf seine Anweisung hin griff sie nach den beiden Lederschlaufen, die von der Decke herabbaumelten, klammerte sich daran fest, und dann hörte sie das Zischen der Peitsche. Um Haaresbreite schlug sie neben ihr auf. Annas Nerven war zum Zerbersten angespannt.

Der nächste Hieb streifte ihr Gesäß, so leicht wie der Hauch eines Wimpernschlages. Wie hungrige Schlangen wickelten sich die Peitschenriemen um ihre Hüfte, küssten ihren Bauch. Der nächste Schlag rasselte mit ungebremster Kraft quer über ihren Rücken. Er brannte eine rote Linie in ihre Haut, die rasch anschwoll. Anna stöhnte leidvoll auf. Gierig wand sich die Peitsche um ihren Oberkörper und traf ihre linke Brust. Ein weiterer Schmerzenslaut kam über ihre Lippen.

„Muss ich dich wirklich daran erinnern, dass ich keinen Ton dulde?" Aarons Stimme war schneidend. „Halte dich an meine Anweisungen, sonst muss ich Konsequenzen ziehen, damit du diese Lektion lernst."

Sie begann zu zittern. Am liebsten hätte sie sich ihre Hände schützend über die Brüste gelegt. Das hier stand in keinem Vergleich zu ihrer Bekanntschaft mit der Gerte. Hatte die Gerte sie wachgeküsst, so empfand sie dieses Schlaginstrument als die reinste Folter.

Es folgten weitere härtere Schläge, kreuz und quer über Gesäß und Schenkel.

Fest knallten die Riemen auf ihr Fleisch, züngelten ihren Körper entlang.

Nur unter äußerster Kraftanwendung gelang es Anna, nicht jedes Mal laut aufzuschreien. Sie biss sich auf die trockenen, aufgesprungenen Lippen. Tränen liefen ihr übers Gesicht. Auch wenn sie keine Steigerung für möglich gehalten hätte, wurden die Schläge härter und hinterließen kreuz und quer tiefrote Striemen.

Ihr Aufschluchzen ging im klatschenden Stakkato der unbarmherzigen Riemen unter. Tief bohrten sie sich in ihr Fleisch.

Sie zuckte zusammen, ihre Zähne bohrten sich in die Unterlippe. Ein metallischer Geschmack suchte ihre Mundhöhle heim – Blut. Das Blut ihrer geschundenen Lippen als Zeichen für die Pein, die sie ertrug.

Ihre Haut brannte. Wie unzählige, glühende Flammen tanzte der Peitschenriemen über ihren Körper. Wieder und wieder. Der natürliche Schmerz wandelte sich diesmal nicht zu prickelnder Lust. Dennoch stieg ein Gefühl in ihr hoch, das sie zutiefst befriedigte. Das alles ertrug sie freiwillig. Sie konnte jederzeit gehen. Oder ihn so provozieren, dass er ging. Stattdessen gab sie sich ihm vollkommen hin. Nahm diesen Kelch auf sich, weil er es so wollte, nicht weil sie Lust dabei empfand. Dieses Wissen machte sie stolz, schenkte ihr höchstes Vergnügen.

Ein tiefes, warmes Gefühl breitete sich in ihr aus. Es überschwemmte sie, so dass sie die restlichen Schläge gar nicht mehr spürte. Wie in Trance ließ sie es schweigend geschehen, und ihr brennender Blick verschmolz immer wieder mit dem von Aaron.

Sie beobachtete ihren zuckenden Körper im Spiegel gegenüber, der bereitwillig die Küsse der Peitsche annahm. Ihre schweren Brüste, die stetig auf und ab wippten, die harten Nippel, steil und rosig abstehend. Ihre Sinne waren geschärft. Sie bäumte sich auf, als der nächste Hieb auf sie niederprasselte, atmete erlöst auf, als sie merkte, dass dies der letzte Schlag war.

Aaron stand vor ihr, breitbeinig, stolz und schön. Mit einem Blick, der keine Schwäche zu kennen schien. Sie hätte zu gerne gewusst, was in seinem Kopf vorging, sehnte sich danach, von ihm berührt, verführt und geliebt zu werden. Sie brannte für ihn, wäre in diesem Augenblick für ihn durchs Feuer gegangen. Hitze in ihrem Schoß, in ihrem Kopf, überall. Schweißperlen rannen ihren Rücken hinab.

Sein glühender Blick begann eine Reise über ihren bebenden Körper.

In fiebriger Erwartung schob sie ihm ihr Becken entgegen. War er zufrieden? Bekam sie nun ihre Belohnung?

Aaron versank in einem Tal aus Nachdenklichkeit. Eigentlich hätte er sie nun auf ihr Zimmer schicken können, um am nächsten Tag ebenso weiterzumachen. Er wollte sie wahnsinnig machen, sie erst dann vögeln, wenn ihre Grenzen erreicht waren. Dabei vollkommen emotionslos vorgehen, taktisch und zielorientiert. Doch da war etwas, was sich unplanmäßig in ihm regte, etwas, was über den besonderen Reiz, den sie in sich trug, und den er bis dato mit Leichtigkeit hatte kontrollieren können, hinausging. Er sehnte sich brennend nach einem sinnlichen Liebesspiel mit ihr. Verspürte in dem Moment viel mehr als nur den Wunsch, sie mit dem Spiel aus Nähe und Distanz – Dominanz und Unterwerfung, auf das sie so gierig ansprang, gefügig zu machen.

Er fluchte in sich hinein. Auf seinem Anwesen waren Frauen zu Gast, die genau so waren, wie er sich eine Bettgespielin vorstellte. Die nur darauf warteten, dass er sie zu sich rief. Er könnte sich sofort eine aussuchen. Und was tat er? Er sehnte sich ausgerechnet nach Annas Körper.

In seinen Lenden begann es süß und lockend zu ziehen. In Gedanken versunken glitt sein Blick über ihre Gestalt. Er ließ die Momente mit ihr Revue passieren. Ihre vollkommene Hingabe, ohne auch nur einen Hauch von Erwartung, berührte ihn eigenartig, fachte seine Neugier an und auch seine Lust. In Bezug auf Sex machte ihm keiner etwas vor. Er hatte alles durch, von Blümchensex über Fesselspiele bis hin zu hartem SM. Jedoch war es neu für ihn, sich so intensiv mit einer Frau zu beschäftigen und ihre Grenzen auszuloten. Für ihn war es stets ein Kick, etwas Neues auszuprobieren; mit ständig wechselnden Partnerinnen wahllose Spielarten der Lust auszuleben. Und zwar genau das, worauf alle Beteiligten gerade Lust hatten.

Dies hier aber war etwas anderes. Er ging gezielt vor, chronologisch. Setzte sich mit dieser Person auseinander, weil er ein Ziel verfolgte. Und betrat gleichzeitig Neuland, denn die vollkommene Unterwerfung einer Frau zu erlangen, hatte er nie anstreben wollen oder müssen.

Mit Anna hatte er eine Frau vor sich, die ihre Krallen zeigen konnte, die stur und störrisch war, die eigentlich genau wusste, was sie wollte, nun aber vor ihm stand und kleinlaut tat, was er verlangte. Ein besonderer Kick, erfrischend und wahnsinnig interessant. Er lächelte, seine Augen glitzerten.

Es war anregend neu für ihn, dass eine Frau sich ihm auf diese Weise und so bedingungslos unterwarf. Bisher hatte er SM nach immer derselben Formel erlebt: Lust + Schmerz = Lustgewinn durch Schmerz = Orgasmus. Alle Beteiligten gaben und nahmen zu gleichen Teilen. Nichts wurde getan ohne die Gewissheit, dass all das, was praktiziert wurde, auf beiden Seiten Lust hervorrief.

Welch ein Kontrast zu dem, was er gerade erlebte. Die Hingabe einer Frau, die dazu bereit war, ihn ihr Fühlen, ihr Denken und ihre Seele beherrschen zu lassen. Sie gestand ihm eine Macht zu, die ihn nicht kalt ließ. Es war mehr als eine simple Formel. Sie war bereit, Dinge zu tun und zu ertragen, die er wollte. Ohne die Gewähr, dass auch sie es wollte. Er konnte in sie eindringen, sie öffnen, bloßlegen, wie es ihm beliebte. Dieses Bewusstsein löste sehnende Erregung in ihm aus.

Wie mag es sein, körperlich mit ihr zu verschmelzen? Sie zu nehmen? Jetzt!

Der Gedanke beschäftigte ihn, ließ ihn nicht los – was ihn verwirrte.

Anna konnte seinen intensiven, fast schon in sich gekehrten Blick nicht deuten. Hatte sie etwas falsch gemacht? Überlegte er gerade, wie er sie so galant wie möglich loswerden konnte? Was dachte er, wenn er ihren Körper betrachtete, der keine Idealmaße vorweisen konnte und sich ihm nun mit nichts als den von Peitschenhieben zerfetzten Strümpfen präsentierte?

Ihre Unsicherheit wuchs.

Aaron räusperte sich. „Für heute bin ich einigermaßen zufrieden", hörte sie ihn zu ihrer grenzenlosen Erleichterung sagen. „Aber vergiss nie, das war nur ein kleiner Vorgeschmack darauf, was dir blüht, wenn du nicht zu meiner Zufriedenheit handelst."

Sie schluckte mit geröteten Wangen und halb geöffneten Augen.

Ohne Anna aus den Augen zu lassen, ohne eine Miene zu verziehen, bewegte er sich auf sie zu, drängte sie zurück, bis sie die Wand hinter sich spürte. Mit einer Hand öffnete er seinen Hosenknopf, dann war der Reißverschluss an der Reihe.

Heiß schoss Anna das Blut durch die Adern. Ihr Körper stand unter Strom. Sie gierte dem Moment entgegen, in dem die Hose endlich ihren Weg nach unten fand.

Lasziv schob Aaron seine Hände in den offenen Bund der Hose, schob sie nach unten. Er trug einen knappen schwarzen Slip, in dem sein Schwanz kaum Platz fand. Anna schnappte nach Luft. Dichtes, krauses Schamhaar kam zum Vorschein, sein Schwanz sprang prall und fest heraus.

Für einen kurzen Moment schloss Anna die Augen. Seine Hände, rechts und links von ihrem Kopf an der Wand abgestützt, ein Knie mit lockenden Bewegungen zwischen ihre Schenkel geschoben, stand er dicht vor ihr, blies seinen Atem in ihr Ohr.

Ohne ein weiteres Wort drückte er ihren Kopf zu seinem Unterleib.

Ihre Hand glitt unter seinen Hodensack, drückte leicht zu, während ihre andere Hand sich um seinen Schaft legte. Erst leicht, dann mit Druck. Ihre Finger flatterten über seine Eichel, massierten, liebkosten. Rhythmisch glitten sie an seinem Schwanz auf und ab.

Anna verstärkte den Druck der Finger, strich mit der Daumenkuppe kreisend über die Eichel, spürte die klebrigen Tropfen. Lustvoll umspielten ihre Lippen und ihre Zunge die feucht glänzende Eichel, zogen an ihr, saugten. Heiß und breit fuhr ihre Zunge seinen Schaft entlang, heizte Aaron an.

Sie nahm seinen Penis komplett in ihrem Mund auf, ließ ihn wieder frei, nur um ihn anschießend umso gieriger zu verschlingen. Sie saugte gierig, schneller. Dann hielt sie inne. Aarons enttäuschten Ausruf quittierte sie mit einem Lächeln. Sie wusste, wie sie ihn unter Spannung halten konnte, wollte ihn so heiß machen, wie sie selbst war. Verführerisch umspannten ihre Lippen seine Eichel. Spielten, liebkosten, glitten tiefer – ganz langsam aber zielstrebig. Seine samtigen Hoden wurden verführerisch massiert, und erkundet. Genießerisch schloss Aaron die Augen, ließ sich in den Strudel fallen, der lockend nach ihm griff. Sein Phallus zuckte, wurde mit heißem Blut durchströmt.

Und dann spürte er den nahenden Höhepunkt, der in seinen Zehen begann und wie flüssiges Feuer durch seine Beine immer weiter nach oben floss.

Seine Finger vergruben sich in ihrem Haar, noch eine kurze Stimulation, und es kochte aus ihm heraus. Der Saft spritzte in ihren Mund, quoll über ihre Hand.

Aarons lustvolles Stöhnen war Musik in ihren Ohren. Sie schluckte seinen Saft, während er seine Lust hinausschrie.

Nach einer Weile zog er atemlos sein Glied aus ihrem Mund, zog sie zu sich hoch, trat hinter sie, legte ihre Handflächen auf die Rückenlehne eines Sessels.

Hart umfasste er ihre Hüften ... fordernd ... hob ihr Gesäß leicht an und schob seinen immer noch harten Schwanz tief in sie hinein.

Er füllte sie komplett aus, vögelte sie erst langsam mit energischen Stößen. Dann nahm sein Tempo zu, wurde wild und hemmungslos.

Anna stöhnte laut auf, verlor allmählich die Kontrolle über ihren Körper. Mühelos spaltete der harte Schwanz ihren Schoß, zog sich ein Stück zurück und verschaffte sich erneut vollkommenen Zutritt. Er rieb an allen Seiten ihrer Vagina. Bei jedem Stoß klatschten seine Hoden gegen ihr Gesäß. Eine Tatsache, die ihr zusätzlich Lust verschaffte. Er umfasste ihren Oberkörper, griff nach ihren Brüsten, zwirbelte die steifen Knospen. Annas Kopf war gleich einem Feuerwerk, stand kurz vor der Explosion.

Er zog seinen Schwanz aus ihr heraus, drehte sie zu sich herum und schob seinen glühenden Schaft erneut in sie hinein. Benommen umschlangen ihre Schenkel seine Hüften, umklammerten ihre Hände seinen Nacken.

Dort, wo ihre Körper sich berührten, schrie ihre übersensibilisierte Haut in zügelloser Gier nach noch engerem Kontakt. Leise seufzend verstärkte sie das Empfinden durch minimale Reibung. Ihre tastenden Finger erfühlten die Wölbung seiner Schulterblätter, so als wären es die ersten Schulterblätter, die sie erforschten. Immer wieder glitten ihre tastenden Hände die Linie seiner Wirbelsäule entlang, nicht fähig und willens, ruhig liegen zu bleiben. Sie inhalierte seinen Geruch. Mit jedem einzelnen Atemzug begrüßte sie seinen Duft, kostete ihn, ließ ihn mit der eigenen Atemluft in ihre Lungen strömen. Seine Hände unter ihrem Gesäß hielten sie. Seine gespreizten Finger umspannten ihre Gesäßbacken. Halt gebend und im Heranziehen nicht nachlassend, krallten sich die Fingerkuppen tief in ihre Backen, sie vielleicht absichtlich, vielleicht aber auch unabsichtlich auseinanderzerrend.

Immer wieder fuhr sein Schwanz der ganzen Länge nach in ihre Möse.

Die Schenkel weit geöffnet, ergab sie sich seinen Stößen – mal hart, mal zart, mal ungeduldig und dann wieder voller Langsamkeit, bis sie innerlich zerfloss.

Als sich ihr Orgasmus ankündigte, schluchzte sie auf, bat ihn darum, kommen zu dürfen. Er beschleunigte sein Tempo, seine heisere Stimme gab die so heiß ersehnte Antwort, und dann war sie so weit. Ihre Scheidenmuskeln begannen unkontrolliert zu zucken. Aaron schob einen Finger in ihren Anus, und dann kam sie. Anna schrie ihre Lust laut und hemmungslos heraus, ihre Fingernägel bohrten sich in seine Schultern. Sie spürte, wie sein Samen sich heiß in ihr ergoss. Die Wellen des ersten Orgasmus waren kaum verklungen, da kündigte sich ein weiterer an … wild … einem Orkan gleich, der sie mitriss und in einen süßen Abgrund stürzte.

Dieses Lustspiel brachte sie aus der Fassung. Es bewegte, erschütterte sie. Wühlte sie auf. Die Welt würde nie wieder so ein wie vorher.

Nachdem der erste Rausch verflogen war, wartete Anna vergebens darauf, dass Aaron sie zärtlich in den Arm nahm. Sie wollte sich an ihn schmiegen, in ihn hineinkriechen und wünschte sich, neben ihm einzuschlafen.

Stattdessen löste er sich, setzte sie ab. Emotionslos. Ein kurzer Blick, dann zog er seine Hose nach oben.

„Wir sehen uns morgen." Mit langen Schritten näherte er sich der Tür. Enttäuscht hüllte Anna sich in den schwarzen Umhang, blickte ihm nach.

Kurze Zeit später erschien Yvette, die sie zurück in ihr Zimmer führte.

Kapitel Vierzehn

Ein sanftes, aber dennoch energisches Klopfen ließ Anna zusammenfahren.

Sie hüllte sich fester in ihren Umhang. „Ja, bitte?"

Ihr Blick füllte sich mit Erstaunen, als sie Kassandra gewahrte, die sich mit geschmeidigen Bewegungen Zugang zu ihrem Zimmer verschaffte.

Ihr Puls beschleunigte sich. Was kam nun?

Beunruhigt blickte sie der Frau entgegen. Ihre Schönheit und Attraktivität waren atemberaubend. Schlank und edel stand sie in einem Traum aus Rot vor ihr. Ihr Kleid entsprach einem täuschend schlicht geschnittenen, griechisch-antiken Design. Eine Schulter blieb frei, der Stoff fiel in weichen Falten über ihren Körper bis zu ihren Füßen herab. Diese steckten in hochhackigen, goldenen Sandaletten, die über und über mit Strasssteinchen übersät waren. Die Fußnägel glänzend rot lackiert. Einen Fuß graziös vor den anderen setzend, kam sie ein Stückchen näher. Neben ihr fühlte sich Anna klein und unscheinbar. Wie eine graue Maus, die sich für den Augenblick im Glanz der anderen sonnen durfte.

Die Haare trug Kassandra hochgesteckt und mit einer goldenen Spange fixiert. Sündhaftes Scharlachrot auf ihren sinnlichen Lippen, tiefblauer Eyeliner, der die Farbe ihrer Augen geschmackvoll unterstrich.

Ein Lächeln und eine perfekt manikürte Hand, die sich Anna entgegenstreckte.

Täuschte sich Anna, oder erreichte dieses Lächeln nicht die Augen?

Anna nahm die ihr dargebotene Hand höflich entgegen.

„Kassandra."

„Anna."

Kassandras Blick schweifte durch das Zimmer, kehrte zu Anna zurück. „Leider hat es sich bisher nicht ergeben. Wie wäre es, wenn wir das Dinner gemeinsam einnehmen und ein wenig plaudern? Auch ich speise lieber in meinem Zimmer statt im Salon. Es würde sich anbieten. Heute?"

Anna zögerte, fühlte sich überrumpelt und unwohl, traute dem Frieden nicht. Noch zu gut hatte sie Kassandras kalte Blicke in Erinnerung. Und war da nicht etwas Verschlagenes in ihrem Blick? In diesen blauen Augen, die wie ein abgrundtiefer See anmuteten, in denen flirrendes Eis schwamm?

Der Duft, der Kassandra umgab, war betörend. Ihre Stimme ebenso, als sie „bitte, ich würde mich sehr freuen", hauchte. Diese Worte mit einer Intensität, die Anna wider Erwarten berührte. Mit einem Lächeln, das die Augen diesmal erreichte.

Annas Gedanken-Karussell begann zu rattern. Vielleicht war Kassandra gar nicht so übel? Vielleicht sogar ganz nett? Ihre offensichtlich zur Schau gestellte Eifersucht auf dem Mohnball konnte Anna nur zu gut nachvollziehen. Klar, dass ihre Blicke unter den gegebenen Umständen alles andere als freundlich gewesen waren.

„Okay", hörte Anna sich sagen. Laut und deutlich, während ihre Gedanken weiter rotierten.

„Gut. Heute bei dir, und ein anderes Mal bei mir?"

„Einverstanden."

„Dann bis gleich. Ich werde in der Küche Bescheid geben."

Anna sprang unter die Dusche. Ganz wohl war ihr immer noch nicht, jedoch überwog die ihr innewohnende Neugier. Würde ihr ein Blick hinter diese perfekte Fassade gelingen? Wer war Kassandra? Was machte sie, wenn sie ihre Zeit nicht auf dem Anwesen von Aaron Vanderberg verbrachte? Annas journalistischer Spürsinn war geweckt. Diese Person hob sich deutlich von der Masse ab, regte zu Spekulationen an.

Was genau verband sie mit Aaron Vanderberg? Wie hatte sie ihn kennengelernt?

Fragen, auf die Anna allzu gern eine Antwort gehabt hätte.

Kurze Zeit später stand sie unschlüssig vor dem riesigen Berg Kleider, die Aaron ihr hatte zukommen lassen. Sie entschied sich für ein schokoladenfarbenes Kleid mit Spaghettiträgern. Um ihre Schultern legte sie eine transparente Stola im gleichen Farbton.

Fast zeitgleich mit dem Küchenservice betrat Kassandra das Zimmer wie eine Gebieterin, eine Göttin, eine Königin.

Sie erschien Anna noch schöner.

Kassandra blieb auf halbem Weg stehen. In dem honigfarbenen Licht, das den Raum durchflutete, hob sie sich deutlich gegen die helle Wand ab. Schwarzes Haar, sorglos aufgetürmt, blasser Teint, steil gewölbte Augenbrauen, ein maliziöses Lächeln, zwei Grübchen unter ihrem linken Mundwinkel. Sündig, begehrenswert, elegant und gleichzeitig verrucht. Sie wusste um ihre Wirkung, warf dem jungen Mann, der das Essen gebracht hatte, einen einladenden Blick zu und trat erst dann aus dem schmeichelnden Licht heraus, als er verschwunden war.

Die goldenen Reifen, die ihren Arm zierten, klimperten leise, als sie kurz die silbernen Servierhauben anhob, um nachzusehen, welche Köstlichkeiten sich darunter verbargen. In ihrer linken Hand trug sie eine bauchige, rauchblau irisierende Flasche.

„Ein kleines Geschenk. Mandellikör." Stimme und Gestik hatte Kassandra perfekt in Szene gesetzt, als sie Anna die Flasche übergab. Süß lächelnd reichte sie ihr mit einer nicht zu übertreffenden Eleganz die Hand. „Wie nett, dass wir endlich die Gelegenheit zum Plaudern haben!"

Anna erwiderte ihr Lächeln, nickte.

Anmutig wie eine Tänzerin stöckelte Kassandra zu einem der goldgerahmten Spiegel, zupfte an ihrer perfekt sitzenden Frisur und begab sich zu der einladenden Sitzgruppe, auf der sie sich elegant und stilvoll niederließ. Anna nahm ihr gegenüber Platz.

„Möchtest du auch ein Glas Rotwein? Wie gefällt es dir hier?" Kassandra übernahm das Ruder.

„Es ist wirklich nett hier." Anna wollte nicht zu viel preisgeben, nahm das Glas Rotwein dankend entgegen.

„Ja, nicht wahr? Mich verzaubern meine Aufenthalte hier immer wieder aufs Neue. Ich freue mich über jede freie Minute, die ich hier in Aarons Nähe verbringen kann." Die letzten Worte wurden mit einer ganz besonderen Betonung gesprochen.

„Was machst du in deiner übrigen Zeit?" Anna versuchte der Unterhaltung die Wende zu geben, die sie wünschte und hatte Erfolg. Während sie ihr Dinner einnahmen, erfuhr sie, dass Kassandra in Paris Modedesign studiert und später dort ihre erste Boutique eröffnet hatte. Sie verkaufte eigene Kreationen ebenso wie Stücke namhafter Designer.

„Ich hatte Glück, das Konzept ging auf. Immer mehr konzentrierte ich mich auf den Entwurf meiner eigenen Mode, bis der Laden sich allein damit tragen konnte. Aufgrund der Nachfrage eröffnete ich weitere Boutiquen in europäischen Großstädten mit zahlreichen Angestellten." Kassandras Hand glitt fast liebevoll über das Kleid, das sie trug. „Dieses Kleid stammt übrigens auch aus meiner Kollektion."

Anna nahm einen Schluck Wein, lächelte ihr interessiert zu.

Sie erfuhr, dass Kassandra Aaron zum ersten Mal bei einer Modenschau begegnet war. Es war Liebe auf den ersten Blick gewesen, wie Kassandra eindringlich mit einem verträumten Lächeln und flatternden Lidern betonte.

„Viele Frauen kreuzen Aarons Leben. Temporär, wenn du weißt, was ich meine. Ich lasse ihm diesen Spaß – im tiefen Wissen, dass sein Herz seit Jahren mir gehört. Und daran wird sich nie etwas ändern."

„Aber du hättest ihn gern für dich allein?!"

„Ich habe Geduld. Ja, es ist mein Ziel, ihn nicht mehr zu teilen, mit niemandem. Und irgendwann wird es soweit sein. Die Verbindung zwischen ihm und mir ist etwas ganz Besonderes, etwas Einzigartiges. Verliere also nicht dein Herz an ihn." Ein gut gemeintes Zwinkern, eine kleine Kunstpause, in der sie an einer Erdbeere knabberte, dann fuhr sie fort, mit weichem Unterton, glänzenden Augen, die ein wenig entrückt wirkten und in die Ferne schweiften: „Wir verstehen uns in jedem Detail, in jeder Nuance. Er berichtet mir nächtelang von allen Frauen, weil er möchte, dass ich daran teilhabe. Und ich tue es ihm zuliebe, auch wenn es mir das Herz zerreißt. Ihn macht es an, mir von seinen Affären zu erzählen. Es belebt ihn, jagt Adrenalin durch seinen Körper. Was auch geschieht, ich bin an seiner Seite, höre ihm zu, gebe ihm Ratschläge und bekämpfe die nagende Eifersucht, die immer wieder nach oben strebt, obwohl ich weiß, dass das alles nichts, aber auch gar nichts zu bedeuten hat."

Während sie Anna aufmerksam anschaute, hauchte sie: „Ich dachte zuerst, deine Augen seien grau, dunkelgrau. Doch sie sind braun, kohlebraun, manchmal violett schimmernd. Liebst du ihn?"

Anna zuckte unmerklich zusammen. „Ein großes Wort. Wer vermag schon zu sagen, was Liebe ist?"

„Aber du bist verrückt nach ihm!"

„Er hat das gewisse Etwas."

„Er hat mir von dir erzählt. Doch er hat nicht erwähnt, wie nett du bist. Er sieht dich nicht als Ganzes, sondern als Objekt, um seine Abgründe ausleben zu können. Schade drum. Er verpasst etwas." Wieder dieses Lächeln, zuckersüß, mit einem Hauch von Mitgefühl.

Anna schloss unwillkürlich und überrascht die Augen, als eine wohlriechende, zarte Hand ihr über die Wangen strich, hörte Kassandras Stimme sanft, direkt, delikat und sinnlich. „Pass auf dich auf, Anna."

Kassandra stand auf, nahm zwei Gläser aus der Minibar und füllte sie. „Lass uns den Mandellikör probieren."

Anna nahm einen großen Schluck und noch einen, ließ sich das Glas bereitwillig nachfüllen. Ihr war danach. Sie wollte süßes Vergessen, nicht nachdenken müssen, nicht reflektieren, interpretieren, sondern einfach nur gedankenlos sein.

Dann wechselte Kassandra das Thema. Sie sprachen über Mode, ihre jeweiligen Lieblingsfarben, über Musik und Kultur.

Nach einer Weile drang Kassandras Stimme nur noch wie ein dumpfes, entferntes Rauschen in Annas Gehörgang.

„Fühlst du dich nicht wohl?", hörte sie eine besorgte Stimme wie durch Watte. Weit entfernt und doch so nah.

„Wie bitte?" Anna bemühte sich um einen klaren Blick und blinzelte. „Pardon, ich bin auf einmal so müde. Es liegt sicher an dem ungewohnt schweren Rotwein. Und dann noch der Likör ..." Ihre Stimme verlor sich. Und dann tauchte sie in schwarzes Nichts.

Kapitel Fünfzehn

Anna erwachte am nächsten Morgen erst, als es an der Tür klopfte. Sie setzte sich auf, blinzelte verschlafen. Ihr Kopf schmerzte. Der Likör. Sie konnte sich nur bruchstückhaft an den Abend mit Kassandra erinnern. Wie war sie ins Bett gekommen? Ihr Mund war trocken. Sie hatte Durst, großen Durst! Ein kräftiger Sonnenstrahl fiel durch das Fenster auf ihr Bett. Yvette kam herein, stellte ihr ein reich gefülltes Tablett mit Milchkaffee, frischen Säften, Brot, Honig, Obst, Mandeln, kandierten Rosenblättern und anderen Köstlichkeiten aufs Bett und stopfte ihr geschäftig dicke, flauschige Kissen in den Rücken.

„In einer Stunde komme ich wieder und begleite dich in den Wellnessbereich."

„Was? Schon wieder?" Durstig nahm Anna einen Schluck Traubensaft und steckte sich genüsslich ein saftiges Stück Mango in den Mund.

Anna hatte wenig Lust auf die aufwändige Prozedur. Sie tauchte ihre Finger so zierlich wie möglich in die ovale Wasserschale, die Yvette ihr entgegenhielt, und trocknete sie mit dem bereit gehaltenen, angenehm vorgewärmten Leinentuch ab.

„Schon wieder", erwiderte Yvette mit einem Nicken. „Und das jeden Morgen." Mit einem Lächeln verließ sie den Raum.

Anna döste noch einen Augenblick. Als sich der Schmerz in ihrem Kopf zu verflüchtigen begann, ihre Lebensgeister zurückkehrten, probierte sie von den hauchdünnen Kokosplätzchen, blickte aus dem Fenster, tauchte ein noch warmes Stück Weißbrot in cremigen Honig. Die zarten Gardinen bauschten sich leicht vor dem geöffneten Fenster. Eine Amsel saß auf dem Fenstersims, flatterte wieder davon.

Anna bewunderte die feine Stickerei der Gardinen, griff zu gesüßten Mandeln. Sie konnte nicht verhindern, dass ihre Gedanken ausschließlich um Aaron kreisten. Um ihn, der sämtliche Schleusen ihrer Lust geöffnet, ihre Fassade durchbrochen hatte und in ihr Innerstes vorgedrungen war. Die Erinnerung an die Momente mit ihm gaben ihr ein Gefühl, als würde sie tanzen – lockerleicht durch ein Meer aus Sternschnuppen. Sie ersehnte nichts so sehr, als sich ihm erneut hinzugeben, in seinen Händen zu sein. im Tal der Sünden, um diesen berauschenden Taumel wieder und wieder zu spüren. Ihr Herz überschlug sich vor Aufregung, als sie daran dachte, dass sie ihn bald wiedersehen würde.

Die Erinnerung an Kassandras Worte trübte ihre Vorfreude. Schnell schob sie diese Gedanken weit von sich, wollte sie nicht nähren, sich den Genuss nicht vergällen. Sie wusste, dass das, was sie hier erleben durfte, nicht für die Ewigkeit war, dass es einmal zu Ende sein würde. Hatte es von Anfang an gewusst und sich dennoch darauf eingelassen. Sie konnte also niemandem einen Vorwurf machen. Aber darüber wollte sie nicht nachdenken! Genießen, sie wollte die verbleibende Zeit ohne Gedanken an das Morgen oder Übermorgen einfach genießen. Nur der Moment zählte! Der Moment, angefüllt mit Vorfreude auf ihn … Aaron.

Die Begegnung mit ihm hatte ihrem Leben eine Wendung gegeben, bei der alle Konturen verschwammen. Köstlich … geheimnisvoll … bittersüß. Sie liebte dieses neue Leben, wollte tanzen, singen, weinen. Sie war glücklich wie nie zuvor, wollte nie wieder zurück. Nicht einmal daran denken, dass sie irgendwann zurück musste.

Wie schaffte er es bloß, sie allein mit einem Blick in die Knie zu zwingen? Sie zum Zittern zu bringen durch den Hauch seines Atems? So wahnsinnig werdend, dass sie am Ende in den Sessel zurückfiel, weil ihr schwarz vor Augen wurde, da sie ihn für die nächsten Stunden nicht mehr sehen durfte, wo er doch die letzten Stunden so präsent war. War das schon Raserei? Sie wollte nichts anderes als in seinen Armen liegen, eingehüllt in seinen Mantel – mit dem Wunsch, dass er sie bis in alle Ewigkeit so halten würde. Sie wünschte sich seinen Atem an ihrem Hals, bevor die Härte seiner Hand sie in die Knie zwang. Wollte seine Hände auf ihrer nackten Haut spüren, bevor der Morgen erwachte.

Anna seufzte, konnte es nicht erwarten, ihn zu sehen, wünschte, er würde sie jetzt von diesen Qualen erlösen.

Es klopfte an der Tür. Das musste Yvette sein. Anna richtete sich auf.

Doch es war Kassandra, die kurz zu ihr reinschaute. „Wie geht es dir? Du warst gestern plötzlich hundemüde. Ich habe dich ins Bett gebracht und dafür gesorgt, dass jemand das Geschirr abholt. Ich hoffe, das war okay?!"

„Ja, danke."

„Prima. Wir sehen uns später." Und schon war sie verschwunden.

Und plötzlich waren sie wieder da, die giftigen Stachel der Erinnerung. Sie bohrten sich unbarmherzig, schmerzhaft und unausweichlich in Annas Herz.

***

Yvette hielt ihr einen frischen Bademantel hin. Anna ließ sich einhüllen, nahm die Seidenpantöffelchen entgegen, schlüpfte hinein.

Derselbe Ablauf im Badehaus. Wieder wurde sie rasiert. Diesmal aber nicht gezupft. Sie war erleichtert. Parfümiertes Wasser, das sie mit herrlichem Aroma umhüllte, kundige Hände, die sie mit duftendem Öl verwöhnten und Amanda, die ihre sinnlichen Übungen vertiefte.

Wie am Vortag erwartete Aaron sie auch heute am späten Nachmittag. Bis dahin hatte sie noch genug Zeit, den Garten zu genießen und ihre Schreibschule bei Joe fortzusetzen.

In einem dunkelgrünen, duftigen Rock und einer ärmellosen Carmen-Bluse im selben Farbton lief sie kurze Zeit später in den Garten. Anna liebte die Farbe grün. In allen Schattierungen. Sie war froh, in dem Berg an Kleidung und Wäsche einige Stücke in dieser Farbe vorzufinden. Grün war warm, sanft, beruhigend und letztendlich die Farbe der Hoffnung.

Sie atmete tief ein, genoss die warmen Sonnenstrahlen, lief die gewundenen Pfade entlang bis zu einem versteckten und etwas verwunschen wirkenden Teich, der leise, grünlich schimmernd und geheimnisvoll inmitten eines Blumenmeeres lag. Seine Oberfläche war glatt; nur dann und wann gekräuselt durch flatternde Insekten, die dicht darüber hinwegflogen. Lilien- und Teichrosenblätter, grün und elegant geschwungen, schwammen an der Oberfläche. Schilfhalme, die leicht wippten, Liliengewächse, Buschröschen und wilde Nelken umgaben die schmale Grasfläche am Rand des Teichs. Und immer wieder Mohnblumen, rot schimmernd, seidig, satt, bezaubernd. Zwischen zwei Birken hing eine einladende Hängematte aus bordeauxrotem Leinen.

Freudig ließ Anna sich darin nieder, schmiegte sich in den festen und dennoch geschmeidigen Stoff, und schloss die Augen. Die sanft schaukelnden Bewegungen lullten sie behaglich ein. Die Luft, erfüllt vom Duft der Blüten … Sonnenstrahlen, die ihre Haut streichelten … die herrliche Ruhe … all das genoss sie mit all ihren Sinnen.

Herrlich war es hier. Sie beschloss, beim nächsten Mal mit einem guten Buch aus der Bibliothek herzukommen, um inmitten dieser Pracht ausgiebig zu schmökern.

Ihre Gedanken wanderten zu Kassandra. Zu dem, was diese über sich und Aaron gesagt hatte. Eifersucht glomm in Anna auf. Vergiftete ihre Behaglichkeit. Dennoch war der Abend mit ihr sehr nett gewesen.

Anna seufzte, öffnete die Augen. Ganz in der Nähe saß eine Amsel auf einem Holunderstrauch und sang eine zarte Melodie. Eine andere Amsel, etwas entfernt und außerhalb ihres Blickwinkels, antwortete ebenso lieblich. Zuckersüße Klänge, denen sie eine Weile lauschte. Eine Libelle mit zart schimmernden Flügeln schwebte über den Teich, ließ sich auf einem Seerosenblatt nieder. Die Natur im Einklang war herrlich beruhigend und zum Seufzen schön.

Das Leben war viel zu kostbar, um sich durch Grübelei den Moment zu verderben. Erneut nahm Anna sich vor, keinen Gedanken mehr daran zu verschwenden, was einmal sein würde und wem Aarons Herz gehörte.

***

Der Weg schlängelte sich zwischen Heckenrosen hindurch, wurde enger, fiel etwas ab. Mandelbäume und Lilien säumten den Pfad, den Aaron entlangschritt, um zu seinem Lieblingsplatz zu gelangen. Dieser Ort war eine Oase der Ruhe für ihn. Schon als Kind hatte er sich dorthin zurückgezogen, wenn er genug von dem Trubel hatte, der stets in der Villa Vanderberg herrschte.

Seine Nacht war kurz gewesen – wie immer, wenn schöne Frauen in der Villa residierten, die heiß darauf waren, sich mit ihm zu vergnügen. Am Morgen hatten ihn kurzfristig angesetzte geschäftliche Termine aus den Federn geholt, und nun wollte er für eine Weile zur Ruhe kommen. Allein. Nichts hören, nichts sehen. Träge schlenderte er den schmalen Pfad entlang. Der süßliche Duft der Blumen umspülte ihn wie eine Woge. Er inhalierte tief, eine wohlige Zufriedenheit erfüllte ihn. Die Sonnenstrahlen ruhten wie ein Fächer auf dem Laub. Vögel zwitscherten, schmeichelnde Ruhe umfing seine Sinne. Gedankenverloren durchstreifte er seinen Garten, befand sich bald nur noch eine Biegung von seinem Ziel entfernt. Er beschleunigte seine Schritte und hielt mit einem Mal inne. Mit einer Mischung aus Unzufriedenheit und Nachdenklichkeit fixierte er die Person, die es sich auf seinem Platz bequem gemacht hatte.

Anna Lindten.

Noch nie hatte sich einer seiner Gäste hierher verirrt. Zu versteckt lag dieses Plätzchen. Die Vorstellung, an dieser Stelle nicht mehr jederzeit seine ersehnte Ruhe haben zu können, gefiel ihm gar nicht.

Sein Blick ruhte auf ihrer entspannt dösenden Gestalt, und er beobachtete dann, wie sie sich sinnlich rekelte.

Als er bemerkte, dass sie sich erhob, verbarg er sich rasch hinter einem Strauch. Nur wenig später kam sie mit entspanntem Gesichtsausdruck in unmittelbarer Nähe an ihm vorbei. Noch lange blickte er ihr hinterher; wie ihr kastanienbraunes, zu einem Pferdeschwanz gebundenes Haar im Rhythmus ihrer Schritte hin und her wippte, gefiel ihm irgendwie.

Er freute sich auf die nächste Runde in Sachen Anna Lindten.

***

Joe schenkte Anna ein Lächeln, das von einem Ohr zum anderen reichte. „Willkommen im Paradies." Seine Augen funkelten lebendig. Reich beschriebenes Büttenpapier stapelte sich auf dem Tisch neben Tintengläsern und Federkielen in den unterschiedlichsten Ausführungen.

Voller Vorfreude nahm Anna Platz. Es erfüllte sie, in dieser Stube zu sitzen, den Duft des edlen Papiers in sich aufzusaugen und unter der Vielzahl an Tintenfarben auswählen zu dürfen. Ihre Versuche nahmen Formen an. Unter der geduldigen Anleitung ihres Lehrmeisters entwickelte sie Routine und konnte schon bald kurze Sätze bilden.

Anna bewunderte Joe für sein enormes Wissen. Sie fachsimpelten, philosophierten, plauderten, lachten, füllten Blatt um Blatt. Joe zog sie oft liebevoll auf, wenn sie mal wieder altdeutsche Buchstaben vertauscht hatte, arbeitete mit ihr, lobte sie.

Das Papier fühlte sich herrlich glatt an. Die Tinte legte sich weich und kräftig auf die edle Oberfläche. Geschmeidig glitt die Feder über die unterschiedlichsten Papiersorten.

„Du bist sehr ehrgeizig, lernst schnell." Zufrieden begutachtete Joe ihre Übungen. „Ich könnte jemanden brauchen, der mir bei meinen Arbeiten hilft."

Erfreut und stolz blitzten ihre Augen auf. „Gern. Wie kann ich helfen?"

„Ich interessiere mich sehr für Kräuter und diverse Substanzen. Sei es in Bezug auf ihren Einsatz in der Küche oder auf ihre heilenden, aber auch zerstörerischen Eigenschaften. Ich habe aufzuschreiben begonnen, was ich bisher in Erfahrung bringen konnte, versinke mittlerweile allerdings in einer wahren Zettelwirtschaft. Mein Ziel: Ich möchte all das sauber auf edles Papier übertragen. In altdeutscher Schrift. Hast du Interesse, mir dabei zu helfen?"

„Was für eine Frage! Natürlich!" Aufgeregt folgte Anna ihm zu einer kleinen Tür, die in einen angrenzenden Raum führte. Es war wohl eher eine Kammer, denn es gab kein

Fenster. Sofort fiel ihr der Geruch auf. Süßlicher, trocken-würziger Kräutergeruch, den sie tief und entzückt einatmete. Sie musste an ihre verstorbene Großmutter denken, die regelmäßig Kräuter gesammelt und getrocknet hatte. Als Kind war sie oft, mit einem Körbchen bewaffnet, mit ihr losgezogen, auf der Suche nach wild wachsenden Kräutern und Wurzeln.

Von Lavendel bis Kamille war alles dabei gewesen. Annas Erinnerungen wurden immer lebhafter. Sie sah sich beim Pflücken von Minze, Salbei und Thymian, beim Sammeln von Gänseblümchen, wilden Beeren und Hagebutten, beim Ernten von Walderdbeeren, Brombeeren und Holunderblüten. Vor ihrem geistigen Auge sah sie die als Sträuße gebundenen Kräuter von feinen Schnüren herabhängen, die ihre Großmutter quer durch die Küche gespannt hatte. Sie wurden getrocknet, zerrieben und in kleine Kissen gefüllt, zu Tinkturen, Salben und Duftsäckchen verarbeitet, aber auch als Tee und zum Kochen verwendet.

Genüsslich schnupperte Anna mit geschlossenen Augen. Gierig sog sie den aromatischen Duft in sich auf. Aber sie roch auch noch etwas anderes. Es war ein bitterer Geruch, moschusartig, unbekannt und irgendwie beunruhigend.

Sie konnte ihn nicht einordnen, denn er vermischte sich mit den wohltuenden Gerüchen der Kräuter.

Licht fiel nur durch den Arbeitsraum herein, vorbei an Joe, der neben ihr stand, und warf Schatten über die Fliesen bis zum Tisch an der Wand gegenüber.

Der Tisch war aus Marmor, streckte sich von Wand zu Wand. Borde säumten die Wände, vollgestellt mit Gläsern, Krügen, Fläschchen und Behältnissen jeglicher Art. Unter dem Tisch entdeckte sie zwei große, bauchige Krüge aus Stein.

„Kräuter muss man dunkel aufbewahren. Wenn ich hier arbeite, bringe ich mir stets eine kleine Lampe mit." Er lächelte. „Dann wirkt alles gleich viel freundlicher."

„Sind die Behältnisse beschriftet?"

„Ja. Allerdings wünsche ich mir hier eine Veränderung. Auch dabei kannst du mir helfen, wenn du magst."

Anna nickte erfreut und verlor sich in dem, was Joe ihr erklärte und erzählte ... vergaß die Zeit.

Erst als Joe auf die Uhr blickte und feststellte, dass es Zeit für einen Tee war, tauchte sie auf. Sie musste sich beeilen, wollte sie sich nicht verspäten.

***

Anna drehte und wandte sich vor dem goldenen Spiegel. Sanftes Sonnenlicht flutete den Raum, ließ die Spiegelfläche aufblitzen, legte sich warm auf ihre Haut. Das schwarze Lackkleid schmiegte sich wie eine zweite Haut an ihren Körper. Es wirkte verrucht und sündig, betonte jede ihrer Kurven, aber auch jedes Pfund zu viel. Und das auf unvorteilhafte Weise. Anna fühlte sich nicht wohl und beschloss, etwas anders auszuwählen.

Seufzend pellte sie sich aus dem glänzenden Stück, durchsuchte, nackt wie sie war, den Schrank nach Ersatz. Sie wollte Aarons Geschmack treffen, konnte sich jedoch nicht entscheiden.

Mit einem weinroten, üppig verzierten Satinkorsett über dem Arm, das wie aus dem vorigen Jahrhundert anmutete, betrat Yvette kurze Zeit später ihr Zimmer.

„Im Auftrag von Herrn Vanderberg."

Sie streifte Anna das Korsett über. Gehalten von zwei Satinbändern, die über ihren Schultern lagen, hing es locker an ihrem Körper herab.

Yvette begann zu schnüren. Als sie das Schnürband fest um den ersten Haken zurrte, schnaufte Anna hörbar auf. Es war ein seltsames Gefühl. Anna hätte am liebsten laut STOPP gerufen.

Ohne sich um Anna zu kümmern, schnürte Yvette weiter, arbeitete sich emsig Haken um Haken vor. Sie hatte oben begonnen, arbeitete sich geübt und flink bis zur Rückenmitte hinab.

In der Mitte des Rückens angekommen, hielt sie kurz inne. „Oben sitzt es. Nun bitte ausatmen. So intensiv wie möglich ausatmen."

Während Anna die Luft ausstieß, schnürte Yvette flink weiter.

„Zieh den Bauch ein. Mehr, noch mehr und atme flach."

Leichter gesagt als getan. Anna gab sich Mühe, ächzte, als Yvette unermüdlich weiterschnürte. Sie hatte das Gefühl, ihr Fleisch würde oben und unten herausquellen, während ihr in der Mitte jegliche Möglichkeit genommen wurde, tief ein- und auszuatmen. Sie wunderte sich, dass es immer noch enger ging, während Yvette kräftig zuzog und weiteren Raum gewann.

„Keine Sorge. Du gewöhnst dich daran und bekommst noch genug Luft. Ich habe relativ locker gebunden. Alles kein Problem."

Anna hätte beinahe laut aufgelacht. Locker gebunden? Sicher alles eine Sache der Perspektive! Wie hatten das die Frauen aus früherer Zeit, die sich täglich dieser Tortur aussetzen mussten, bloß ausgehalten?

Fertig geschnürt führte Yvette sie vor den Spiegel. „Das steht dir gut, sogar sehr gut."

Anna konnte kaum glauben, dass sie diese Frau sein sollte. Ihre milchig weiße Haut hob sich gestochen scharf von dem satten, weinroten Satin ab.

Das Korsett umschloss sie und drückte ihre Brüste in die Höhe. Ein Teil ihrer Brüste schob sich üppig über den oberen Rand des Korsetts, prall wie reife Früchte. Sie versuchte sich so zu drehen, dass sie einen Blick auf ihre Rückenansicht werfen konnte. Ihr Gesäß lag komplett frei. Ein herausfordernder Hintern, umrahmt vom raffinierten Bogen des seidigen Stoffes, der die üppige Form noch unterstrich.

Anna mochte ihren Po nicht sonderlich. Doch in dieser Aufmachung konnte er sich sehen lassen. Er passte perfekt zu diesem Dress.

Mit einem Kribbeln im Bauch ließ sie sich von Yvette zu Aaron führen.

Diesmal erwartete er sie im Spiegelsaal, dem Raum, den sie nach ihrer zweiten Nacht erkundet hatte. Erneut nahm sie die Atmosphäre des Saales gefangen. Die sich reflektierenden Lichter in diesem fensterlosen Raum, der pompöse Kristalllüster, die fein geschliffenen, glänzenden und aufwendigen Spiegelflächen. Und wieder fiel ihr Blick auf das Metallgerüst, das unter der Decke hing. Zwei Ketten, die durch eine Vorrichtung hoch- und runtergelassen werden konnten, baumelten daran herab.

Aaron saß in einem purpurroten Sessel, der etwas abseits stand. Anna hatte ihn noch nicht entdeckt. Er musterte sie ausgiebig. Überzeugte sich davon, dass er mit diesem Korsett die richtige Wahl getroffen hatte. Ihre Figur passte perfekt zu einem Korsett wie diesem. Ihm gefiel, was er sah. Üppige Formen in edlem Gewand. High Heels, die ihre Beine streckten und ihre schmalen Fesseln betonten. Ihr Gesäß, rund und herausfordernd, ebenso wie ihre Brüste. Sie wirkte wie der Inbegriff von Weiblichkeit: weich, voller Hingabe, einladend. Aaron erinnerte sich daran, wie gut ihr Haar gerochen hatte, verspürte den Drang, sein Gesicht in dieser duftenden Pracht zu vergraben, wunderte sich über diesen sentimentalen Anflug, lachte sich innerlich selbst aus und erhob sich.

Seine Schritte ließen sie herumfahren.

Ihr Körper erbebte, als sie ihm entgegenblickte. Die edle Haltung, seine geschmeidigen Bewegungen, der intensive Blick aus seinen steingrauen Augen, der sie zu verschlingen schien. Seine pure Anwesenheit übergoss sie mit heiß-kalten Schauern.

Er kam näher ohne ein Wort, ohne eine Miene zu verziehen, den Blick unverwandt auf ihre Gestalt gerichtet. Seine Kiefermuskeln arbeiteten.

Er stand nun unmittelbar vor ihr.

Sanft berührten seine Fingerspitzen ihre Wange. Ihre Knie begannen zu zittern. Selbst diese kurze Berührung traf sie wie ein Stromschlag.

Er schritt um sie herum, langsam und geschmeidig wie ein Raubtier, das seine Beute im Visier hatte und nur darauf lauerte, zuzuschlagen, sich zu holen, wonach es verlangte.

Aaron berührte ihre Schultern, ihren Nacken, ihren Rücken und erneut ihre Wangen.

Wie hypnotisiert stand sie da.

Sanft ließ er seine Hand durch ihr Haar gleiten, hielt eine Strähne gegen das Licht, ließ sie wieder fallen.

Ihre Lippen öffneten sich erwartungsvoll.

Die Atmosphäre des Augenblicks hüllte sie ein, betörte und verzauberte sie. Ihre Sinne schwanden, alles wurde unwichtig. Nur die Anwesenheit dieses Mannes zählte, sein Charisma, sein Esprit, seine animalische Ausstrahlung. Mit Herzklopfen, glühenden Wangen und verschleiertem Blick verlor sie sich in seinem Gesicht, den schönen Augen, nahm seinen Geruch wahr. Sie verzehrte sich nach seinen Berührungen, seiner fordernden Hand; nach der unnachgiebigen Härte, die ihre Sinnlichkeit und ihre Lust aufleben lassen konnten wie nichts zuvor in ihrem Leben. Sein anerkennender Blick erfreute sie, ließ sie erröten – atemlos und aufgeregt.

Dann streckte er seine Hand nach ihr aus und griff nach ihrem Handgelenk. Sein Daumen strich leicht über die empfindsame Innenseite, spürte dem leisen Pochen nach, umfasste ihr Gelenk mit festem, warmem Griff.

Erst jetzt bemerkte sie die gepolsterten Ledermanschetten in seiner anderen Hand. Ihr Atem beschleunigte sich, ihr Puls raste.

„Ich weiß, was du dir wünschst, spüre deine Erwartung, dein Sehnen." Seine Stimme klang verführerisch, sein Lächeln war erstaunlich warm.

Anna hing an seinen Lippen, ließ sich eine der Manschette um ihr Handgelenk legen. Aaron schloss die Schnalle und griff nach ihrem anderen Handgelenk. Nachdem er die zweite Manschette befestigt hatte, trat er hinter sie, hob ihre Haare an. Zart fuhr sein Zeigefinger die Linie ihres Nackens nach, ihre Schulter entlang, und erneut überkam ihn der Wunsch, sein Gesicht in ihr Haar zu drücken, den zarten Duft, der von ihm ausging zu inhalieren und tief in sich aufzusaugen.

Ein elementares Verlangen breitete sich in ihm aus. Ein Gefühl, das ihm nicht fremd war, denn schließlich hatte er schon unzählige Frauen gehabt, die ihn heiß begehrt hatte. Dennoch verwirrte ihn diese Anwandlung. Dass Anna Lindten einmal solches Begehren in ihm auslösen würde, damit hatte er nicht gerechnet.

Für einen Moment schloss er die Augen, senkte seinen Kopf, um der seidigen Fülle, die in seiner Hand lag, näher zu kommen.

Dann jedoch überlegte er es sich anders. Er durfte keinen Moment der Schwäche zulassen, musste einen kühlen Kopf behalten. Abrupt ließ er ihr Haar los, rief sich zur Ordnung.

Mit einem entschlossenen Gesichtsausdruck drehte er sie zu sich um, führte sie am Ellbogen in die Mitte des Raumes, so dass sie genau unter den herabbaumelnden Ketten stand, fasste ihre Arme und drückte sie nach oben. Seine Augen blitzten sie herausfordernd an.

Was mochte er denken? Was ging in ihm vor? Anna hätte es zu gern gewusst, konnte seine Blicke jedoch nicht deuten.

Sie verkrampfte sich, und noch ehe sie einen klaren Gedanken fassen konnte, zog er ihre Hände noch ein Stück weiter nach oben und ließ die Karabinerhaken, die an den Kettenenden befestigt waren, in die Ösen der Manschetten einschnappen. Anna warf den Kopf in den Nacken.

Die Ketten bewegten sich schwingend. Annas Fußspitzen berührten nur knapp den Boden. Sie kämpfte um eine gleichmäßige Atmung und um ihr Gleichgewicht.

Die Spannung in ihren Armen hinterließ ein schmerzhaftes Ziehen. Hatte das Korsett ihr schon einen Teil des natürlichen Atemflusses gekappt, so tat diese ungewohnte Haltung ihr Übriges. Ihre Beine zitterten, die Ketten klirrten, ihr Atem ging stoßweise. Ansonsten war es vollkommen still.

Ihre Zunge benetzte die trockenen Lippen, ihre Zehen suchten immer wieder aufs Neue nach festem Grund.

Aaron beobachtete ihr Bemühen.

Er schritt um sie herum, versank im Anblick ihrer Gestalt: Die Rundungen, durch ein Korsett geschmückt, den Kopf leicht nach vorn gebeugt, die Füße Halt suchend, tastend.

Er prägte sich dieses Bild ein, ihre bebenden Lippen, den verhangenen Blick, der sowohl unsicher als auch freudig erwartungsvoll aufflackerte.

Das, was er sah, übertraf seine Erwartungen. Ihre deutlich spürbare Hingabe lud die Atmosphäre des Augenblickes knisternd auf. Die Spiegelwände des Raumes gaben dieses Bild aus den unterschiedlichsten Perspektiven in mehrfacher Ausführung wieder. Seine Finger fuhren über ihren Hals, ihre Schultern und ihre Arme zu den Handgelenken hinauf. Dann bahnten sie sich einen Weg zurück, verweilten in ihren Achselhöhlen und glitten von dort zu ihren Brüsten, sündig verpackt in edlem Gewand.

Er öffnete die beiden oberen Zier-Häkchen, die das Korsett am Dekolleté zusammenhielten, schob den Stoff an dieser Stelle auseinander. Schwer quollen ihre vollen Brüste hervor, die nur noch knapp vom roten Stoff bedeckt waren. Zart, ganz zart tippte er ihre harten Brustwarzen an. Daumen und Zeigefinger packten zu, begannen sie zu zwirbeln.

Ein leiser Schmerzlaut entrang sich ihrer Kehle. In ihrem Schoß breitete sich Lust durch süße Gedanken aus – wie ein Feuer, das sie zu verzehren drohte.

Seine Hand wanderte den Rücken hinab zu ihrem Gesäß. Griff von hinten durch ihre Schenkel nach vorn, nahm das Ende einer Kette entgegen, die seine andere Hand an dieser Stelle bereithielt. Kühl lag die Kette in dem warmen Tal zwischen ihren Schenkeln, teilte ihre Schamlippen und grub sich in ihr rosiges Fleisch. Die Enden der Kette lagen in seinen Händen, die sich jeweils vor und hinter ihrem Körper befanden. Sanft begann das Spiel. Aaron ließ die Kette zwischen ihren Schamlippen vor und zurück gleiten. Die Kälte der Glieder ließ sie erschauern, rasch war sie von Kopf bis Fuß in eine lustvolle Gänsehaut gekleidet.

Von ihren Fesseln in dieser Position fixiert, spürte sie diesem aufregenden, sinnlich fremden Gefühl nach.

Aaron stand seitlich von ihr, den Druck abwechselnd steigernd und mildernd. Die stählernen Glieder der Kette pressten sich beinahe schmerzhaft gegen ihren Venushügel, ihre inneren Schamlippen und ihre Klitoris. Der Blick in einen der Spiegel vor ihr zeigte ihr erhitztes Gesicht, ihren Körper, der nach Zuwendung hungerte, wie er da hilflos und bebend baumelte, penetriert von einer Kette aus Stahl, die von einem Mann geführt wurde, den sie über alle Maßen begehrte. Es erregte sie, seinem Treiben zuzuschauen.

Sie sah, wie Aaron sich mit dem Fuß einen Stuhl heranzog, wie er sich setzte, ohne das Spiel der Kette zu unterbrechen.

Und dann näherte sich sein Gesicht ihrem Schoß. Stromstöße schossen voller Erwartung durch jede Zelle ihres Körpers. Sie wollte seine Zunge, seine Lippen, seine Küsse. Und zwar dort, wo sie am empfindsamsten war. Wünschte, von ihm geleckt zu werden. Immer und immer wieder, bis sie soweit war, bis der Abgrund der Lust sie unaufhaltsam in die Tiefe zog. Zart, ganz zart begann Aaron an ihren Schamlippen zu saugen, ließ seine Zunge die rosigen Innenwände entlangtanzen. Als er mit seiner festen Zungenspitze ihre Klitoris antippte, war es allerdings um ihre Beherrschung geschehen. Sie schrie leise auf und wand sich, als er ihre Perle mit hartem Druck umkreiste, leckte, die Zungenspitze hineinbohrte, während die Kette unnachgiebig in ihr rieb.

Sein Atem, das Spiel seiner Zunge auf heißer Feuchtigkeit, schürte die Flammen in ihr. Er zog die Kette stramm und drückte sie dabei nach oben. Hart grub sie sich in ihren Schoß. Anna schrie auf. Der Schmerz bohrte sich in sie wie ein Dolch. Hinzu kam, dass das Atmen ihr zunehmend Mühe bereitete, denn das eng geschnürte Korsett und die gestreckte Haltung raubten ihr mehr und mehr die Luft. Die Spannung der Kette nahm zu, noch tiefer wühlten sich die Glieder in ihre Spalte. Und noch während sie dem brennenden Schmerz nachspürte, reagierte ihr Körper lustvoll, begann sich nach mehr zu sehnen.

Doch Aaron lockerte seinen Griff, und der Druck der Kette ließ nach.

Ihr brennendes Verlangen wuchs zum Rausch, machte süchtig nach dem nächsten kleinen Tod, nach süßem Schmerz, Lust, Erlösung. Die Glieder der Kette massierten ihre Schamlippen mal fester, mal ganz zart. Fanden die richtigen Stellen, erkundeten, rieben, stimulierten.

Behutsam schob er zwei der Kettenglieder in sie ein, drückte sie in spielerisch kreisenden Bewegungen tief in ihre Vagina. Weitere Glieder folgten, während sein Daumen auf ihrer Klitoris lag und sie stimulierte.

Der Schwall an Gefühlen, der Anna durchdrang, ließ ihren Körper beben. Hart wie Diamanten stellten ihre Brustwarzen sich auf. Schweißperlen rannen ihren Bauch hinab und suchten sich den Weg zu ihrem Lustzentrum. Die Glieder der Kette tanzten durch Aarons Treiben in ihr auf und ab. Zwei seiner Finger schoben sich mit hinein, spielten mit den versenkten Stahlringen, drückten sie tiefer in ihre Vagina, während seine andere Hand weitere Glieder nachschob. Fordernde Finger, die mit den Fremdkörpern in ihrer Vagina kokettierten, ein Daumen, der ihre Klitoris rieb – das alles war ein Cocktail, der ihr den Verstand raubte.

Ihr ungezähmtes Stöhnen zeigte Aaron, dass es nicht mehr lange dauern konnte, bis sie so weit war.

„Du hast hoffentlich nicht vergessen, dass du erst kommen darfst, wenn ich es dir erlaube?!" Die Härte seiner Stimme riss sie aus dem prickelnden Taumel. Führte ihren Geist in die Wirklichkeit zurück, während ihr Schoß nach wie vor in anderen Sphären schwebte.

„Bitte ... darf ich ... kommen?" Ihre Stimme war ein kaum hörbares Flüstern. Sie wand sich unter dem Spiel seiner Finger, die sie unermüdlich stimulierten und die Leiter der Lust emporjagten, während sein Blick unerbittlich war, seine Stimme ihr ein lautes „Nein" entgegenschleuderte. Klirrendes Eis hätte nicht kälter sein können als die Macht seiner Worte. Und gerade diese Härte, diese Kälte wirkte wie ein Aphrodisiakum auf ihre aufgepeitschten Sinne.

Sie spürte die süßen und gewaltigen Vorboten der finalen Erfüllung. Ihr Schoß glühte, war voll von kribbeligen Wellen. Ihre Hände ballten sich zu Fäusten, gefangen im Griff der Manschetten, die ihre Handgelenke umschlossen. Sie begann am ganzen Körper zu zittern, riss ihren Mund zu einem stummen Schrei auf. Es gelang ihr nicht, dieser süßen, verlockenden Versuchung zu widerstehen. Laut aufstöhnend versank sie in einem nicht enden wollenden Orgasmus.

„Du widersetzt dich meinen Befehlen?" Aaron zog die Kette Stück für Stück aus ihr heraus, erhob sich ... lauernd ... entschlossen. Seine Hand legte sich unter ihr Kinn.

„Du scheinst immer noch nicht begriffen zu haben, dass ich unbedingten Gehorsam fordere. Was hat Amanda dir beigebracht? Und jetzt behaupte nicht, dass du dich daran nicht erinnerst."

„Ich ... es ..." Sie brach ab, fühlte sich wehrlos. Seine glühenden Blicke brannten auf ihrer Haut.

„Wer nicht hören will, muss fühlen. Auch du wirst dieses Prinzip noch verstehen lernen." Er schob einen quadratischen Lacktisch dicht hinter sie, griff nach der Haltevorrichtung der Metallkonstruktion und ließ die Ketten, an denen sie hing, ein Stück herunter.

„Setz dich."

Gehorsam nahm Anna Platz. Kurze Zeit später lagen auch ihre Fußgelenke in Ledermanschetten. Zwei weitere Ketten wurden vor ihr herabgelassen, etwa anderthalb Meter entfernt.

Aaron ergriff nacheinander ihre Fußgelenke, befestigte die Ösen der Fußmanschetten an klobigen Karabinerhaken, die am Ende der Ketten herabbaumelten, drückte ihren Oberkörper zurück.

Er brachte alle Ketten in dieselbe Höhe, begutachtete sein Werk und schien zufrieden.

Anna betrachtete ihre Position im Spiegel. Ihr Steißbein und ein Teil ihres Rückens lagen auf der kühlen Lackoberfläche des Tisches, während der Rest ihres Körpers in der Luft hing, gehalten von vier klirrenden Ketten. In ihrem Nacken begann es zu ziehen. Diese Haltung trug nicht gerade zum Tragekomfort des Korsetts bei, doch diese Qual wollte sie für ihn ertragen. Sie wollte ihrer Strafe tapfer entgegensehen, nicht klagen, nicht jammern, sondern bereit sein!

Aaron entfernte sich. Sie verrenkte ihren Hals, folgte ihm mit Blicken, sah, wie er nach einer brennenden weißen Kerze griff, die in einem kupferfarbenen Kerzenständer steckte. Er hielt die Kerze hoch, während er sich ihr wieder näherte. Diese Geste wirkte fast zeremoniell, ganz so, als hielte er einen geweihten Gegenstand in den Händen, als würde schon bald ein geheimes Ritual erfolgen.

Ihr Herz klopfte unruhig und hart gegen ihre Brust. Für einen Moment schloss sie die Augen; sah Aaron viel zu nah neben sich stehen, als sie ihre flatternden Lider wieder hob.

Graues Feuer glomm in seinen Augen auf. Flackernd wie das Licht der Kerze und sicher ebenso heiß. Sein Gesicht ließ keine Regung erkennen.

Direkt über ihrer Brust kippte er die Kerze leicht, so dass ein einzelner Tropfen flüssigen Wachses den Rand der Kerze erreichte, dort für einen kurzen Moment verweilte, bis er schließlich fiel. Anna sah dem Tropfen atemlos entgegen, spürte dem Brennen nach, als er im Tal zwischen ihren Brüsten landete und dort erstarrte. Nacheinander folgten weitere Tropfen, trafen die Kuhle ihres Halses, ihr Dekolleté. Die Schmerzen waren nicht unerträglich, aber so präzise und geballt, dass sich sämtliche Nervenbahnen zusammenzogen und mit einem gewaltigen Echo antworteten.

Weitere Tropfen lösten sich von der Kerze, die Aaron nach wie vor gekippt hielt. Diesmal ließ er sie nicht langsam und nacheinander auf sie niedertröpfeln, sondern unmittelbar hintereinander. Flüssiges Wachs regnete auf Anna nieder, traf ihren Hals, ihre Schultern, ihr Dekolleté – unbarmherzig, zahlreich und glühend heiß. Konnte sie den Schmerz der einzeln gesetzten Tropfen noch gut abfangen, so übermannte sie nun der Tropfenregen. Er quälte sie, ließ sie immer wieder aufschreien. Sie ballte ihre Hände zu Fäusten und wünschte sich sehnlichst, ihre Hände schützend über ihren Oberkörper halten zu können.

Die Wellen des Schmerzes waren noch nicht abgeklungen, da folgte ein weiterer Tropfenregen. Aaron führte die Kerze näher an ihren Körper heran. Die Hitze nahm zu. Sie hielt den Atem an, blickte wie hypnotisiert in die flackernde Flamme, die am umliegenden Wachsrand züngelte und weitere Tropfen entkommen ließ. Unbarmherzig fielen sie auf Anna nieder. Diesmal auf ihre Brüste, deren zarte Oberflächen ihnen schutzlos ausgeliefert waren und sich den stetig niederfallenden Tropfen ergeben mussten.

Annas Nerven waren zum Zerreißen gespannt. Sie wäre am liebsten geflüchtet, um dieser Tortur zu entkommen. Die nächste Ladung Wachs landete direkt auf Annas linker Brustwarze. Zunächst tröpfelte die heiße Masse nieder, fraß sich in die empfindsame Spitze, umhüllte sie, wurde hart und starr. Anna schrie laut auf, riss an ihren Fesseln, wand sich. Ihre Brustwarze pochte und brannte.

Ihr Jammern, Betteln und Wimmern half nichts – es hatte sich bereits genügend flüssiges Wachs gesammelt, und sie wusste, dass ihrer anderen Brustwarze dasselbe Schicksal drohte.

Aaron verlor keinen Ton, fixierte sie mit starrem Gesichtsausdruck. Einzig Konzentration konnte sie bei ihm erkennen, strategische Konzentration.

Sie holte tief Luft, hielt den Atem an, als sich die Kerze zur anderen Brust hin bewegte. Dann schloss sie die Augen, weil sie nicht sehen wollte, wie das Wachs sich von der Flamme löste und auf sie herabtropfte, öffnete sie gleich darauf aber wieder, weil sie doch nicht wiederstehen konnte.

Heiße Spritzer landeten auf ihrer Brustspitze, die sich unter der hart werdenden Masse aufzurichten begann. Diesmal empfand sie neben brennendem Schmerz noch etwas anderes ... süße Lust ... die sich zögernd aufzubäumen begann. Ein Tropfen geschmolzenen Wachses nach dem anderen traf ihre Brustwarze. Aaron führte die Kerze noch ein Stückchen näher an sie heran. Die herabtropfende Wachsschicht brauchte nun länger zum Aushärten, der Wachsregen hingegen wirkte viel heißer als zuvor; fast schon kochend heiß. Die Kerze wurde über ihren Körper geführt.

Eine heiße Linie – Nadelstichen gleich – zog sich über ihre Schenkel. Aaron hielt die Kerze fast waagerecht, drehte sie leicht, so dass das Wachs schneller flüssig wurde. Aus vereinzelten Tropfen, die sich nacheinander lösten, wurde ein Rinnsal. Es floss auf sie nieder, küsste die Innenseiten ihrer Oberschenkel, zog eine Spur bis hinauf zu ihrem blanken Venushügel. Schamlippen und Klitoris ließ Aaron aus.

Anna gab spitze Laute von sich, spürte, wie sie diese heißen Begegnungen mehr und mehr ersehnte. Der Schmerz verwandelte sich nach und nach in ein stimulierendes Feuer, ging in ein süß pochendes Prickeln über. Bald war ihr Schambein mit einer dünnen Wachsschicht bedeckt.

Ihre äußeren Schamlippen waren an der Reihe. Anna begann das Gefühl zu genießen, an Händen und Füßen fixiert und mit leicht gespreizten Schenkeln einen weiteren Guss zu erwarten. Sie begrüßte den Wachsregen mit lustvollem Stöhnen, keuchte auf, als Aaron ihre Schamlippen spreizte. Heiße Tropfen landeten auf ihrer Klitoris. Es erfüllte sie mit grenzenloser Ekstase – zu spüren, wie aus dem Schmerz ein angenehmes Gefühl der lustvollen Entspannung wuchs. Ohne Härte, keine Weichheit – ohne Spannung, keine Entspannung – ohne Schmerz keine Erleichterung dieses Grades. Alles gehörte irgendwie zusammen, ergänzte sich und gab Anna die Möglichkeit, sich und ihre Lust derartig köstlich und intensiv zu spüren.

Sie hieß den Schmerz willkommen, begrüßte ihn wie einen guten Freund, nahm sämtliche Facetten wahr, die in diesem brennenden Gefühl lagen.

Die Tropfen fraßen sich einen Weg in ihre Spalte, legten sich in jeden Winkel, beglückten ihr rosiges Fleisch. Schwerelos glücklich spürte sie diesem Gefühl nach, genoss das hart werdende Wachs und den Widerstand, den es in den Falten ihres Schoßes darstellte.

Aaron schob zwei Finger in ihre Vagina, drückte sie tief und tiefer, während Daumen und Zeigefinger die unter einer dünnen Wachsschicht liegende Klitoris befreiten, an ihr rieben. Süßes Kribbeln durchzog ihren Schoß, und Anna begann unkontrolliert zu zucken. Doch Aaron ließ von ihr ab und begann die Fesseln zu lösen.

Sein Blick brannte ein Loch in ihre Seele, bohrte sich erbarmungslos in sie hinein. Auch heute war sein Verlangen, sich ihrem weichen, duftenden Körper zu ergeben, grenzenlos. Doch er durfte nicht übertreiben, musste Maß halten, um sich nicht darin zu verlieren.

Sich zu verlieren? Aaron stockte in seinem Gedankengang. Bisher war er nie Gefahr gelaufen, die Kontrolle zu verlieren, war stets Herr der Lage gewesen, egal in welcher Hinsicht. Nun aber hatte er Angst vor Kontrollverlust. Eine Tatsache, die ihn tief beunruhigte.

Voller Sehnsucht und mit tosenden Gedanken, die keinen Sinn ergaben, saß Anna noch immer zitternd auf dem Tisch. Gern hätte sie sich in seine Arme geschmiegt, ihn ganz nah gespürt, seinem Herzschlag gelauscht. Doch eine unsichtbare Mauer schien sie zu trennen.

Was ging in diesem Mann vor? Das fragte sie sich nun schon zum x-ten Mal. Sinnliche Stunden, voll von Grenzenlosigkeit und anschließend eine derartige Kluft? Anna verstand den Sinn nicht. Wollte ihn ergründen, aber irgendwie doch nicht. Aus Angst, der Zauber könnte sich dadurch auflösen, verschwinden und nie wiederkehren.

„Yvette wird dich in dein Zimmer bringen." Seine Worte, emotionslos in den Raum geworfen, erreichten sie nur bruchstückweise. Sie sah, wie er nach Yvette klingelte.

Mechanisch nickte sie, hätte sich am liebsten an ihn geklammert, gebettelt, er möge sie in den Arm nehmen, die Nacht mit ihr verbringen und sie zärtlich küssen, während seine Hände sich um ihre Wangen legten.

Sie wollte neben ihm einschlafen, neben ihm aufwachen, an ihn geschmiegt, ihr Gesicht in seine Halsbeuge gedrückt, kuschelig warm und geborgen. Sie seufzte.

Aaron lächelte ihr kurz zu und nickte. Auf dem Weg zur Tür drehte er sich noch einmal um, zögerte für einen Moment, bevor er ihr ein „bis morgen" zurief.

***

Nachdenklich betrat Aaron kurze Zeit später seine Wohnräume. Die Gedanken an Anna beunruhigten ihn noch immer, zumal er das, was da urplötzlich in ihm vorging, weder greifen noch begründen konnte.

War diese unabsehbare Wende der Ausschlag dafür, dass er den Gedanken – zum finalen Schachzug auszuholen – weit von sich schob, obwohl sie ihm längst aus der Hand fraß? Und das sogar viel schneller als gedacht? Obwohl er genau ins Schwarze treffen würde, wenn er seinen Trumpf zog? Der Zeitpunkt wäre perfekt, zumal er sich, wenn sie erst einmal weg war, keine Gedanken mehr um Kontrollverlust und unnötiges Begehren machen musste. Wieso ließ er diesen Zeitpunkt verstreichen?

Er wusste es nicht, wusste nur, dass ihm die Spielchen mit ihr gefielen.

Er versuchte die gesamte Bandbreite dieser Situation zu erfassen. Bilder seiner Begegnungen mit Anna spulten sich vor seinem inneren Auge ab. Dabei wurde ihm allmählich klar, dass ihm sein ursprüngliches Ziel nicht mehr wichtig war. Er wollte weiter mit ihr „spielen", und zwar ganz unabhängig von seinem Plan, denn die Weichen für seine Revanche waren sowieso längst gestellt. Er begehrte sie, hatte Lust, sich in ihren weichen Schenkeln zu vergraben, sie zu nehmen, ganz unabhängig von irgendwelchen Spielchen.

Diese Tatsache ließ sich nicht leugnen, auch wenn sie alles unnötig verkomplizierte und ihm ganz und gar nicht gefiel.

Er tröstete sich mit dem Gedanken, dass auch dieses Begehren vergänglich war. Jede Frau war ersetzbar und nur eine gewisse Zeit lang reizvoll. War der Glanz dieses neuen Reizes einmal abgeblättert, konnte er sich immer noch überlegen, ob er seine auf Eis gelegte Revanche reaktivieren würde.

Das leise Klopfen an seiner Tür lenkte ihn ab.

Kassandra tat ein. In ihrer Rechten hielt sie eine Flasche Wein und warf ihm feurige Blicke zu. Das Licht der Deckenleuchte spiegelte sich glitzernd in ihren schönen Augen. Ihre vollen Brüste, kaum von einem champagnerfarbenen Spitzengewand bedeckt, hoben und senkten sich anmutig. Ihre Füße mit den rotlackierten Nägeln steckten in silbernen, hochhackigen Sandaletten. Ein Hauch ihres teuren französischen Parfums lag in der Luft.

„Hallo, Aaron." Ihre Stimme klang rauchig, verführerisch, war pure Sünde.

Ihr makelloser Körper schimmerte durch den fast transparenten Stoff ihres Gewandes.

„Ich habe mich für dich schön gemacht, weil ich mich nach dir gesehnt habe."

Mit eleganten Bewegungen kam sie näher, nahm auf seinem Schoß Platz, stellte die Flasche ab. Ein Arm um seinen Nacken gelegt, schmiegte sie ihre Wange an die seine und begann an seinem Ohrläppchen zu knabbern.

Aarons Augen blitzten interessiert auf. Er wollte sich beweisen, dass sein aufflackerndes Interesse für Anna ganz einfach aus seinem Körper zu schwemmen war. Er hatte die Kontrolle und dachte nicht im Traum daran, auch nur einen Funken davon abzugeben. Ein guter Fick mit Kassandra, und sein Kopf würde wieder klar sein, zumal sein Körper nach heißem Sex schrie, nach heftiger, gieriger und hemmungsloser Vereinigung.

Kassandra lächelte, küsste ihn sanft auf den Mund. Sie legte eine Hand auf seine Wange, rieb sich an ihm.

Aaron spürte ihr Feuer, ihre Leidenschaft. Er erhob sich, zog sie mit sich auf die Füße. Mit raschen Handgriffen befreite er sie und sich von den überflüssigen Kleidungsstücken, starrte gebannt auf die vollen, weichen Brüste, die vor Lust förmlich zu beben schienen.

Kassandra bog ihren Rücken zum Hohlkreuz, bot ihm so ihre weibliche Pracht dar und hoffte auf seine heißen Lippen, die so gut wussten, wie man sie ins Reich der Glückseligkeit katapultieren konnte. Prickelnde Schauer breiteten sich in ihrem Körper aus. Sie schien sich unter seinen Berührungen aufzulösen.

Fest zog er sie an sich, das Feuer seiner Geilheit schlug flammenartig über ihm zusammen. Er presste seine Lippen auf die ihren, umfasste ihre prallen Brüste. Der feucht-verzehrende Blick, den sie ihm zuwarf, zeigte ihm, dass sie genauso heiß auf Sex war wie er. Gierig barg er sein Gesicht in dem duftigen Tal zwischen ihren Brüsten.

Der Duft der Leidenschaft, der von ihrer Haut ausging, betörte ihn, sandte ein heißes Prickeln in seine Lenden und steigerte sein Verlangen. Fordernd drängte er sie zur Wand, drückte sie mit dem Rücken an die kühle Wandbekleidung.

Kassandra lachte verzückt auf, umschlang seine Hüften mit ihren langen Beinen, umfasste sein Gesäß und drückte seine Hüften zwischen ihre willigen Schenkel. Drängend schob sie sich ihm entgegen, nahm ihn gierig in sich auf, als er mit einem Stoß tief in sie eindrang. Er bewegte sich langsam rhythmisch mit kreisenden Bewegungen in ihr. Doch dann begann er wild in sie hineinzupumpen. Sein Becken schoss vor und zurück. Voller Begierde klammerte Kassandra sich an ihn und erwiderte seine Stöße. Als ein gewaltiger Orgasmus sie zu überwältigen drohte, schrie sie unkontrolliert auf, seufzte leise, als sie spürte, wie kurze Zeit später auch Aaron kam.

Mit einem zufriedenen Gesichtsausdruck zog sie ihn ins angrenzende Schlafzimmer.

„Ich habe noch viel mit dir vor", flüsterte sie ihm ins Ohr, als sie ihn in die seidigen Laken drückte.

Kapitel Sechzehn

Die folgende Woche unterschied sich in ihrem Ablauf kaum von den vergangenen Tagen. Nach dem Aufwachen frühstückte Anna ausgiebig und wurde anschließend von Yvette in den Wellnessbereich zu Amanda geführt. Sie verbrachte kurzweilige Stunden mit Franziska, nahm zunächst mit Erstaunen, irgendwann mit Wohlwollen wahr, das

Kassandra immer häufiger ihre Nähe suchte, und durchstreifte täglich den wunderbaren Garten.

Der Platz am Teich wurde zu ihrem Lieblingsplatz. Mit einem guten Buch bewaffnet konnte sie dort Stunden verbringen, ohne dass sie von Langeweile durchströmt wurde. Ihre Besuche bei Joe gehörten – von den sündigen Stunden mit Aaron einmal abgesehen – zu ihren täglichen Highlights. Sie lernte stetig dazu, half ihm dabei, seine Aufzeichnungen niederzuschreiben und genoss die endlosen Gespräche mit ihm.

Trotz zahlreicher und qualitativer Zerstreuungen gab es jedoch keine Minute, in der sie sich nicht nach Aaron sehnte. Nach seinem Halt, seiner Kraft, seinen verführerischen Spielarten, seiner Dominanz und seinem eisernen Willen.

Begehrte sie auch nur ansatzweise auf, betrachtete er sie stets mit gelangweilter Gelassenheit. Den Kopf leicht schief gelegt, die Mundwinkel zu einem kalten Lächeln verzogen, reagierte er mit betontem Desinteresse, ließ sie spüren, dass ihr Verhalten sein Interesse an ihr schwinden ließ. Er beherrschte dies bis zur Perfektion, und Anna liebte ihn dafür. Sie hatte ihren Meister gefunden, endlich jemanden, der ihr den Wind aus den Segeln nahm, noch bevor sich in ihr ein Sturm entwickeln konnte. Es war schön, die Kontrolle so vollkommen abzugeben, schön, dass es jemanden gab, der ihrem Temperament gewachsen war, sie eisern dominierte – strategisch, überlegt und überlegen.

Sie ließ zu, dass er mit ihr machte, was er wollte. Alle Empfindungen, die sie für ihn hegte, beherrschten ihr Denken und Fühlen. Die Intensität dieser Ergebenheit fachte ihre Sehnsucht zusätzlich an, hielt sie im Griff. Darauf, dass sie wenigstens einmal neben ihm einschlafen durfte, wartete sie jedoch vergebens. Gemeinsame Stunden im Bett gab es nicht, kein Kuscheln, keine lieb geflüsterten Worte. Selbst der pure Sex fand überall, jedoch nicht im Bett statt.

In sentimentalen Augenblicken fraß dieser Gedanke sie auf. Mit tiefer Traurigkeit malte sie sich in solchen Momenten aus, wie sie das Anwesen ohne ein Wort des Abschieds und voller Entschlossenheit von heute auf morgen verlassen würde. Sie stellte sich vor, wie er verzweifelt nach ihr suchte, sich nach ihr verzehrte, sich ein Dasein ohne sie nicht vorstellen konnte. Irgendwann würde sie ihm dann einen Brief zukommen lassen, ihm die Gründe ihres Verschwindens schildern und schließlich selig in seine Arme zurückkehren, weil er ihr zu verstehen gab, wie sehr er bereute.

Derartige Phasen, getränkt mit triefend sentimentalen Fantasien, nahmen allerdings nie die Energie für sich in Anspruch, die nötig gewesen wäre, sie zu nähren und in die Tat umzusetzen. Sie war Aaron längst verfallen, nahm alles in Kauf, wenn sie nur in seiner Nähe sein konnte.

Sie wollte diesen Weg weiter gehen, ihre Begierde stillen, sich vollkommen hingeben, seine Wünsche erfüllen und ihm zeigen, dass sie seiner würdig war. Diesem hinreißend dominanten Kerl, der das Tor zu ihrer Seele aufgestoßen hatte.

Der Raum, in den Yvette sie schob, lag im Keller und war dunkel. Stockdunkel. Leichte Befangenheit legte sich um Annas Körper, als sie orientierungslos mit zitternden Knien und pochendem Herzen einen kleinen Schritt nach vorn wagte. Sie streckte ihre Hand aus, griff ins Leere.

Wo war Aaron? Irgendwo im Dunkeln? Oder noch gar nicht da?

Kein Laut war zu hören. Nichts als die Schläge ihres Herzens, das fast zu zerspringen drohte.

Dann das Zischen eines Streichholzes. Eine Kerze wurde entzündet. Noch eine.

Aarons Gestalt lag im Halbdunkel, sein Gesicht hingegen wurde immer wieder vom flackernden Kerzenlicht erhellt, wenn er eine weitere Kerze anzündete.

Nach einer Weile brannte eine Vielzahl an Kerzen und Fackeln, die in klobigen Halterungen steckten. Die dicken Vorhänge vor den kleinen Fenstern ließen kein Tageslicht hinein. Riesige Fresken schmückten die gemauerten Wände, zeigten eine Sonnenuhr, den Turmbau zu Babel, Straßenszenen aus dem alten Rom und Tempeltänzerinnen. Mit der Leuchtkraft ihrer Farben wirkten sie sogar in dieser gedämpften Atmosphäre. Mysteriöse Steinskulpturen säumten den Raum. Zu Annas Linken stand ein rechteckiger Bock mit ledernen Hand- und Fußschellen, die an Lederriemen von den Seiten baumelten. Dahinter befand sich ein Gestell mit Peitschen, Gerten, Fesseln, Halsbändern und Masken. In der Mitte des Raumes erblickte Anna ein riesiges Bett.

Aaron kam auf sie zu. Der Schein des Feuers glänzte in seinen Augen, und ihr Herz begann einen seltsamen polternden Rhythmus. Das Klopfen wollte ihr schier den Schädel sprengen, schien durch den ganzen Raum zu pochen, Donnerschlägen gleich, und mit jedem Schritt, den er näher kam, wurde es lauter.

Wie von ihm gewünscht, trug Anna unter einem Cape nichts als ein weißes Kleid aus transparenter Spitze und ein weißes Lederhalsband, das mit glitzernden Steinen versehen war.

Ihr Atem ging stoßweise, ihre vollen, weichen Brüste hoben und senkten sich, als sie das Cape über ihre Schultern abwärts gleiten ließ, wo es sich leise raschelnd um ihre Füße legte.

Sie hoffte, ihm gefiel, was er sah, konnte seinem Gesichtsausdruck jedoch nichts entnehmen. Spannung begann sich in ihr aufzubauen. Sie stand unter Strom, spürte, wie sich sämtliche Härchen ihres Körpers aufstellten. Sie ersehnte seine Nähe, seine Berührungen.

Er war jetzt nicht mehr weit von ihr entfernt. Sie hätte nur ihre Hand auszustrecken brauchen, um ihn zu berühren. Doch sie blieb stocksteif stehen, versank in seinen unergründlichen Augen. Ihr Puls raste, als ihr Blick genüsslich über seinen schlanken Körper wanderte. Er trug dunkle Jeans und ein weißes Shirt, das seinen sportlichen Oberkörper vorteilhaft betonte.

„Gefällt dir, was du siehst?" Sein Ton klang amüsiert.

Wie ertappt senkte Anna die Augen, doch sein Zeigefinger, der sich sanft unter ihr Kinn legte, lockte ihren Blick wieder nach oben. Erneut versank sie in den Tiefen seiner faszinierenden Augen.

Anna schrie verzückt auf, als sich seine Hand auf ihr Gesäß legte, und sich seine heißen Lippen in ihren Hals gruben.

„Ich werde dich heute noch äußerst gründlich nehmen." Seine sinnlichen Worte, so nah und verführerisch in ihr Ohr geflüstert, trieben sie an den Rand des Wahnsinns. „Aber zuerst will ich mit dir spielen. Dich vor mir kriechen sehen, demütig und willenlos."

Anna schluckte, versuchte gleichzeitig etwas Speichel zu sammeln, um ihre trockene Mundhöhle ein wenig zu benetzen.

Sanft landete sein Zeigefinger in ihrem Nacken, spielte kurz mit einer ihrer Haarsträhnen und fuhr dann zart ihre Wirbelsäule hinab.

Seine Berührung umschlang Anna wie ein Mantel des Glücks. Ihr Körper vibrierte.

Seine rechte Hand umschloss ihre Brust, während sich sein Gesicht dem ihren näherte. Sein Mund war heiß. Sehr heiß. Doch viel zu kurz ruhten seine Lippen auf den ihren.

Begierde durchzuckte ihre Brust, die kurz berührt wurde. Anna wand sich, reckte sich ihm entgegen, rieb sich an seiner Hand.

Seine freie Hand berührte ihre bebende Unterlippe, legte sich schließlich um die andere Brust. Durch die dünne Spitze des Kleides spürte sie seine Daumen, die gründlich ihre Nippel rieben.

Mit einer einzigen Bewegung riss er das Kleid zwischen dem Tal ihrer Brüste entzwei, so dass diese weich und voll hervorquollen. Ein lustvolles Stöhnen und Seufzen verließ ihre Lippen, als sein Mund sich für einen winzigen Moment auf ihre Nippel legte. Ein Kribbeln in ihrer Magengegend, das sich wellenförmig im gesamten Körper verteilte, bescherte ihr weiche Knie. Langsam ließ er seine Hände tiefer wandern. Seinen Griff zwischen ihre Beine nahm sie nur allzu gern an, nahm den Finger, der sich in sie schob, tief in sich auf.

Mit geschlossenen Augen genoss sie den süßen Rausch … den Tanz seines Fingers, der in ihr auf- und abglitt. Ihr Schoß passte sich dem Rhythmus der Stimulation an, während sein heißer Atem ihren Nacken angenehm kitzelte. Ihre Nerven, bis aufs Äußerste angespannt, ließen ihren Körper auf jede noch so kleine Berührung reagieren.

Sie zuckte überrascht, aber auch enttäuscht zusammen, als er sich von ihr löste. Da, wo sein Finger eben noch genussvoll in ihr gerührt hatte, war nun eine klaffende Leere.

Er zog sie mit sich. Nach ein paar Metern schien sein Ziel erreicht, denn er blieb stehen. Ihr Blick folgte dem seinen, der auf eine Stelle zeigte, an der sein Fuß mit einem Metallhaken spielte.

Erschrocken riss sie ihre Augen auf. Bilder von einem Verlies unterhalb des Fußbodens, durch eine einfache Klappe verdeckt, schossen durch ihren Kopf. Und dieser Haken war der Griff, um die Verliesklappe zu öffnen und wieder zu schließen.

Wollte er sie dort einsperren? Allein? Was hatte er vor? Zum ersten Mal hatte sie Angst. Blanke Angst.

„Ein Haken im Boden?" Ihre Stimme zitterte, in ihrem Hals kratze es.

Fluchtgedanken kamen in ihr hoch. Verschwanden aber sofort, als sie seine Hand an ihrer Wange spürte.

„Aber ja. Daran werde ich dich mit dem Halsband festhaken. Du wirst mir deinen entzückenden Arsch entgegenstrecken, die Schenkel spreizen, und mir so einen Blick auf deine Spalte gewähren."

Anna atmete auf. Ihre Fantasie hatte ihr einen Streich gespielt. Alles war gut!

„Knie dich hin!"

Wohlige Schauer krochen durch ihren Körper. Gehorsam und erwartungsvoll bebend ließ sie sich auf Knie und Hände nieder.

Ihre innere Anspannung lähmte jeden Muskel. Sie war außerstande, sich zu bewegen. Ihr Herz schlug Purzelbäume, als seine Hand sich um ihre Kehle legte, leicht zudrückend, dann wieder locker ließ.

„Vorne tiefer. Ich will, dass deine Stirn den Boden berührt."

Mit verklärtem Blick schaute sie ihn von unten herauf an. Ihre Lider flatterten nervös, als sie den Kopf senkte, und die Stirn auf die groben Holzdielen drückte.

Ein Aufblitzen seiner Augen, dann griff er nach der Öse, die ihr Halsband zierte, zog eine Leine hindurch und befestigte diese an dem Metallhaken, der aus dem Holz des Fußbodens ragte.

„Ist es nicht herrlich demütigend, mit dem Halsband am Boden fixiert zu sein, während ich um dich herumlaufe, dich intensiv betrachte? Dein mir entgegengestrecktes nacktes Hinterteil? Deine Möse?"

Die Dielen waren hart, ihre Knie schmerzten schon nach kurzer Zeit. Kalte und warme Schauer suchten ihren Körper zu gleichen Teilen heim. Die Schenkel gespreizt, die Brustwarzen aufgerichtet und hart, wartete sie auf seine weiteren Anweisungen, auf seine Aufmerksamkeit, seine führende Hand, seine Zuwendung.

„Ich will, dass deine Brustwarzen den Boden küssen. Schaukel deine Titten und gib dir Mühe dabei."

Anna hob ihr Gesäß an, schob ihren Rücken zum Hohlkreuz und tat, was er wünschte.

Ihre schweren Brüste wippten von links nach rechts, die harten Nippel standen steil ab, rieben sich an den Holzdielen.

„Nicht so steif und nutze den Raum, den dir die Leine gewährt." Grob griff er in ihr Haar, riss ihren Kopf nach hinten. „Und wehe, ich entdecke auch nur einen Hauch von Widerwillen in deinem Gesicht."

Anna atmete hörbar aus, als er ihre Haare freigab. Sie tat wie befohlen, bewegte sich auf allen vieren kriechend vorwärts, ihr Hinterteil nach oben gedrückt, den Oberkörper nah am Boden mit schaukelnden Brüsten. Es machte sie an, dass er freie Sicht hatte. Dass er ihre blanke Spalte sehen konnte und ihre vor Lust geschwollenen Schamlippen.

Ein anzügliches Lächeln umspielte seinen Mund, als er eine Hand von hinten zwischen ihre Schenkel schob, sich Zugang zu ihrer Vagina verschaffte. Zwei seiner Finger drangen in sie ein. Anna stöhnte leise auf, drängte sich ihnen entgegen.

„Ich will die ganze Gier in deinen Augen sehen, komm schon, streng dich an!", raunte er ihr zu, während er sie weiter vorantrieb, einen immerwährenden Radius um den Punkt ziehend, an dem er sie angebunden hatte. „Und wage es nicht, deine Titten auch nur für eine Sckunde anzuheben."

Gehorsam kam sie seinen Befehlen nach, drehte nur für ihn Runde um Runde. Wieder einmal wurde ihr bewusst, wie sehr sie es liebte, wenn er mit ihr spielte, denn auch wenn es seine Wünsche waren, die hier erfüllt wurden, so wusste sie tief im Innern, es war auch ihr Belieben, es waren auch ihre Wünsche, die er ihr erfüllte. Denn wenn er glücklich war, war sie es auch. Ihr Wunsch, sich diesem Mann sexuell zu unterwerfen wuchs stetig an. Er führte sie, hielt sie mit starker, unbarmherziger Hand. Und sie genoss es, ließ sich gerne fallen, denn sie wusste und konnte sich sicher sein, dass er stets das tun würde, was sie brauchte.

Aaron löste sie von der Fessel. Sanft zog er sie am Ellbogen zu sich nach oben. Leicht, ganz leicht, streifte seine Hand ihre Wange, legte sein Daumen sich auf ihre Unterlippe, streifte sein warmer Blick ihr Antlitz. Nur für den Bruchteil einer Sekunde, doch für Anna bedeutete diese Zartheit das Himmelreich. Gerade nach solchen Spielen wusste sie jede noch so kleine Zärtlichkeit von ihm zu schätzen. Die Tatsache, dass er ihr jederzeit Qualen zufügen konnte, machte jegliche Sanftheit zu einem kostbaren Privileg. Zu etwas Besonderem, das sie sich verdient hatte.

Aaron betrachtete ihr erhitztes Gesicht, spürte das Verlangen sie zu liebkosen. Ihr ergebener Gesichtsausdruck rührte ihn, bedeutete ihm mehr, als er sich eingestehen wollte, weckte das Bedürfnis nach mehr, nach viel mehr. Noch nie hatte er derartig intensive Gefühlsregungen in sich verspürt, nie war eine Frau ihm näher gewesen.

Regungslos lag seine Hand auf ihrer Schulter, Stille breitete sich zwischen ihnen aus. Aaron spürte ihre Sehnsucht nach dem Wechsel von Schmerz und Sanftheit. Er dachte daran, was er schon alles mit ihr gemacht hatte und sah sich einer wahren Flut an zärtlichen Gefühlen ausgesetzt, die sein Inneres durchströmten und ihm für einen Moment den Atem nahmen. Er musste nach wie vor auf der Hut sein, wollte er nicht Gefahr laufen, sich darin zu verlieren.

Ohne den Blick von ihr zu wenden, zog er an einer geflochtenen Schnur, die von der Decke herabhing. Ein Gong ertönte, und wie von Geisterhand öffnete sich eine verborgene Tür zu einem Nebenraum, aus dem sich rot schimmerndes Licht kegelförmig über die Dielen ergoss. Sphärisch schöne, eingängige Musik ertönte, und eine schlanke, attraktive Frau trat in den Lichtkegel. Sie tanzte mit unübertreffbarer Anmut und ließ jede einzelne Bewegung erotisch erscheinen. Ihr durchsichtiges Kleid ließ den dünnen Slip durch den Stoff hindurchschimmern, der ebenso lockte wie die spärlich verhüllten Brüste. Ihr Kleid zog sie auf so sinnliche Weise aus, als sei es ihr heimlicher Geliebter, während ihre Sinne entrückt wirkten, ganz im Tanz versunken. Ihre Brüste waren fest und rund. Mit verführerischen Bewegungen begann sie sich auf ihr Höschen zu konzentrieren. Sie drehte ihnen den Rücken zu und begann einladend mit den Hüften zu kreisen, während sie den dünnen Spitzenstoff bis zu den Knien hinabschob, zuerst mit dem einen, dann mit dem anderen Bein herausstieg. Nackt bis auf ihre hochhackigen Schuhe streckte sie ihre Arme nach oben, legte den Kopf in den Nacken und summte die wohlklinge Melodie des Musikstückes mit, das den Raum erfüllte wie ein köstlicher Cocktail.

Ein Mann, der nichts als eine weit geschnittene, schwarze Seidenhose trug, gesellte sich dazu, legte von hinten seine Hände auf ihre blanken Brüste, wiegte sich mit ihr im Tanz.

Anna musste daran denken, wie Aaron sich am Abend des Mohnballs von hinten an sie geschmiegt, mit ihr getanzt hatte. Sie spürte eine deutliche erotische Spannung in ihrem Körper, während sie dabei zusah, wie die Frau sich zu ihrem Tänzer umwandte, ihre Hände in den Bund seiner Hose legte und diese sinnlich nach unten schob.

Als Anna spürte, wie Aaron hinter sie trat, zuckte sie wohlig zusammen. „Ein Liebestanz, speziell für dich", raunte er ihr ins Ohr, während seine Hände ihre Brüste umschlossen. Ein gezielter Griff, und der Riss in ihrem Kleid erstreckte sich über die gesamte Länge nach unten. Er half ihr aus dem aufklaffenden Kleid wie aus einem Mantel, setzte kleine Küsse in ihren Nacken, die ihr ein Schnurren entlockten.

Das tanzende Paar sonnte sich im schummrig roten Licht, während ihre Körper sich schlangenförmig im Gleichklang bewegten. Hungrig versanken ihre Lippen ineinander, das Paar schwebte tänzelnd auf das große Himmelbett zu, das mitten im Raum stand und durch die Vielzahl der Kerzen geheimnisvoll angestrahlt wurde. Die Frau legte sich auf den Rücken, rekelte sich wohlig unter der Zunge des Mannes, die ihre wohlgeformten Brüste umzüngelte. Ihre kleinen Füße, die in schwarzen, hochhackigen Sandaletten steckten, stemmten sich in die Matratze, ihr Becken wand sich.

Aaron ergriff Annas Hand. Gemeinsam betrachteten sie das sich windende Paar, eine Tatsache, die Anna schien, als würden sie nun ein sündiges Geheimnis teilen.

„Und jetzt du", flüsterte Aaron ihr zu. Sie warf ihm einen erschrockenen Blick zu, den er nicht erwiderte. Stattdessen ließ er ihre Hand los, schob sie in Richtung Bett und gab ihr lediglich ein: „Du musst heute nicht um Erlaubnis bitten", mit auf den Weg.

Sie erstarrte für einen kurzen Moment, dann setzte sie unsicher einen kleinen Schritt vor. Sie wandte sich noch einmal um, einen flehenden Ausdruck in den Augen, doch er blickte starr an ihr vorbei aufs Bett.

Mit verkrampften Muskeln und wackligen Knien bewegte sie sich vorwärts, zögerlich, herzklopfend. Dann ging ein Ruck durch ihren Körper. Auch diese Grenze würde sie überschreiten, und in dem Moment, als ihr klar wurde, dass sie dies nicht nur für ihn, sondern auch für sich selbst tun wollte, wurde ihr leicht ums Herz, fast schon beschwingt. Sie war neugierig, wie die Kurven dieser Frau sich anfühlten, wollte spüren, wie es war, wenn zwei Paar Hände ihren Körper erkundeten.

Vorsichtig setzte sie sich auf den Rand des mächtigen Bettes. Ihr Blick suchte den von Aaron. Er lächelte, was sie dazu ermutigte, näher an das Paar heranzurücken. Der Mann griff nach ihrer Hand, legte sie auf die Brust der Frau. Anna spürte seidige Haut und eine harte Brustwarze, die sich ihrer Handfläche entgegenstreckte, begann die Brust zu streicheln und fuhr mit den Fingerkuppen zart um den Warzenvorhof. In der Zwischenzeit setzte der Mann sich hinter sie, streichelte ihre Haare, ihre Hüften, ihren Venushügel, während die Frau sich aufrichtete und Anna innig zu küssen begann. Sie spürte die Zunge in ihrem Mund – der erste Kuss, den sie von einer Frau empfing – fühlte, wie sie durch diesen zärtlichen Kuss eins wurden. Annas Hände erkundeten den gepflegten, weichen Körper, während ihr eigener Körper durch die Berührungen des Mannes verwöhnt wurde.

Sie legte ihre Lippen auf den Hals der Schönheit vor ihr, küsste sich hinab zu ihren Brüsten, und schon bald zeichnete ihre Zunge kleine Kreise um die harten Spitzen. Währenddessen flatterten vier emsige Hände über Annas Körper, begegneten sich, fuhren auseinander, nur um erneut im synchronen Quartett zu streicheln. Ihre Brustwarzen standen steil ab, in ihrem Schoß pochte es. Sie kniete vor dem schönen Körper einer Frau, die wahnsinnig gut küssen konnte, spürte hinter sich den Leib eines Mannes, der genau wusste, wie er sie berühren musste.

Langes, blondes Haar verfloss mit ihrem eigenen, süße Küsse ließen ihre Sinne rasen, zärtliche Finger schoben sich zwischen ihre Schamlippen und beglückten ihren pochenden Schoß. Anna stöhnte auf. Gierig umfasste sie die runden Brüste der Frau, saugte genüsslich an den Brustwarzen, dabei drückte sie ihre Gespielin in Rückenlage und veränderte ebenfalls die eigene Position. Auf Hände und Knie gestützt, züngelte sie sich den wohlriechenden Bauch entlang Richtung Venushügel. Zum ersten Mal streichelte sie den Schoß einer anderen Frau, tastete sich vorsichtig vor, liebkoste die fleischigen Lippen, schob ihren Finger dazwischen. Sanft zog sie die Schamlippen auseinander, presste ihre Nase, ihren Mund zwischen die schönen Schenkel und in den Schoß, der ihr fremd war und dem ihren doch so glich. Ihre Zunge verweilte, neckte, flatterte emsig umher, ihre Lippen saugten sich an der Klitoris fest. Sie widmete sich jeder Stelle dieses rosigen, vom Lustsaft durchtränkten Fleisches, streckte ihre Zunge hinein, leckte vorsichtig. Moschusartiger Geruch stieg ihr in die Nase, erregte sie. Vorsichtig schob sie erst einen, dann zwei Finger in die feucht-warme Vagina, massierte das Innere, drückte sanft gegen die Scheidenwände.

Ein zärtliches Lächeln umspielte ihre Lippen, als sie ihren Blick für einen Moment hob und Aarons glühenden Augen begegnete. Er hatte es sich auf einem Stuhl neben dem Bett bequem gemacht, beobachtete das sinnliche Treiben und konnte ungehindert dabei zusehen, wie Anna eine Frau beglückte, und wie die Hand eines Mannes sich in ihren Falten vergrub, sie langsam und erfahren stimulierte.

Während Anna ihr Gesicht erneut im Schoß der anderen vergrub, genoss sie die tastenden Finger des Mannes, die sich zunächst darauf beschränkten, ihre äußeren Schamlippen entlangzufahren, sie zu betasten und leicht zu drücken. Zärtliche, aber doch energische Berührungen, die darin gipfelten, dass die Finger tiefer glitten, die inneren Schamlippen teilten und den versteckt liegenden Eingang suchten und fanden. Sie stöhnte laut auf, als zwei Finger sich in ihre feuchte Tiefe schoben und presste sich den Liebkosungen entgegen.

Genüsslich umschmeichelte sie jede einzelne Falte ihrer Liebespartnerin, die sich unter den Zärtlichkeiten wand und ihr wollüstig das Becken entgegenschob. Ihre Zunge hinterließ eine feuchte Spur auf dem flachen Bauch, dem glatt rasierten Venushügel und den fleischigen Schamlippen, gleichzeitig probierte sie vom köstlichen Nektar, begann die Lusttropfen zunächst spielerisch mit ihrer Zunge aufzunehmen, bis ihr Gesicht schließlich in den Tiefen des lockenden Schoßes versank.

Mit äußerster Sanftheit ließ sie ihre Lippen durch die Spalte gleiten, setzte heiße Küsse auf die Klitoris, fand die richtigen Stellen, die für höchste Ekstase sorgten. Mit harter Zunge bearbeitete sie die Klitoris, die sich im feuchten Bett des Schoßes energisch aufgerichtet hatte.

„Komm, hock dich über meinen Schwanz, ich will dich ficken." Bei diesen Worten positionierte der Mann sich so, dass sein Kopf parallel zum Becken seiner Begleiterin auf einem Kissen ruhte. Sein Phallus war steif und hart, ragte hoch empor.

Anna ließ sich sinnlich treiben, schob ihren Schoß über den zuckenden Schwanz, während sie weiterhin die Süße des weiblichen Körpers kostete, der sich ihr lockend präsentierte. Ihre Hüften wurden umfasst, und ohne Umschweife ließ sie sich auf dem langen, dicken Schaft hinabgleiten, bis sie ihn so tief wie möglich in sich aufgenommen hatte. Einen Moment hielt er sie beide bewegungslos – spürbar miteinander verschmolzen; Anna hielt die Luft an. Sobald er aber seine Hüften sanft zu regen begann, stöhnte sie laut auf und ließ ihr Becken auf- und abgleiten, während ihre Lippen gleichzeitig in der duftenden Fülle heißen Lustnektars verschwanden.

Sie hob ihr Gesäß an, bis die Eichel fast herausglitt, und nahm den Phallus wieder tief in sich auf. Ihre vaginalen Muskeln arbeiteten, schlossen sich fest um den harten Stab, ganz so, als wollten sie ihn nie wieder loslassen.

Ihre Zunge fuhr nach wie vor gierig durch die nasse Spalte, ihre Lippen saugten sich fest; sie saugte so heftig, dass ihre Wangen sich einzogen. Mit Freude nahm sie wahr, wie der Körper der Frau wild zu zucken begann, wie sie sich lasziv rekelte, die Beine noch ein Stück weiter spreizte, sich ihren liebkosenden Lippen entgegenstreckte. Ihre Hände fuhren durch Annas Haar, pressten ihren Kopf fester in ihren Schoß.

„Mmhm …", kam es immer wieder genießerisch über ihre Lippen.

Das Pochen und Ziehen zwischen Annas Schenkeln nahm zu, während sich ihr Hinterteil in einem wilden Tanz über dem gewaltigen Schwanz hob und senkte, intensiv auf die Woge konzentriert, die sich in ihr unaufhaltsam dem Scheitelpunkt näherte.

Aaron erhob sich und öffnete seine Hose. Diesem sinnlichen Spiel zuzuschauen, entfachte das Feuer in ihm. Tief gruben sich seine Finger in Annas Fleisch, als er sich hinter ihr hoch aufgerecktes Hinterteil kniete und sie bei den Hüften packte. Seine Fingernägel hinterließen rote Striemen auf ihrer weißen Haut, ihr Körper brannte. Als er ihre Gesäßbacken auseinanderschob und den faltigen Ring massierte, begannen ihre Beine zu zittern. Die winzigste Berührung von Aaron besaß für sie mehr Explosivität als die geballte Ladung Stimulation, die dieser Berührung vorausgegangen war. Nach wie vor schob sie sich auf dem Schwanz, der in ihr steckte, auf und ab, ihre Bewegungen wurden wilder, ungestümer, ihre Zunge umflatterte genüsslich die pochende Klitoris der ekstatisch zuckenden Frau. Allein die Vorstellung, welch verlockendes Bild sich einem Zuschauer wohl bot, bescherte ihr einen geistigen Orgasmus. Auf allen vieren hockte sie breitbeinig über einem Mann, dessen Schwanz sie hart stieß, während sie die Vagina einer Frau ausschleckte, und Aaron hinter ihr kniete und sich um eine Körperöffnung kümmerte, die bisher nur im Verborgenen existiert hatte.

Annas Gefühle wirbelten und überschlugen sich, eine starke Spannung ergriff sie. Aarons drängender Finger, der auf ihre Rosette drückte, ließ sie kribbeln. Langsam, ganz langsam schob er ihn in ihre Hinterpforte, tastete sich vorsichtig vorwärts. Er dehnte die Rosette, steckte bald ganz in ihr, begann sich zu bewegen, erst vor und zurück und dann in kreisförmigen Bewegungen. Aaron schob einen zweiten Finger nach, massierte die Innenwände, dehnte den Eingang, dann zog er sich langsam aus ihr zurück. Annas Becken begann hektisch zu kreisen, ihre Zähne gruben sich in eine der Schamlippen, und im nächsten Moment presste sich Aarons Eichel auf ihre Rosette, drückte nach und begann Stück für Stück in ihr zu verschwinden. Gleichzeitig vorne und hinten ausgefüllt zu sein, raubte Anna den Atem.

Aarons Hodensack schwang im Rhythmus seiner Stöße gegen ihr Gesäß, während der Schwanz, der in ihrer Möse steckte, wild in sie hineinpumpte.

Anna steckte Zeige- und Mittelfinger in die Scheide der Frau, fingerte sie genüsslich, während sie erneut fest und regelmäßig zu lecken begann. Ihre Gespielin wand und drehte sich, ihr Stöhnen wurde lauter und sehnsuchtsvoller. Verzückt winkelte sie ihre Beine an, und während sie die Absätze ihrer Sandaletten in die weiche Matratze des Bettes stemmte, rotierten ihre Hüften rhythmisch. Im nächsten Moment steuerte sie einem gewaltigen Orgasmus entgegen, und kurz darauf wurde auch Annas Körper von sinnlichen Wellen geschüttelt. Atemlos spürte sie den köstlichen Empfindungen nach, spürte die Stöße der beiden Männer, die sie doppelt ausfüllten.

Sie spreizte ihre Schenkel noch ein Stückchen weiter und passte sich dem Rhythmus von Aarons Stößen an, während sie an anderer Stelle die Regie übernahm und das Tempo vorgab.

Als Aaron von hinten ihre Brüste umfasste, schloss sie ergeben die Augen. Ihr Körper stand unter Spannung, ihr Blut kochte hoch, ihre Sinne schwanden. Ein weiterer Orgasmus kündigte sich an, ein Ruck ging durch ihren Körper, süßes Kribbeln schlug über ihr zusammen. Atemlos krallte sie ihre Finger in die Matratze, hatte Mühe, nicht in sich zusammenzusacken. Ihr Körper zuckte, der Schwanz in ihrer Möse setzte zum finalen Stoß an, und als Aaron ebenfalls laut stöhnend kam, sich seine Hände dabei fast schmerzhaft um ihre Brüste legten, wähnte sie sich im siebten Himmel.

Keuchend rang sie nach Atem, und minutenlang legte sich absolute Stille über alle Anwesenden.

Auf ein Zeichen Aarons verließen die beiden Gäste schließlich den Ort der Lust. Aaron nahm auf dem Stuhl Platz, von dem aus er ihnen zugesehen hatte, zog Anna zu sich und platzierte sie so auf seinem Schoß, dass sie ihm ihren Rücken präsentierte, und sich sein noch erigierter Schwanz tief in ihrer Vagina vergrub. Seine Hände auf ihren Hüften gaben das Tempo vor, dirigierten sie. Sie spürte seinen Atem an ihrem Ohr, hörte sein leises Stöhnen. Mit hüpfenden Brüsten schob sie sich auf und ab, schien innerlich zu verglühen.

Aaron umfasste sie mit beiden Armen, begann ihre Klitoris zu bearbeiten. Rasch war sie von Kopf bis Fuß in eine lustvolle Gänsehaut gekleidet, nahm gierig jeden Stoß in sich auf, während sein harter Schwanz heißen Saft aus ihr hinauspresste, der die Innenseiten ihrer Oberschenkel entlanglief und eine klebrige Spur hinterließ.

Ihre vaginalen Muskeln zogen sich zusammen, sandten süße Schauer aus, und dann kam sie erneut, laut und gewaltig, krallte sich in Aarons Oberschenkel und begann am ganzen Körper zu zucken.

Aaron spürte die Innenwände ihrer Vagina, die seinen Phallus eng umschlangen, ihn in sich aufzusaugen schienen. Nur wenige Sekunden später kam auch er, sein Schwanz explodierte in den Tiefen ihres Schoßes, begann zu zucken und ergoss sich heiß und kraftvoll. Heftig atmend ließ er sich vornüber sinken, vergrub seine Zähne in ihren Schultern, biss sanft zu.

Anna rang nach Atem, sehnsüchtig glitt ihr Blick zu dem riesigen Bett. Viel zu gern hätte sie sich mit ihm in die seidigen Laken gekuschelt, wäre an seiner Seite eingeschlafen, doch auch diesmal schoben sich ihre Träume und Sehnsüchte in die Ferne, denn Aaron hob sie von sich, und sein Schwanz flutschte glänzend aus ihr heraus.

Sein fester Griff stützte sie, als ihre Beine für einen winzigen Moment versagten, sein warmer Blick bescherte ihr Glückseligkeit – dann Worte, die sie gerne gegen andere eingetauscht hätte: „Yvette wird dich gleich in dein Zimmer bringen."

Anna hüllte sich in ihr Cape, vermied es, Aaron allzu flehende Blicke zuzuwerfen. Dieser blickte ihr kurze Zeit später mit fest zusammengepressten Lippen und einem inneren Tumult nachdenklich hinterher. Sein Wunsch, eine ganze Nacht mit ihr zu verbringen und neben ihr aufzuwachen, ließ sich zu seinem Leidwesen nicht dauerhaft verdrängen, strebte quälend an die Oberfläche.

Kapitel Siebzehn

Anna und Kassandra hatten es sich auf dem Balkon von Kassandras Suite gemütlich gemacht. Satt und zufrieden und mit einer Flasche Rotwein. Es war Anna zu einer lieben Gewohnheit geworden, an manchen Abenden mit ihr gemeinsam das Dinner einzunehmen.

Franziskas Warnungen schlug sie in den Wind. Verließ sich auf das Gefühl von Harmonie, das sich in ihr einstellte, wenn sie abends beisammensaßen. Im Salon wollte sie nicht speisen, Franziska war abends mit ihrem Freund unterwegs, und die einsamen Abende in ihrem Zimmer war sie leid.

Zu wissen, dass Kassandra sich anschließend mit Aaron traf, schmerzte sie. Jedoch hatte sie von Beginn an gewusst, worauf sie sich einließ. Aaron war kein Mann, den man für sich allein haben konnte. Und trotzdem wollte sie ihn mit jedem Tag mehr; jede Sekunde mit ihm auskosten und genießen.

In den Ecken des Balkons standen Pflanzen. Direkt neben der Balkontür eine Art Barschrank, in dem diverse Flaschen und Gläser standen. In einer Ecke plätscherte ein Brunnen, dessen Wasser sich über drei Etagen in ein Becken aus Rosenquarz ergoss. Aus winzigen Lautsprechern erklang Musik.

Über allem schwebte ein deutlich wahrnehmbares sinnliches Aroma. Eine Mischung aus Amber, Orchidee und Jasmin, das sie mit den fast unsichtbaren Nebeln einhüllte, die der Brunnen abgab.

Anna reckte sich, schloss die Augen und seufzte behaglich. „Ich könnte den Rest meines Lebens so verbringen. Dieses Dasein ist purer Genuss. Einfach herrlich."

„Wer möchte das nicht? Ewig in den Tag hineinleben. Verwöhnt werden und dabei stets die Nähe eines attraktiven Mannes genießen." Kassandra sah sie eindringlich an, während sie eine Strähne ihres Haares zwischen den Fingern zwirbelte.

„Mmhm", stimmte Anna ihr träge zu, die Augen noch immer geschlossen, um sich von nichts ablenken zu lassen außer von diesem lieblichen Duft, der gerade wieder heranwehte.

„Welche Ziele hast du, Anna?" Kassandras schöne Augen blickten sie intensiv von der Seite an. „Ich meine, wann musst du zurück in die Redaktion?"

„Ich habe meinen Urlaub um eine Woche verlängert. Und du? Wann musst du zurück in deine Boutique?"

„Gar nicht. Ich habe gutes Personal. Die Geschäfte laufen. Es reicht, wenn ich ab und zu nach dem Rechten sehe." Sie lächelte versonnen. „Aaron ist froh darüber, äußerst froh. Immer, wenn ich fort bin, vermisst er mich wahnsinnig. Selbst, wenn es sich nur um ein paar Tage handelt." Kassandra begann eine Orange zu teilen und schob sich ein Stück in den Mund.

Kleine Stiche der Eifersucht durchbohrten Annas Herz. Sie beneidete Kassandra um ihre Unabhängigkeit und um die Stellung, die sie bei Aaron einnahm. Ihr Aufenthalt hingegen war begrenzt – nicht nur aus beruflicher Sicht.

Sie zuckte leicht zusammen, als sie Kassandras Hand spürte, die leicht über ihre Wange strich. „Du siehst mit einem Mal so traurig aus. Bedrückt dich etwas?"

Anna schüttelte den Kopf, versuchte ein Lächeln, was ihr gründlich misslang.

„Ich möchte, dass es dir gut geht."

„Danke, mir geht es gut." Anna atmete hörbar aus. Fügte etwas leiser hinzu: „Ich darf nur nicht daran denken, dass diese Zeit hier einmal zu Ende sein wird."

„Quälende Gedanken, ich weiß. Darum meine Warnung, dich nicht zu verlieben. Schütze dein Herz! Ich habe schon viele Frauen mit gebrochenem Herzen davonfahren sehen."

Für einen kurzen Moment fühlte Anna sich entlarvt, in die Ecke gedrängt, irgendwie bedroht. Betont gleichgültig erwiderte sie: „Warum sagst du mir das?"

„Weil ich dich mag. Es ist ein großer Unterschied, sündige Stunden mit Aaron zu verbringen oder aber neben ihm einzuschlafen und aufzuwachen, so wie ich es tue. Er ist nur so lange an anderen Frauen interessiert, wie sie ihm Lust bereiten. Keinen einzigen Tag länger. Vergiss das nie. Und das meine ich nicht gehässig, sondern wirklich gut."

Anna wusste um diese Wahrheit. Wurde in diesem Augenblick frontal damit konfrontiert. Und schon waren sie wieder da, diese Gedanken, mit denen sie sich gar nicht beschäftigen wollte, weil sie sowieso nichts an der Tatsache änderten, dass sie um jeden Preis bleiben wollte. Froh um jeden Tag, den Aaron ihr schenkte.

Aber dennoch hat Kassandra recht. Ich darf das niemals vergessen.

Mit pochendem Herzen dachte sie über ihren übergroßen Wunsch nach, Aaron für sich zu gewinnen. Ihm nahe zu kommen, weit über ihre erotischen Spielchen hinaus. Sie wünschte sich, das Tor zu seiner Seele, zu seinem Herzen aufzustoßen – und lief große Gefahr, sich in ihn zu verlieben.

Kassandra lächelte, entblößte dabei ihre makellosen Zähne. „Genieß die Momente mit Aaron, verliere dich aber nicht darin." Ein weiteres Lächeln, ein Blick auf die Uhr, dann sprang sie auf. „Ich sehe gerade, ich muss los. Aaron wartet schon. Wir sehen uns, ja?"

***

Anna beschloss, die restlichen Abendstunden im Garten zu verbringen, um der bleiernen Müdigkeit zu trotzen, die sie in der letzten Zeit nach dem Dinner immer wieder schlagartig überfiel. Sie konnte sich nicht erklären, wieso sie sich immer häufiger so schlapp und antriebslos fühlte. Mit einer Taschenlampe und einem dicken Buch bewaffnet machte sie sich auf den Weg zur Treppe.

Partygeräusche wie Lachen, Stimmen und Musik drangen aus dem Ballsaal zu ihr. Unten angekommen warf sie einen kurzen Blick in den Saal. Spieltische waren aufgebaut. Ein Grüppchen Frauen stand in der Mitte des Raumes, sie füllten ihre kelchartigen Gläser am Champagnerbrunnen, der vor sich hin plätscherte.

Eine Frau, von Kopf bis Fuß in goldglitzernde Garderobe gehüllt, wirbelte an ihr vorbei, murmelte etwas, das sie nicht verstand. Die anwesenden Männer trugen allesamt schwarze Smokings, die Frauen edle Roben.

Anna befeuchtete ihre trockenen Lippen und huschte schnell weiter. Als sie den Garten erreicht hatte, atmete sie tief durch. Im Westen konnte sie die letzten verblassenden Streifen des Sonnenuntergangs sehen. Der Himmel war sternenklar. Die sehnsuchtsvolle Melodie eines Glockenspiels drang an ihr Ohr. Sie blickte sich um und bemerkte ein offenes Fenster. Angenehme Abendluft und das Zirpen der Grillen beruhigten ihre aufgepeitschten Sinne. Das Bad im Sternenmeer tat Anna gut.

Sie schlug den Weg zum Teich ein. Pfade wanden und schlängelten sich. Die rasch einkehrende Dämmerung ließ alles noch verwinkelter erscheinen. Das grüne Blattwerk raschelte, Efeugewächse schienen ihr etwas zuzuflüstern. Im Unterholz knackte es. Und dann fand sie sich endlich am Teich wieder, der ruhig und behäbig vor ihr lag, während die Mondsichel sich in ihm spiegelte. Es war schon fast mystisch geheimnisvoll. In den letzten Tagen hatte sie viel Zeit an dieser Stelle verbracht, den Kopf in interessante Bücher vergraben und die Behaglichkeit dieses Ortes genossen; bisher jedoch immer bei Tageslicht. Die Atmosphäre flirrte. Anna fand es hier, an diesem dunklen Gewässer, herrlich. Dazu all die wundervollen Sterne am Himmel, die im still liegenden Wasser zu baden schienen. Die Zeit stand für den Moment still.

Tiefe Ruhe breitete sich in Anna aus.

Nach einem kurzen zufriedenen Seufzen ließ sie sich in der Hängematte nieder, döste träge vor sich hin, lauschte ihrem eigenen Atem. Um der Versuchung zu widerstehen, sich einem tiefen Schlummer hinzugeben, schlug sie das Buch auf, vergrub sich mit Hilfe des kegelförmigen Scheins der Taschenlampe in eine spannende Story, die von geheimnisvollen Zauberern und okkulten Verschwörern handelte.

Stunde um Stunde verstrich. Gestört wurde Anna lediglich von ein paar Insekten, die sich unwiderstehlich vom Licht ihrer Leselampe angezogen fühlten, sie immer wieder hartnäckig umflatterten.

Und dann war plötzlich der Himmel hell erleuchtet, und die Abendruhe wurde durch das Knallen von Schüssen gestört. Ein Regen aus Licht und Farbe überzog den Horizont. Glitzernde Schweife, funkelnde Lichter, schillernde Kaskaden fielen durch die Nachtluft – ein Feuerwerk.

Neugierig geworden klappte Anna ihr Buch zu und erhob sich. Das Licht sprenkelte bunte Sterne an das Himmelszelt, die mit dem Gestirn des Weltalls um die Wette funkelten. Auf ihrem Rückweg passierte sie den Pavillon, der zuvor noch im Dunkeln gelegen hatte. Nun war er hell erleuchtet. Die transparenten Vorhänge ließen jeden Blick von außen ungehindert zu.

Anna sah eine Frau. In ihrem weißen, transparenten Gewand, den Kopf hoch erhoben, das schöne Gesicht unnahbar, sah sie aus wie eine Göttin. In ihrer Hand lag eine Peitsche. Ihr blondes Haar war geflochten, eine Strähne hing ihr widerspenstig in die Stirn. Ein Mann in weißem Hemd und mit heruntergelassener Hose stand unweit entfernt, starrte sie fasziniert und unverwandt an. Die Frau begann zu tanzen, sich zu einer unhörbaren Musik zu bewegen.

Dabei präsentierte sie ihren Körper, ihre köstlichen Rundungen und ließ die Peitsche bei ihrem sinnlichen Tanz ins Leere knallen. Langsam öffnete sie die Knöpfe ihres Gewandes. Der schimmernde Stoff glitt über ihre glatten Schultern nach unten und fiel leicht wie eine Wolke zu Boden.

Ihre Brüste schwangen synchron zu ihren Bewegungen mit. Die rosigen, aufgerichteten Knospen deuteten auf ihn. Sie trat näher auf ihn zu, gab ihm den Duft zwischen ihren Brüsten zu atmen, ließ ihn den Geschmack ihres Fleisches kosten. Dann umrundete sie ihn, strich über seine Schultern, ließ ihren Atem in seinem Nacken tanzen. Ein harter Griff in sein Genick zwang ihn in die Knie. Sie drückte ihn zu Boden, auf dem er regungslos mit gesenktem Kopf und kniender Haltung blieb.

Die Frau betrachtete ihn von oben herab, zog sich schwarze Lackhandschuhe über und schlug den Peitschengriff zischend in ihre offene Hand. Ihr linker Fuß, der in schwarzen Pumps steckte, thronte triumphierend zwischen seinen Schultern.

Mit einem Seil begann sie seine Hände hinter dem Körper zusammenzubinden, zog ihn daran hoch und schlang das Ende des Seiles um einen Haken, der von der Decke herabhing.

Die Schöne trat auf ihn zu, ließ einen Peitschenhieb zwischen seine Schenkel sausen, die er daraufhin weiter spreizte. Dann griff sie von hinten an seine Hoden, drückte zu. Der Mann stöhnte und zerrte vergeblich an seinen Fesseln. Sie holte erneut aus und schlug mit der Peitsche über sein Gesäß. Er schrie unterdrückt auf und zuckte nach vorn. Auf seinem Hintern war ein hellroter Striemen zu sehen.

Annas Aufmerksamkeit wurde von einer Bewegung im hinteren Bereich des Pavillons abgelenkt.

Auf einem Lager aus Kissen und einem Meer aus Rosenblüten vereinten sich ein Mann und eine Frau. Das, was sich ihr dort bot, war mehr als stimulierend. In Annas Schoß begann es zu kribbeln. Kraftvoll und dennoch elegant stieß der Mann unermüdlich in die leicht bekleidete Frau vor ihm, die ihre Schenkel gierig um seine Hüften geschlungen hielt. Er beugte sich vor, nahm erst die rechte, dann die linke Brust in den Mund, ließ seine Zungenspitze mit den steil aufgerichteten Brustwarzen spielen.

Hinter Anna knackten Zweige. Es raschelte im Gestrüpp. Sie zuckte zusammen, wandte sich erschrocken um.

Nichts!

Sicher eine Maus, beruhigte sie sich gedanklich, erfüllt von der Angst, jemand könnte sie bei ihrem voyeuristischen Treiben entdeckt haben.

Unsichere Blicke nach rechts und links, dann beschloss sie, zu ihrem Zimmer zurückzukehren, in der Hoffnung, niemandem zu begegnen.

Kurze Zeit später erreichte sie das Haus, froh darum, dass die Festterrasse auf der anderen Seite des Hauses lag. Auf Zehenspitzen schlich sie am Ballsaal vorbei, in dem noch immer ausgelassene Stimmung herrschte, und erreichte schließlich die Treppe, die nach oben zu ihrem Zimmer führte.

Schnell schlüpfte sie aus ihrer Kleidung, stieg in die Dusche und drehte den Wasserhahn voll auf. Mit einem leisen Seufzer stellte sie sich unter den Wasserschwall und genoss das Prickeln der Tropfen auf ihrer Haut. Dampf stieg auf und beschlug die Scheibe der Duschkabine.

Lange stand sie einfach nur mit geschlossenen Augen da und ließ das Wasser auf sich niederprasseln. Dann verrieb sie duftendes Duschgel zwischen ihren Händen, und diese glitten an ihrem Körper entlang, seiften die Innenseiten der Oberschenkel ein, lagen bald in ihrem Schoß. Dort verweilten sie einen Moment auf den glatten Lippen, bevor ihre Finger sich leicht dazwischenschoben und zart die empfindliche Klitoris berührten.

Erregung flackerte in ihr auf wie eine Flamme im Kamin. Doch sie mahnte sich zur Zurückhaltung. Kein Orgasmus ohne Aarons Erlaubnis.

Seufzend ergriff sie den Duschkopf, um den Seifenschaum von ihrer Haut zu spülen. Der Wasserschwall erregte die Spitzen ihrer Brüste, kitzelte ihren Bauch, strich sanft über ihre Spalte, trieb ihre Lust weiter an. Wie von fremder Macht gesteuert spreizte sie ihre Beine, öffnete ihre glatten Lippen und richtete den harten Strahl direkt auf das Zentrum ihrer Lust. Die Berührung des Wassers durchfuhr sie wie ein Schock. Weiche Knie drohten ihr den Dienst zu versagen. Sie stellte sich Aaron vor, wie er vor ihr kniete und seine Zunge über die empfindliche Knospe tanzen ließ. Diese Fantasie schürte den Funken ihrer Erregung und ließ ihn zu einem verzehrenden Flammenmeer anwachsen. Der Wasserstrahl umkreiste ihre Klitoris. Kleine, spitze Schreie entflohen ihrem Mund. Rasend schnell näherte sich der Höhepunkt, überflutete sie und raubte ihr für Sekunden den Atem. Haltsuchend lehnte sie sich an die Duschwand, fühlte die kalte Fläche, die in deutlichem Kontrast zu ihrer inneren Hitze stand. Wogen köstlichster Lust brachen über ihr zusammen, ließen sie erzittern.

Innerlich immer noch nachbebend, machte sie sich ein paar Minuten später auf den Weg ins Bett, das wie eine kleine leuchtende Insel, rotgold beschienen vom gedimmten Licht der Lampe auf dem Nachttisch, verführerisch lockte.

Wohlig kuschelte sie sich unter die Decke und war kurze Zeit später eingeschlafen.

Kapitel Achtzehn

Anna rollte langsam die schwarzen halterlosen Strümpfe über ihre Beine. Das edle Gewebe knisterte leise. Sie schlüpfte in ein knappes Kleid aus schwarzer Seide, straffte die Schultern und drehte sich vor dem Spiegel.

Ihre alltägliche private Modenshow war zu einem lieb gewonnenen Ritual geworden, auf das sie sich immer wieder freute.

Die Absätze ihrer Pumps hinterließen beim Hin- und Hergehen klackende Laute. Das Kleid umspielte nur knapp ihr Gesäß, rieb angenehm über ihre nackte Haut. Allein der Gedanke daran, dass sie Aaron in ein paar Stunden wieder gegenüberstehen würde, ließ ihr Herz Purzelbäume schlagen.

Das Klingeln ihres Handys unterbrach sie.

„Hey, Anna. Wo steckst du? Was ist los? Wie geht es dir?" Die Fragen schossen wie Pistolenschüsse aus ihrer Freundin Caroline heraus.

„Ich habe Urlaub. Und mir geht es sehr gut!"

„Und wo steckst du?"

„Immer noch da, wo ich bei unserem letzten Gespräch gesteckt habe." Anna lachte fröhlich.

„Muss ich das verstehen?" Carolines Stimme klang überrascht. „Ich dachte, du machst Urlaub."

„Das eine schließt das andere nicht aus."

„Jetzt mach es nicht so spannend! Spann mich nicht länger auf die Folter und erzähl schon! Oder hast du neuerdings Geheimnisse vor mir?"

Anna streckte sich lang auf dem Bett aus, die Beine angewinkelt, die Fußsohlen auf seidiger Tapete ruhend. „Sagen wir mal so: Es fällt mir nicht leicht, darüber zu reden."

„Du kannst mir alles erzählen. Ich dachte, das weißt du."

„Ja … normalerweise schon … aber …", sie brach ab, spürte die Enttäuschung der Freundin und fuhr fort: „Okay, ich werde dir alles haarklein erzählen. Als Freundin! Also lass bitte jegliche analytische Durchleuchtung meiner Person von vornherein sein, ja?"

„Ich werde mir die größte Mühe geben."

„Gut!" Anna atmete tief durch und begann von Beginn an zu erzählen. Sie ließ kein Detail aus.

„Für mich zählt nur noch das Hier und Jetzt. Und die Tatsache, dass ich mir nichts Schöneres vorstellen kann, als auf Aarons Spiele einzugehen. Ich weiß, es hört sich verrückt an, aber ich habe zum ersten Mal in meinem Leben das Gefühl, angekommen zu sein, wirklich angekommen."

Caroline wusste zunächst nicht, wie sie reagieren sollte. „Du lässt dich unterwerfen? Ausgerechnet du?"

„Nicht von jedem. So gut solltest du mich kennen. Also mach dir bitte keine Sorgen. Und halt mir keine Vorträge. Ich weiß, worauf ich mich einlasse, fühle mich lebendig wie nie. Und gerade du als Fachfrau solltest wissen, dass dies eine Facette der Sexualität ist, die grundlos negativ beladen und voller Vorurteile ist. Es geht nicht um Gewalt, sondern um Lustgewinn durch Facetten, die nicht jeder nachvollziehen kann. Es geht um eine Art der sexuellen Stimulation, die ich für mich entdeckt habe. Alles ist vollkommen normal, solange alle Beteiligten sich freiwillig darauf einlassen. Und ich bin freiwillig hier. Also …"

Caroline unterbrach ihren Redeschwall. „Du tust so, als müsstest du mich von irgendetwas überzeugen. Das musst du nicht. Und ich verurteile dich auch nicht. Aber als deine beste Freundin ist es doch erlaubt, mir ein paar Gedanken um dich zu machen. Nicht weil du diese Facetten in dir entdeckt hast, sondern weil ich nie damit gerechnet hätte."

„Du verachtest mich also nicht?"

„Bist du verrückt? Wieso sollte ich dich verachten?"

„Ich weiß auch nicht. Wenn ich ehrlich bin, habe ich mich geschämt, dir von meinen Fantasien zu erzählen. Fantasien, die schon in mir schlummerten, bevor ich Aaron begegnet bin."

„Hättest du mir davon erzählt, wäre ich jetzt nicht so grenzenlos erstaunt. Aber mal im Ernst: Hätte mir jemand geweissagt, dass ein Mann es schaffen würde, deine bisherige Welt in wenigen Tagen derartig auf den Kopf zu stellen, ich hätte denjenigen ausgelacht. Und dann ausgerechnet Aaron Vanderberg, dein Lästeropfer Nummer eins. Ich zitiere: *widerlicher Vorstadtcasanova ohne Profil!*" Caroline lachte kurz auf.

„Tja, so kann man sich täuschen. Und ich habe mich getäuscht. Würdest du ihm gegenüberstehen, du wüsstest, was ich meine. Da war von Beginn an diese Faszination. Es war Magie. Er hat das gewisse Etwas. Ein Charisma, das mich mit einem unsichtbaren Band magisch zu ihm hinzieht. In seiner Gegenwart spüre ich diese ganz spezielle Energie, die die Luft elektrisiert und funkeln lässt."

„Hm ... deine Stimme klingt so wie nie zuvor. Wenn ich es nicht besser wüsste, gäbe es dafür nur eine Erklärung."

„Und die wäre?"

„Dass du nicht nur körperlich verrückt nach diesem Mann bist."

„Sondern?"

„Wenn ich nicht haargenau wüsste, dass du eigentlich Lichtjahre brauchst, um jemandem direkten Zutritt zu deinem Herzen zu gewähren, würde ich glatt behaupten, du bist verliebt."

Anna seufzte leise. „Ja, ich bin verliebt. Es ist ein Gefühl, wie ich es bisher nicht kannte. Plötzlich war es da, überrannte mich, bis ich atemlos war. Die Begegnung mit Aaron brach etwas in mir auf, ohne dass ich mich wehren konnte."

„Und er? Erwidert er deine Gefühle?"

„Er ist kein Mann für feste Bindungen und große Gefühle. Keiner, den man für sich allein haben kann. Leider."

„Bitte, pass auf dein Herz auf! Ich möchte nicht, dass es gebrochen wird."

Geschickt lenkte Anna das Gespräch auf andere Themen. Sie erzählte von Joe, von ihren Fortschritten und von seinen Kräutern. Caroline berichtete von sich und schon bald verloren sie sich in Alltäglichkeiten, sprachen über alte Zeiten und die Absicht, einmal gemeinsam Urlaub zu machen.

Nach dem Telefongespräch fühlte Anna sich herrlich befreit. Sie war froh, endlich alles erzählt zu haben und beglückwünschte sich zu einer Freundin wie Caroline.

Beschwingt wechselte sie ihr Outfit und machte sich kurze Zeit später auf den Weg zu Joe.

„Da ist ja meine Lieblingsassistentin. Setz dich!" Joes Gesicht erhellte sich, und ein Kranz fröhlicher Lachfältchen um seine Augenwinkel verriet seine Freude über ihren Besuch. Vor ihm auf dem Tisch lag eine dünne Papyrus-Rolle, die er ihr überreichte.

„Für mich?" Vorsichtig brach sie das smaragdgrüne Siegel auf, hinterließ kleine Wachsbrocken auf dem Tisch, als sie das hauchdünne Papier behutsam entrollte.

Die Botschaft war in altdeutscher Schrift verfasst, wie Anna sie in der letzten Zeit so fleißig geübt hatte. Das Schriftbild war von anrührender Schönheit, ließ den Ehrgeiz in ihr wachsen, irgendwann ebenso akkurat zu schreiben.

Lächelnd begann sie zu lesen, freute sich, dass es ihr keinerlei Mühe bereitete, die Nachricht fließend zu entziffern.

„Du willst für mich kochen?" Anna strahlte über das ganze Gesicht, legte die Rolle auf den Tisch zurück, wo sie sich sofort raschelnd zusammenrollte.

Er nickte. „Nicht heute, nicht morgen. Sondern dann, wenn unsere Archivierung hier beendet ist. Als krönender Abschluss sozusagen. Als Dankeschön für deine Hilfe."

Erfreut sprang Anna auf, umarmte ihn, gab ihm einen herzhaften Kuss auf die Wange.

„Wie ich dich kenne, wird das ein Festival der Kräuter."

„Eine Sinfonie sozusagen." Joe fiel in ihr Lachen ein.

„Ich kann es gar nicht erwarten!"

Anna mochte den alten Mann von Tag zu Tag mehr. Die Gesprächsthemen gingen ihnen nicht aus, ihr war, als würde sie ihn schon ewig kennen.

Sie beobachtete ihn dabei, wie er getrocknete Kräuter in braune Fläschchen füllte und diese gut verschloss. Half ihm dabei, eine alte Apothekerwaage zu polieren, diverse Kräuter zu kleinen Sträußchen zu binden, und alles an seinen Platz zu räumen.

Büttenpapier, Papyrus, Federkiele und Tinte fanden ihren Weg auf den Tisch. Ordner, Mappen und Hefter folgten. Geschäftig rieb Joe seine Hände. „So, und nun zur eigentlichen Arbeit. Sonst wird das in diesem Leben nichts mehr mit dem Essen. Hier!", er reichte Anna einige der Papiere, „machst du damit weiter?"

Sie nickte.

Ein Stapel Papyrusblätter lag auf dem Tisch. Während Joe eines der Blätter wählte, die Schublade aufzog und einen Polierstein herausnahm, mit dem er das gelbliche Papyrus glättete, vertiefte sich Anna in seine Aufzeichnungen, begann Buchstabe für Buchstabe in altdeutscher Schrift auf das edle Papier zu übertragen. Eine wohlige Stille begleitete die beiden in ihrer Tätigkeit. Eine Stille, in der nur das Ticken der alten Pendeluhr zu hören war.

Der intensive Duft der gebündelten Kräuter kroch wohlig in Annas Nase. Sie tauchte mit geröteten Wangen und voller Wissbegier ein in die Welt der Kräuter und alten Schriften.

„Gibt es unter der Vielzahl an Kräutern eine Pflanze, die du besonders magst?"

„Selbstverständlich!" Joe blickte kurz auf. Der Polierstein war aus hellem Elfenbein mit verblassten Ornamenten, war alt, aber immer noch glatt. Sein Griff wirkte matt vom jahrelangen Gebrauch. Liebevoll legte Joe den Stein ab. Er schloss für einen Moment die Augen, griff zu einem Pinsel. „Auch wenn ich alle Kräuter liebe … Thymian ist meine favorisierte Herzenspflanze. Ich liebe dieses Kraut, den Geruch, das Aroma, jedes einzelne Blatt."

„Eine gute Wahl. Thymian riecht und schmeckt wirklich fein!"

„Oh ja. Die französische Küche nennt dieses Kraut nicht umsonst das ‚Herz der raffinierten Küche'. Aber in dieser Pflanze steckt noch soviel mehr. Ich habe noch nie ein Antibiotikum gebraucht. Was nicht bedeutet, dass ich nie krank war." Er zwinkerte ihr zu. „Mein Tipp: Ein paar Thymianzweige mit kochendem Wasser aufgießen, ziehen lassen und trinken. Die beste Medizin!"

„So viel Kraft steckt in dieser Pflanze?"

„Oh ja. Thymian ist eine seit der Antike bekannte Heil- und Zauberpflanze. In alten Kräuterbüchern findet man eine Unmenge an Rezepten, die dabei helfen, Gebrechen unterschiedlichster Art auszumerzen. Als Mittel gegen Atemwegserkrankungen eingesetzt, wirkt Thymian übrigens wahre Wunder." Joe wusch seinen Pinsel aus, mischte neue Tinte an, griff zu einem neuen Blatt Papyrus. „Probier es einfach mal aus."

„Das werde ich tun. Und dabei wohlwollend an dich denken."

„Ich bitte darum!" Joes Augen funkelten schelmisch. „Im alten Volksglauben spielte Thymian übrigens eine große Rolle bei der Abwehr des Bösen. Einen Strauß in Stall, Scheune oder Wohnhaus aufgehängt schützte vor Blitzschlag und sonstigem Unheil. Und da gibt es die Legende von der stolzen Bauerstochter. Kein Freier war ihr und ihren Eltern gut genug. Dabei wurde sie zahlreich umworben. Ein vornehmer Bursche aber ließ sich nicht abwimmeln. Er war fremd, irgendwie merkwürdig und war es gewohnt, was immer er wollte zu bekommen. Ihren Eltern jedenfalls kamen die Verführungskünste dieses Burschen, die im ganzen Dorf bekannt waren, verdächtig vor. So rieten sie der Tochter, sicherheitshalber ein Sträußlein Thymian vor das Fenster zu hängen. Als sich der Freier in der Nacht wieder näherte, sah er schon von Weitem die Kräuter, blieb wie gebannt stehen, fluchte in ohnmächtiger Wut und fuhr flammend durch die Luft davon."

„Stellte dieser Bursche symbolisch den Teufel dar?"

„So könnte man es interpretieren. Muss aber nicht sein. Auf jeden Fall hatte er nichts Gutes im Sinn."

„In Zukunft werde ich stets Thymiansträuße im Haus haben. Für den Fall aller Fälle."

„Ein weiser Entschluss. Ich spreche aus Erfahrung."

„Aber böse Geister musstest du noch keine vertreiben?!"

„Bisher nicht." Er lachte, wechselte den Pinsel, tauchte diesen in blutrote Tinte. „Übrigens hoffe ich, dass das so bleibt."

„Ich werde für dich beten!"

„Gern! Apropos bleiben – wie lange bleibst du noch? Beziehungsweise darf ich auch auf Besuche von dir hoffen, wenn deine Arbeit hier erledigt und die Reportage fertig ist?"

Anna zuckte zusammen. Diesem Thema wohnte eine Unaufrichtigkeit inne, die ihr nicht behagte.

„Eine Weile werde ich noch für die Reportage brauchen." Sie versuchte ein Lächeln. „Und selbstverständlich werde ich meinen Lehrer auch danach besuchen."

Joes prüfendem Blick wich sie zunächst aus, aber dann brach es wie ein Sturzbach aus ihr heraus. Details ließ sie aus, erzählte jedoch von der Faszination, die Aaron auf sie ausübte, von ihrem Drang, in seiner Nähe zu sein, obwohl sie wusste, dass es kein Happy End für sie geben würde.

***

Der Stuhl stand in der Mitte des Spiegelsaals. Er war aus Holz und dunkel lackiert. Das Rechteck der Sitzfläche verbreiterte sich nach vorne. Die Lehne bestand aus mehreren senkrechten Holzstreben, die durch drei Querstangen miteinander verbunden waren. Zwischen den runden, glatten Stuhlbeinen verlief seitlich ebenfalls je ein Querholz. Unsicher trat Anna näher, blickte sich um. Sie war allein. Kerzen brannten in jeder Ecke.

Ein Zettel lag auf dem Stuhl. Blütenweiß. Sie nahm ihn an sich und begann zu lesen: *Zieh dich aus und setz dich.*

Annas Augen begannen abenteuerlustig zu funkeln. Sie freute sich auf die nächsten Stunden, fühlte sich herrlich lebendig, sinnlich, beschwingt.

Ein Blick in die unzähligen Spiegel ringsherum vervielfältigte die prickelnde Atmosphäre des Augenblicks. Ihre Sinne waren wach, aber auch gleichermaßen benebelt. Sie sogen sich voll mit dieser tosenden Vorfreude, die sie umgab, nahmen die sinnliche Schwere ihrer Fantasien in sich auf und sandten lustvolle Schauer durch ihren Körper.

Anna saß aufrecht auf dem Stuhl. Im ersten Moment fühlte sich das Holz kühl an, aber dann unterwarf es sich ihrem erhitzten Körper.

Sie wusste nicht, wie lange sie so dagesessen hatte, den sehnsuchtsvollen Blick auf die Tür gerichtet, mit einem süßen Ziehen im Schoß.

Als Aaron endlich eintrat, verschlug sein Anblick ihr die Sprache. Seine Attraktivität schien ausgeprägter denn je. Die Haare noch feucht vom Duschen, die Augen wach und gefährlich aufblitzend. Er sah blendend aus. Seine Beine steckten in weißen Hosen, er trug ein hellblaues T-Shirt, das perfekt zu seiner leicht gebräunten Haut passte. Sie rang nach Luft, sog seinen Anblick gierig ein. Sie wollte sich in seine Arme stürzen, sein Eau de Toilette und den unnachahmlichen Duft seiner Haut riechen, ihre Lippen auf seinen Hals drücken. Sie wünschte sich, auf seinen Knien zu sitzen, seine Hände liebevoll in ihrem Haar zu spüren, wollte von ihm in den Arm genommen werden; ersehnte aber gleichzeitig unnachgiebige Strenge. Dominanz. Süßen Schmerz.

Der flackernde Kerzenschein brach sich in der Oberfläche des niedrigen Glastisches, der in der Nähe stand, fing sich im Rot der Flüssigkeit, die in einer Glasschale ruhte.

Ihr Herz pochte unregelmäßig. Innerlich unruhig lehnte sie sich auf dem Stuhl zurück, schlug die zitternden Beine übereinander.

„Setz dich anständig hin. Und zwar so, dass du mir deine Möse präsentierst. Ich will schließlich sehen, was du mir zu bieten hast."

Anna empfand Aarons Blick als beunruhigend, aber auch erregend. Die warme, weiche Spalte, die sie ihm nun offen präsentierte, war nass. Sie rutschte unruhig hin und her. Er trat näher an sie heran, griff nach einer Haarsträhne, ließ sie wieder fallen. Sanft streifte sein Zeigefinger die Linie ihres Halses, während sein Blick auf ihrem bloß liegenden Schoß ruhte. Ihr Atem ging stoßweise, was ihre üppigen Brüste einladend mitwippen ließ.

Er fasste ihr Kinn, erzwang ihren Blick. „Du hast gestern Abend ohne meine Erlaubnis einen Orgasmus gehabt."

Anna erschrak. Woher wusste er das?

Sein Lächeln, kalt wie Eis, vertiefte sich. Er spürte ihre unausgesprochene Frage, ihr Erschrecken, aber auch ihre Gier, ihre Hingabe und Ungeduld.

Sie ersehnte seine harte Hand.

Seine Hände glitten langsam ihren Hals hinab. Drückten leicht zu, wanderten weiter. Seine Fingernägel kratzten über ihre erhitzte Haut und hinterließen rote Striemen.

Als seine Hände sich um ihre Brüste legten, durchlief sie ein Kribbeln. Langsam rieben seine Daumen über ihre Brustwarzen ... nur eine Winzigkeit, die kaum zu spüren war. Die jedoch genügte, ihren Atem schneller gehen zu lassen.

Sie hielt den Atem an. Ihre Nerven und all ihre Sinne waren bis aufs Äußerste angespannt.

„Ich dachte, du hättest mittlerweile begriffen, dass ich es nicht mag, wenn man sich meinen Befehlen widersetzt."

Er packte ihre Brustwarzen mit Daumen und Zeigefingern, ließ sie seine Nägel spüren. Zunächst war es nur ein leichtes Zwicken. Eindringlich, aber irgendwie auch angenehm. Leicht und rhythmisch. Doch dieses Zwicken verstärkte sich, wuchs zu etwas heran, was beinahe unerträglich wurde.

Anna schrie laut auf.

„Was lernst du aus dieser Lektion?" Seine Stimme klang beinahe leise, während er seine Behandlung fortsetzte, diesmal etwas sanfter.

Sie dachte fieberhaft nach, brachte lediglich ein hektisches: „Ich muss gehorchen", hervor.

„So, so", erwiderte er ironisch, verstärkte den Druck seiner Fingernägel, die sich schmerzhaft in ihre rosigen Brustspitzen gruben. Dies war nicht die Antwort, die er wollte.

„Was lernst du aus dieser Lektion?", wiederholte er gelangweilt. „Ich will es genauer!"

Bei diesen Worten zwirbelte er ihre Brustwarzen, ließ sie spüren, was sie erwartete, wenn sie ihn nicht zufriedenstellte.

„Ich darf nur kommen, wenn du es mir erlaubst."

„Na endlich. Und für diesen Satz brauchst du Ewigkeiten?"

Er kniff so heftig, dass sie nicht mehr in der Lage war zu denken. Der Schmerz hörte nicht auf. Sie begann zu schluchzen.

Aaron verringerte den Druck seiner Nägel, ließ sie aber dort, wo sie waren, wie um sie daran zu erinnern, dass sie jederzeit wieder zukneifen konnten.

„Merk dir diese Regel gut. Es sei denn, du willst mehr davon." Wieder kniff er erbarmungslos zu. Sein Mund näherte sich ihrem Ohr. „Hast du mich verstanden?"

Anna nickte.

„Okay. Dann kommen wir nun zu deiner Bestrafung."

Die Seidentücher legten sich zart um die Haut ihrer Fesseln, ehe sie festgezogen wurden. Hart wurden ihre Knöchel an das glatte Holz der Stuhlbeine gebunden. Dann waren die Hände an der Reihe. Ihre Arme baumelten neben der Lehne herab. Die Seide schlang sich um ihre Handgelenke, dann in einem stabilen Knoten um die Querstreben der Stuhlbeine. Ihre Oberarme wurden an die Lehne gefesselt. Zwei weitere Tücher schmiegten sich um ihre Brust und verbanden sie unentrinnbar mit dem Möbelstück. Aaron trat einen Schritt zurück, betrachtete sein Werk. Die weißen Seidentücher spannten sich über ihrer Brust, schlangen sich um ihre Oberarme, banden ihre Handgelenke und Fußknöchel an das rotlackierte Holz. Er nickte zufrieden, trat hinter sie. Es war still. Anna hörte nichts als ihren eigenen Atem und das Schlagen ihres Herzens. Sie spürte seinen Atem in ihrem Nacken, seine Hände, die ihre Schultern berührten.

Und dann stand er wieder vor ihr.

Mit einem Blick, der ihr deutlich machte, dass jede Art von Beschwerde nicht zählen würde. Dass sie selbst Schuld an diesem Schicksal trug, das sie durch ihren Ungehorsam heraufbeschworen hatte, und dass sie sich nun auf die bitter-süße Strafe einlassen müsse, die mit harter Hand erbarmungslos und ohne Hintertürchen ausgeführt werde.

Die Peitsche in seiner Hand glänzte. Sie bestand aus hartem Leder – gemacht für Momente wie diesen. Und schon spürte sie die Lederstreifen zwischen ihren Beinen. Sanft streiften sie zunächst über ihre Schenkel, über ihre nackte und ihm preisgegebene Haut.

Und dann schlug er zu. Hart. Fest. Unerbittlich. Anna schrie laut auf. Der Schmerz fuhr wie ein heißes Eisen durch ihren Körper. Ihre sämtlichen Muskeln spannten sich unangenehm an.

Und schon kam der nächste Schlag. Weitere folgten. Stets genau zwischen ihre Beine, zielgenau auf die zarteste Stelle ihres Körpers; mit einer Wucht, die kaum Raum ließ für Gedanken. Keine Gegenwehr war möglich. Nur Annehmen, sich hineinfallen lassen und den Moment herbeisehnen, an dem der Schmerz nachließ. Sengende Hitze … schneidender Schmerz. Eine Symbiose, die sie innerlich vorantrieb, sie in Ecken und Winkel ihres Daseins lotste, bis sie kaum mehr einen Schmerz spürte.

In dieser Phase des Abstumpfens hielt Aaron inne, begann die Fesseln zu lösen.

Er kniff die Augen zusammen, ließ nachdenkliche Blicke über ihre Gestalt wandern. Er begehrte sie und hatte für diesen Tag ursprünglich etwas ganz anderes mit ihr im Sinn gehabt als dieses Peitschenspielchen. Wie schon am Abend zuvor, als er in ihr Zimmer gekommen, und sie masturbierend in der Dusche vorgefunden hatte. Dieses Bild hatte ihn gleichermaßen erregt wie auch erzürnt und ihn seinen Plan, sie heute ohne jegliches Spiel aus Dominanz und Unterwerfung zu vögeln, verwerfen lassen. Doch nun regte sich dieser Wunsch erneut in ihm, stärker als je zuvor.

Er wollte sie riechen, spüren, ausfüllen. Sie nehmen, bis sie vor Lust schrie. Sie dabei im Arm halten, ihren bebenden Körper hautnah erleben. Er begehrte sie. Wollte von ihr kosten. Jetzt. Zu verlieren hatte er nichts. Er würde lediglich seiner fleischlichen Begierde nachgehen, wie so oft in seinem Leben.

Anna konnte sich kaum erheben. Der Schmerz in ihrem Schoß kehrte in dem Augenblick zurück, als auch ihr Bewusstsein wieder an die Oberfläche zurückkehrte.

Aaron führte sie zu einer Matratze.

Er drückte sie hinab. „Leg dich auf den Bauch." Seine Stimme hatte an Strenge verloren, klang aber immer noch hart.

Anna tat, was er wünschte, bemerkte, dass er sich entfernte. Die Matratze war mit einem schwarzen Laken aus Lack bezogen. Die Kühle dieses Materials ließ sie zunächst ein wenig zusammenzucken.

Aaron kehrte mit einer gläsernen Schale, die eine rote Flüssigkeit enthielt, an ihre Seite zurück, tauchte seine Finger hinein und ließ duftendes, handwarmes Öl über ihren Köper rieseln.

Ein heißes Prickeln durchfuhr ihren Körper – ganz so, als wäre sie von Kopf bis Fuß elektrisiert. Sie spürte seine Finger, die über ihre Wirbelsäule fuhren und dabei das Öl weich einmassierten. Ein leises Schnurren glitt über ihre Lippen.

Aaron massierte ihre Schultern, den empfindsamen Nacken, arbeitete sich gezielt ihren Rücken hinab. Sie spürte eine wohlige Wärme in sich aufsteigen, als seine Hände seitlich über ihre Hüften strichen, sich von dort aus wieder langsam nach oben tasteten, sich dabei unter ihren Körper schoben, so dass sie ihre Brüste erreichten.

Hart wie Diamanten schoben sich ihre Brustwarzen in seine Hände. In ihren Ohren begann es zu rauschen. Ihr Becken hob sich unwillkürlich an. Mit einem gezielten Griff drehte Aaron sie auf den Rücken, tauchte seine Hand erneut ins Öl. Träufelte das aromatische Nass über ihren gesamten Köper, mal langsam, mal schnell. Ihre Brüste bebten, ihre Lenden zuckten. Wohlig streckte sich ihr gesamter Körper dieser duftenden Wohltat entgegen.

Aaron kippte die Schale, übergoss ihren Körper mit einer wahren Flut an Öl. Erst die Brüste mit ihren hart aufgerichteten Brustwarzen, dann ihre Schultern, Arme, ihren Bauch und schließlich ihren Venushügel, auf dem sich die Flüssigkeit wie ein See sammelte, dann aber unversehens zwischen ihren Schenkeln versickerte.

Als er ihre öligen Brüste umfasste und sie sanft massierte, drang ein lustvoller Laut zwischen ihren Lippen hervor. Sie verspürte ein Kribbeln in ihrem Magen, das sich bis zu ihren Brüsten zog und sich zwischen ihren Schenkeln fortsetzte.

Seine rechte Hand umschloss ihre Wange, während sein Gesicht sich dem ihren näherte. Nur viel zu kurz ruhten seine Lippen auf den ihren. Seine Hand glitt über ihre Wange weiter nach unten. Gefährlich langsam, während sein feuriger Blick den ihren suchte – und schließlich auch fand.

Begierde durchzuckte ihren Körper. Anna rekelte sich wie eine Katze. Erwartungsvoll, sinnlich, auffordernd. Sie wollte mehr von seinen Küssen und samtweichen Berührungen.

Ohne sie aus den Augen zu lassen erhob er sich, schob sich das T-Shirt über den Kopf und ließ es zu Boden gleiten. Seine Hose folgte, und schließlich stand er nackt vor ihr. Zum Greifen nah und doch so fern. Das diffuse Licht des Spiegelsaals ließ ihn fast unwirklich attraktiv erscheinen. Stark, unbeugsam und kraftvoll. Sie wollte ihn nah bei sich spüren. Ganz nah! Ihn berühren, schmecken, riechen. Ihn neben sich, auf sich, in sich spüren, wollte ihn mit Haut und Haar. Ein entzückter Laut, als er sich endlich neben ihr niederließ. Ihr verhangener Blick verschlang ihn.

Seine Hände glitten genüsslich über ihre ölige Haut, massierten, rieben und erkundeten.

Er vergrub sein Gesicht zwischen ihren Brüsten, hauchte Küsse auf die zarte Haut um ihre Brustwarzen herum. Die Lippen um die rosige Knospe ihrer Brust gelegt, zog seine Zunge feuchte Kreise um die Spitze. Er zog an ihr, ließ sie ein wohliges Ziehen spüren. Ein anregendes, heißes Spiel, das Anna mit jeder Faser ihres Körpers genoss.

Immer wieder nahm er ihren Nippel zwischen Lippen und Zähne, tanzte dabei gleichzeitig mit seiner Zunge frech über die harte Spitze. Er leckte, saugte, knabberte und pustete neckisch seinen Atem über die emporragenden Brustwarzen. Als Anna sich stöhnend aufbäumte, drückte er ihren Oberkörper zurück.

Jeder einzelne Nerv ihres Körpers verlangte nach ihm. Sie genoss seine Liebkosungen, barg sie in sich wie einen kostbaren Schatz.

Aaron ließ kaum einen Zentimeter ihres Körpers aus. Erkundete, liebkoste, küsste ihre ölgetränkte, sensible Haut. Er massierte ihre Zehen, strich ihre Waden entlang, ihre

Schenkel, ihren Bauch. Widmete sich erneut ihren Brüsten. Genüsslich rollte er ihre Brustwarzen zwischen Daumen und Zeigefinger.

Und dann endlich ließ er seine Hand zwischen ihre Schenkel gleiten, suchte sich einen Weg zwischen ihre heißen Schamlippen, streichelte ihre Klitoris so zart und behutsam, dass Anna zu vergehen glaubte. Der Druck seiner Finger war federleicht, aber zielorientiert. Er nahm zu, sorgte für süßes Kribbeln und sehnsuchtsvolles Ziehen.

Annas Körper begann wild zu zucken. Leidenschaftlich presste sie Aaron ihren hungrigen Schoß entgegen. Sie klammerte sich in die glatte Oberfläche der Matratze.

Und dann konnte er sich nicht mehr beherrschen. Mit glutvollen Augen schob er sich zwischen ihre Schenkel und drang in sie ein. Zunächst langsam, dann wild und ungebändigt. Ihre Beine um seine Hüften geschlungen, presste sie ihn mit den Waden fest an ihren Leib.

Bereitwillig gab sie sich seinen immer heftiger werdenden Stößen hin. Ihre Vagina zog sich zuckend um seinen Schwanz, verschlang ihn, als wollte sie ihn nie wieder freigeben.

Ihr Blick bat um Erlaubnis. Aaron verstand ihre stumme Frage, nickte …

… und dann wurde sie von einer Welle erfasst, die sie fortzureißen drohte. Sie erbebte, spürte die Wogen des nahenden Orgasmus, die über sie hinwegrollten und ihre Sinne benebelten. Ihre Finger verkrallten sich in seinem Haar, ihr Körper bog sich ihm entgegen. Laut stöhnend kam auch Aaron und ergoss sich zuckend in ihr.

Als sie wieder zu Atem kam, spürte sie Aarons prüfenden Blick, der langsam ihren Körper entlangwanderte. Über ihre geschwollenen Brüste, ihren weiblich gerundeten Bauch, ihre weichen Schenkel, ihren Schoß.

Unsicherheit glomm in ihr auf, raubte die letzten Funken ihrer gerade erlebten Lust. Was mochte er denken? Dachte er überhaupt irgendetwas? War es positiv oder eher negativ? Sie hielt den Atem an.

Aaron fluchte leise. Sein Hunger auf sie war nicht gestillt. Er hatte gehofft, dass sein Appetit abnehmen würde, wenn er sie nur hemmungslos fickte. Schließlich gab es genug Frauen, die von ihm beglückt werden wollten. Und das Kapitel Anna Lindten wollte er in absehbarer Zeit zu den Akten legen. Doch er hatte sich getäuscht. Sein Appetit war stärker als zuvor. Er wollte in der Fülle ihrer Weiblichkeit versinken. Die Weichheit ihres Körpers auskosten. Sich weiterhin an dieser duftigen Sinnlichkeit berauschen. Es würde also noch etwas dauern, bis er in Bezug auf sie satt war, bis er seinen Plan zu Ende führen und zur normalen Tagesordnung zurückkehren konnte.

Erneut rückte der Tag der Abrechnung in die Ferne.

Nun gut. Er würde sich dieser Tatsache stellen und so lange von ihr kosten, bis er genug von ihr hatte. Erfahrungsgemäß dürfte dies nicht allzu lange dauern.

Ein zufriedenes Lächeln umspielte seinen Mund.

Nur zu gern ließ Anna sich von ihm in den Arm nehmen, und die Tränen der Unsicherheit wegküssen. Sie spürte seine sanften Lippen auf ihren Augenlidern, ihrer Nase, ihrem Mund, bis sie sich ihm entgegenstreckte, erregt, mit den Händen nach ihm greifend, um seinen Körper erneut an sich zu ziehen.

Die Atmosphäre, die sie umgab, berauschte Anna. Sie betrank sich daran wie an köstlichem Wein, ließ sich in ihr treiben und von Aaron bereitwillig auf den Bauch drehen. Seine Hände zogen sie an den Hüften hoch, bis sie auf ihren Knien Halt fand. Dann drang er von hinten in sie ein. Hart und schnell.

Er füllte sie komplett aus, stieß immer wieder mit langsamen, aber heftigen Stößen tief in sie hinein. Anna keuchte vor Lust und spürte, wie er allmählich die Kontrolle über seinen Körper verlor. Er stieß immer schneller, immer härter zu. Seine Finger umfassten ihren Bauch, wanderten zwischen ihre Schenkel, rieben ihre Klitoris.

Ein Feuerwerk explodierte in ihrem Kopf, dann kam sie erneut.

Aaron stieß noch einige Male tief in sie hinein. Dann wurde auch er von einem Orgasmus geschüttelt. Aufstöhnend ließ er seinen Oberkörper nach vorn auf ihren Rücken sinken.

Kapitel Neunzehn

Vogelgezwitscher drang durch das offene Fenster in ihr Zimmer. Anna hörte es schon seit einer Weile, hatte sich bisher jedoch nicht dazu entschließen können, die Augen zu öffnen. Jetzt tat sie es doch. Sie schaute zum Fenster, sah den sich aufhellenden Himmel und den sanften Schein der Sonne, der vorsichtig durch die Blätter der Bäume blinzelte. Sie musste gerade aufgegangen sein, denn das Licht schimmerte nur zaghaft und fast waagerecht durch den Blätterwald.

Sie trat ans Fenster, blickte verträumt auf den prachtvollen Garten, der unter der aufgehenden Sonne geheimnisvoll leuchtete, starrte auf die Bäume, die sich langsam aus dem morgendlichen Nebel schälten. Ein magisch betörendes Bild, das dieser Tag ihr zur Begrüßung bot. Sie seufzte selig auf, und wie jeden Morgen schlich sich Aaron in ihre Gedanken. Durchtränkte sie mit süßen Erinnerungen, sehnsuchtsvollem Sehnen.

Ihr Körper gehörte ihm längst. Doch auch ihr Herz hatte er erobert. Dieser besondere Mann, der ein Tor zu ihrem Inneren aufgestoßen hatte. Sie hatte sich in diesen Kerl verliebt. Ihr Herz stand in Flammen, brannte lichterloh, einem Inferno gleich. Annas Blick verschwamm. Sie würde alles, wirklich alles dafür tun, bei ihm bleiben zu dürfen, wünschte sich, er möge ihrer nie überdrüssig werden.

Yvette, die das Frühstück brachte, unterbrach ihre Träumereien. Das allmorgendliche Ritual begann, der Tag nahm seinen Lauf.

Mit Bestürzung nahm Anna am späten Vormittag die Botschaft entgegen, dass Aaron an diesem Tag nicht nach ihr verlangte.

War es soweit? Begann sie ihn zu langweilen? Eine kleine Welt brach in ihr zusammen, ihr Herz schien mehrere Zentner zu wiegen und sich langsam in einzelne Bruchstücke aufzulösen.

Mittags machte sie es sich mit Franziska bei einer bauchigen Tasse Schokolade und einem Imbiss gemütlich, den Nachmittag verbrachte sie bei Joe, den Abend und Rest des Tages beschloss sie zu verschlafen – innerlich aufgewühlt, unruhig, unglücklich. Sie verzichtete sowohl auf Dinner und Gesellschaft, denn ihr war an diesem Abend nicht danach.

An Schlaf war jedoch nicht zu denken, so sehr sie es auch versuchte. Einsam krochen die Stunden an ihr vorüber, ihre Sehnsucht brannte. Nicht nur ihr Körper, auch ihr Geist verzehrte sich nach ihm. Etwas Dunkles wuchs in ihr an, legte sich wie ein Schatten über ihr Gemüt, ihre Gedanken und Gefühle. Alles erschien ihr öde und fahl, nicht enden wollende, graue Ewigkeit schwamm in ihrem Blut.

Alle paar Minuten sah sie auf die Uhr. Sie dachte an Aarons Küsse, die sengende Lust, in die er sie immer wieder aufs Neue hineinriss.

Ihr innerer Aufruhr ließ sich nicht beschwichtigen, und so überließ sie sich dem aufkommendem Dunkel und dem lieblichen Duft brennender Kerzen – resigniert und ohne Hoffnung auf baldige Erlösung.

Irgendwann hörte sie Stimmen, Gelächter und Musik. Der Klang von Fingerzimbeln wehte aus dem Garten zu ihr heran. Der Blick auf die Uhr zeigte, dass es bald Mitternacht war.

Die Musik war lieblich, aber seltsam fremd. Eine Verlockung wie von fremden Sphären. Sie schwoll an und ab, während der Nachtwind durch ihr Fenster strich.

Neugierig geworden sprang Anna auf und lief auf den Balkon. Links konnte sie einen großen Teil des Hofes sehen, der festlich geschmückt war. Eine kleine Frauengruppe scharte sich ungezwungen um den Fackelschein, überall waren glückliche und redselige Partygäste mit flatternden Gewändern und üppigem Schmuck. Kleine Fragmente, die Anna entgegenflogen, als sie ihren Hals reckte, um so viel wie möglich mitzubekommen.

Ein Mann mit knielangem rotem Schurz und mit goldenen Tattoos auf der Brust kündigte ein besonderes Highlight an, und auf seinen Fingerzeig hin wurden drei vergoldete Sänften ins Zentrum des Platzes getragen.

„Ich hätte auch gern eine Sänfte", hörte Anna eine fröhliche Frauenstimme, und jemand lachte schrill.

„Aber nur, wenn du sie mit mir teilst", erwiderte der Mann neben ihr anzüglich. „Die Kissen sehen weich und behaglich aus. Ich wüsste schon, was ich dort mit dir anstellen würde." Kollektives Kichern. Anna erkannte Aaron unter den Partygästen und Kassandra. Ihr Gesicht wurde vom Schein der Fackeln erhellt. Sie war wunderschön, hakte sich bei zwei anderen Partygästen ein und führte sie zu Stehtischen, die etwas abseits standen.

Die Musik verstummte, setzte erneut ein, diesmal sehr viel eindringlicher als zuvor.

Aus den Sänften stiegen drei Tänzerinnen, die sich würdevoll und anmutig zur Musik zu bewegen begannen. Ihre mit glitzerndem Goldstaub versehenen Körper waren in knappe, weiße Gewänder gehüllt, die an einer Schulter mit silbernen Spangen zusammengehalten wurden, dicke Goldringe zierten ihre Oberarme. Sie tanzten auf bloßen Zehen, führten die Arme in schlangenartigen Bewegungen über dem Kopf.

Ihre biegsamen Körper waren die reinste Augenweide. Anna beschloss nach unten zu gehen und sich das Spektakel aus der Nähe anzusehen. Kurze Zeit später folgte sie den dumpfen Trommelschlägen und lief durch einen Seitenausgang ins Freie. Unter das Volk mischen wollte sie sich nicht, nur zusehen aus einer Ecke, in der man sie selbst nicht sehen konnte.

Den Tempeltänzerinnen folgten Feuerspucker. Weihrauchduft stieg ihr in die Nase.

Ein stattlicher Mann betrat die Szene. Er war altertümlich gekleidet, den Saum seines Umhangs aus nachtblauem Tuch zierten goldene Quasten. Ein türkis schimmernder Siegelring steckte an seiner Hand.

Eine irdene Schale wurde gebracht. Er nahm sie entgegen, sein Ring blitzte auf. Filigraner, blau schimmernder Rauch stieg aus der Schale empor, verlor sich in den Schatten der Nacht.

Aus dem Augenwinkel konnte Anna Kassandra erkennen, die lachend ihre Hand auf Aarons Arm legte, ihm etwas zuflüsterte. Eifersucht glomm in ihr auf, Schmerz, Neid und Begehren. Aarons Blick huschte über die anwesenden Gäste. Rasch zog Anna sich noch ein Stückchen weiter in ihr Versteck zurück – eine dunkle Nische inmitten zweier dicken Eichen.

Die brennenden Fackeln warfen ein rötliches Licht in die Mitte. Anna erblickte Franziska, die in eine Unterhaltung mit einer eleganten Dame vertieft war. Sie wollte ihr zuwinken, verwarf ihre Idee aber wieder. Ein leichter Windhauch streifte Annas Wange. Das Feuer flackerte gespenstisch, von überall her war Lachen zu hören.

Zwei schillernd gekleidete Frauen in gerafften und drapierten Gewändern tänzelten beschwingt an ihr vorbei durch die Nacht, jede ein Cocktailglas in der Hand.

Die Trommeln setzten erneut ein, die drei Tänzerinnen traten auf den Mann zu, der immer noch regungslos mit der rauchenden Schale in der Hand in der Mitte des Platzes stand. Jede von ihnen trug einen Korb mit Blüten – Mohnblüten.

Anna bemühte sich, Aaron nicht aus den Augen zu lassen. Er stand etwas abseits, unterhielt sich mit einem Mann, der ihm erstaunlich ähnlich sah.

Gleichzeitig verfolgte sie gierig das bunte Treiben, bemühte sich, jede Kleinigkeit detailgetreu mitzubekommen.

Die Tänzerinnen begannen sich sinnlich zu winden, umrundeten den Mann. Graziös warfen sie mit geschlossenen Augen, das Antlitz dem silbern glänzenden Mond entgegengehoben, ihre Mohnblüten in die Schale. Ihr lieblicher Gesang erfüllte die Luft, sie schwangen ihre Körbchen, entnahmen Blüte für Blüte, bezauberten die Umstehenden mit ihrem Gesang und elfengleichem Tanz. In der Mitte wurde ein Feuer entzündet. Unter lauten Rufen wurde die noch immer rauchende Schale über dem Feuer geleert – ein Meer von Mohnblumen rieselte in die Flammen. Beifall brandete auf.

Anna versank in einem Taumel an Sinneseindrücken, die sie nicht zu erklären vermochte, und der seltsame Zauber dieser Zeremonie schwappte auf sie über. Als die Ansammlung sich langsam aufzulösen begann, verharrte sie noch eine Weile in ihrer Position. Dann löste sie sich aus dem Schatten.

Nicht so unauffällig, wie sie gedacht hatte, denn Aarons Blick hatte sie erfasst, ehe sie in den Winkeln des Gartens verschwinden konnte.

Alexander folgte den Blicken seines Bruders.

„So nachdenklich? Wer ist das?"

„Dreimal darfst du raten!"

„Ich passe!"

„Anna Lindten. Du erinnerst dich?"

„Ich erinnere mich. Aber ich dachte, das Kapitel sei längst abgeschlossen."

„Dachte ich auch. Könnte es auch, weil ich sie da habe, wo ich sie haben wollte."

Ein amüsiertes Lächeln huschte über Alexanders Gesicht, als er den Ausführungen seines Bruders lauschte. Er griff nach einer Flasche Champagner, öffnete sie und füllte zwei Gläser.

Laute Musik drang aus den Boxen, eine indirekte Beleuchtung sorgte für ein behagliches Licht, und der Champagner floss in Strömen. Der Festsaal war zum Bersten gefüllt, überall standen, saßen, tanzten und vergnügten sich die Gäste, ließen sich einen Cocktail nach dem anderen schmecken.

„Und wie soll es jetzt weiter gehen? Was hält dich davon ab, ihr den ,Todesstoß' zu versetzen?" Alexanders Augen blitzten interessiert auf.

Aarons Gesicht verdunkelte sich für den Bruchteil einer Sekunde, dann verschwand die dunkle Wolke, und er erwiderte Alexanders Lächeln.

„Du wirst mich für verrückt halten, aber ich möchte das Ganze noch etwas ausdehnen. Nicht weil der richtige Zeitpunkt noch nicht gekommen wäre, sondern weil ich noch nicht satt bin."

Alexander lachte laut auf. „So, so! Du möchtest also Katz und Maus spielen?"

„Nein."

„Sondern?"

„Ich begehre sie. Lach jetzt nicht, es ist wirklich wahr."

„Und das bedeutet genau?"

„Ich will mich an ihr satt trinken. Bis ich genug habe." Eine kurze Pause, dann fuhr er fort: „Du kennst mich. Und weißt ebenso gut wie ich, dass es noch keine Frau gab, die mich auf Dauer fesseln konnte. Im Gegenteil. Am Anfang ist stets diese Gier. Ist diese aber erst einmal gestillt, habe ich recht schnell genug. Und genau dieser Punkt ist bei Anna noch nicht erreicht. Übrigens, wenn du magst, darfst du auch mal von ihr kosten!" Er prostete seinem Bruder zu und quittierte dessen amüsierten Blick mit einem fröhlichen Zwinkern.

***

Anna beschloss den Rest der Nacht im Garten unter dem funkelnden Sternenzelt zu verbringen – mit vielen Mohnblüten im Geist, die vor ihrem inneren Auge ein zweites Mal ins Feuer regneten.

Verträumt ging sie die schmalen Pfade zwischen Heckenrosen, Blumenrabatten, Bäumen und Sträuchern entlang, schlenderte durch ein Blütenmeer vorbei an urwüchsigen Kräutern und Lavendelbüschen. Weiße und lilafarbene Fliedersträucher blitzten schemenhaft zwischen üppigem Grün hervor. Anna ging vorsichtig, als könnte sie den Frieden des Gartens stören.

Am Wegrand lag eine schwarze Katze, die Pfötchen angewinkelt, die Augen wachsam. Anna blieb stehen, betrachtete sie eine Weile, redete ihr leise zu. Die Katze begann lautlos zu fauchen und setzte sich mit buschigem Schwanz und einem Ansatz zum Buckel auf.

Lächelnd setzte Anna ihren Weg fort.

Der Himmel quoll von Sternen über, der Mond hing honiggelb über den Silhouetten der Bäume. Grillen zirpten. Die vom Tag noch warme Luft streichelte sie.

Ihr Weg führte sie an dem von wilden Heckenrosen und Weinlaub verdeckten Pavillon vorbei. Tief verschattet lag er vor ihr, dunkel genug, um die Gegenwart anderer Personen geheim zu halten. Ob sie an diesem Abend allein hier war? Sie dachte an die sinnlichen Szenen, die sich hier abgespielt hatten, trat näher, drückte ihr Gesicht neugierig gegen die Scheiben, sah nichts als undeutliche Schatten. Sie umrundete den Pavillon, genoss den wundervollen Duft, der zu dieser nächtlichen Stunde besonders intensiv in der Luft lag.

Schritte waren zu hören, Zweige knisterten. Anna konnte schemenhaft eine Gestalt erkennen – Aaron!

Er kam näher, ihr Herz überschlug sich fast. Atemlos sah sie ihm entgegen, konnte in der Dunkelheit seine Gesichtszüge nicht erkennen.

Er streckte die Hand aus und schob ihr die Haare aus dem Gesicht.

„Was tust du hier?" Ihr nervöses Flüstern erhielt keine Antwort. Stattdessen legte sein Zeigefinger sich auf ihre bebende Unterlippe. Dann beugte er sich vor und küsste sie weich auf den Mund. Sein Kuss schmeckte frisch nach Pfefferminze, und bald schon nahm sie nichts mehr war, nur noch den vertrauten Duft seines Eau de Toilette. Verzückt schlang sie die Arme um seinen Hals, genoss das Spiel seiner Hand, die sanft an ihrer Wirbelsäule entlangfuhr, während seine andere Hand ihr Gesicht liebkoste.

Ihr Körper reagierte willig auf das Spiel seiner Zunge, saugte den Zauber des Augenblicks gierig in sich auf und antwortete mit sanftem Beben. Als er ihre Hand ergriff und sie mit sich ins Innere des Pavillons zog, lachte sie leise voller Vorfreude.

Seine Hände auf ihrem Po, seine Hüften, die sich an die ihren drängten – das alles versetzte sie in einen Rausch, der sie trunken machte. Sie wollte, dass er sich auf sie warf, seinen Schaft in sie versenkte und es ihr hart besorgte.

Als Sklavin ihrer aufpeitschenden Gefühle nahm sie den Mann, der im Eingang stand und nachdenkliche Blicke auf die zwei eng aneinandergepressten Gestalten warf, gar nicht wahr. Dieser konnte das Gefühl, das ihn beim Anblick der offensichtlichen Innigkeit durchströmte, nicht definieren. Zu seiner Verwunderung versetzte ihm das Bild, das sich ihm bot, einen deutlichen Stich.

Er atmete tief aus. Das durfte nicht sein, schließlich hatte er seinen Bruder zu diesem Intermezzo eingeladen, und es war nicht das erste Mal, dass sie sich eine Frau teilten. Umso erstaunlicher für ihn, urplötzlich diesen Anflug von Eifersucht zu verspüren, der sich wie rasendes Gift in seine Eingeweide fraß und ihm brennend zusetzte. Ein Gefühl, das ihm fremd war. Er fluchte leise und nahm sich vor, diese ungewohnten Gefühle zu ignorieren.

Anna schnappte nach Luft, als zwei Hände sich auf ihre Schultern legten. Warmer Atem bewegte ihr Haar, ihre Haut begann zu prickeln.

Sie fuhr herum. „Aaron?" Wie konnte das sein?

Aaron zündete eine Kerze an. Sie konnte ein gefährliches Blitzen in seinen Augen erkennen, erschauerte. Was ging hier vor?

„Darf ich vorstellen: Das ist mein Bruder Alexander." Ein kühles Lächeln legte sich auf sein Gesicht. Seine Hand legte sich unter ihr Kinn, erzwang so ihren Blick. Der Griff verstärkte sich, begann zu schmerzen. Anna stöhnte gequält auf.

Abrupt ließ er sie los. Er würde sich selbst beweisen, dass er die Kraft hatte, gegen dieses stechende Gefühl anzukämpfen und die Situation, wie ursprünglich geplant, genießen. Er zündete weitere Kerzen an, gab seinem besorgt dreinschauenden Bruder mit Blicken zu verstehen, dass er sich wieder im Griff hatte.

„Dies ist eine Einladung zu einer sinnlichen ménage à trois." Aaron zwinkerte ihr charmant zu. „Dürfen wir bitten?"

Alexander streckte seine Hand aus, zog Anna erneut an sich. Er ließ seine Finger ihren Rücken entlanggleiten, umfasste ihre Taille. Währenddessen wanderten Aarons Hände von hinten unter ihr Hemd, den Bauch hinauf bis zu ihren Brüsten, die er sanft umfasste und zu massieren begann.

„Du trägst keinen Büstenhalter. Wie praktisch!" Raues Lachen ganz nah an ihrem Ohr.

Er schob ihr das Hemd über den Kopf. Das Prickeln in Annas Bauch verlagerte sich in ihren Schoß. Sie tauchte in ein Meer aus blinkenden Sternen ein und hatte Mühe, sich auf den Beinen zu halten. Ihr Körper fühlte sich heiß und geschwollen an von der Erwartung der verführerischen Berührungen dieser beiden Männer.

Das leise Streicheln von Alexanders Lippen versetzte sie in Hochstimmung – federleicht flogen sie über Hals und Schultern, während seine Hände ihren Rock nach oben schoben, sich fest auf ihre Gesäßbacken legten.

Aarons Finger neckten ihre Brustwarzen. Ein lüsternes Ziehen durchzog ihren Schoß. Daumen und Zeigefinger zupften an ihren Nippeln, zogen sie sanft in die Länge, lockten die gesamte Lust ihres Körpers in diesen einen Punkt, bis sie laut aufschrie.

Alexander hakte die Finger in ihr Höschen, riss es entzwei. Anna hatte das Gefühl, mit ihm zu verschmelzen, als er erneut seine Lippen auf die ihren presste, sie zärtlich teilte. Seine Lippen waren voll und weich und bedeckten ihren ganzen Mund, während er seine Zunge zwischen ihre Lippen schob und mit der ihren zu spielen begann.

Ihre Finger krallten sich in sein Haar.

Währenddessen umkreisten Aarons Daumen ihre harten Nippel. Sie spielten, lockten, reizten sie. Über ihren Bauch schoben sie sich nach unten, erreichten den Venushügel und glitten langsam zwischen ihre Schamlippen. Kundige Fingerkuppen erkundeten jeden Zentimeter ihrer rosigen Falten, während Alexander sie mit einem Feuer küsste, welches sie zu verbrennen drohte.

Annas Verlangen, hart genommen zu werden, wuchs. Sie war wie betäubt, ihre Spalte brannte, und doch schob sie ihre Beine ein Stückchen weiter auseinander, genoss das sinnliche Spiel von Aarons Fingern, die genau wussten, was zu tun war.

Mittlerweile hatte Alexander begonnen, sich mit ihren Brüsten zu beschäftigten. Sie schnappte leicht nach Luft, als er ihre Brustwarzen unentwegt zwirbelte, stöhnte behaglich auf, als Alexanders Zungenspitze sich abwechselnd auf die geschwollenen Knospen legte, sie zärtlich umkreiste. Die Liebkosung der Zunge war Balsam für ihre pochend heißen Nippel. Anna platzte vor Lust.

Aarons Hände legten sich auf ihre Schultern, Alexander öffnete seine Hose und nahm sein Glied heraus. Es schien Anna, als sei den beiden eine derartige Szenerie nicht fremd, so glatt und synchron arbeiteten sie zusammen – Hand in Hand.

Aaron bog ihren Oberkörper weit nach hinten, stützte sie. Alexander umfasste ihre Hüften und drang schnell in sie ein. Er fand leicht Zugang, denn sie war nicht nur feucht, sondern nass, und bewegte sich in gleichmäßigem Takt, kraftvoll und unermüdlich. Sie spürte, wie ihr Nektar heiß aus ihr hervorquoll, ihre Vagina schloss sich eng um seinen harten Schwanz, nahm ihn tief in sich auf.

Niemand sagte ein Wort. Es war ein angenehmes Schweigen, in dem sie ihren ureigenen Instinkten folgten, sich sinnlich treiben ließen.

Rhythmisch stieß Alexander in sie hinein, während ihr Kopf in Aarons Halsbeuge ruhte. Wie durch einen Nebel nahm sie ihr eigenes leises Stöhnen wahr, genoss die Spirale des Glücks, die ihren Körper durchbohrte. Sie wollte von ihnen benutzt werden, hart genommen, wollte ihre Leidenschaft mit ihnen ausleben.

Als Alexander kam, zog er sich aus ihr zurück, nahm ohne ein Wort ihre Hände, küsste sie auf den Mund, zog ihren Oberkörper zu sich heran, hielt sie fest. Aarons Hände glitten elegant über ihre Hüften, ihr Gesäß. Er schob ihren Rock weiter nach oben, so dass ihr Hinterteil entblößt vor ihm lag.

Diesmal war es Alexander, der sie stützte, als sie vornübergebeugt dastand. Aarons Glied in sich aufzunehmen bedeutete ihr das Himmelreich, es war ein Gefühl wie nach Hause kommen – angekommen sein – als er in sie eindrang. Alexander dämpfte ihr Stöhnen mit liebevollen Küssen, während Aaron sie mit sanften Stößen nahm, gleichzeitig seine Hand in ihren Schoß schob und ihre Klitoris rieb. Die Dimensionen der Ekstase erreichten einen Grad, der ihr ein irreales Gefühl gab.

Es war, als würde sie einen wilden Tanz aufführen, mit Aarons Händen auf ihrem Po, seine Hüften in rhythmischer Bewegung, seine Hand in ihrem Schoß, während Alexander sie gefühlvoll küsste.

Ihre Finger krallten sich in Alexanders Oberarme, sie spürte, wie Aarons Körper geschüttelt wurde, die Stöße wurden heftiger, wilder, unkontrollierter, und laut stöhnend kam er. Sekunden später fiel auch Anna in einen tiefen, intensiven Orgasmus. Ihre Sinne schwirrten durcheinander, fanden zum Ursprung zurück; sie schrie laut auf, sackte vornüber, fühlte sich sicher aufgefangen von Alexanders starken Armen.

***

Atemlos stand Anna da, mit geröteten Wangen und verklärt glänzenden Augen. Alexander war vor ein paar Minuten gegangen, nun war sie mit Aaron allein, atemlos vor Glück, in einem Taumel gefangen, der sie schwindeln ließ. Die Dunkelheit wirkte beruhigend, sie ahnte seinen Blick mehr, als dass sie ihn wahrnahm.

„Wie hat dir die Nacht des Feuermohns gefallen?" Seine Stimme so nah an ihrem Ohr versetzte ihr Inneres in Schwingung. Die Energie, die von diesem Augenblick ausging, war eine Kraft, die sie in jeder Faser spürte.

„Die Nacht des Feuermohns?"

„Ein Ritual. Schon seit Jahrzehnten. Zwei Wochen nach dem alljährlichen Mohnball werden geweihte Mohnblüten verbrannt. Symbolisch wird ihnen damit die Kraft des Feuers gegeben, die nötig ist, um dieses Anwesen zu schützen."

Aaron schob ihr Haar beiseite, berührte ihren empfindlichen Nacken mit den Lippen.

Pulsierende Hitze durchströmte sie, sie biss sich auf die Unterlippe, überflutet von der Welle ihrer Gefühle.

„Zu schützen vor was?" Ihre Stimme war nur ein Flüstern.

„Traditionell vor allem Bösen. Wieso bist du nicht näher zum Feuer gekommen?"

„Ich war nicht eingeladen."

„Du konntest es nicht wissen, aber zur Nacht des Feuermohns wird nicht eingeladen. Jeder, den es spontan zu dieser Tradition zieht, ist willkommen. Ein alter Glaube sagt: Je mehr geistige Kräfte in dieser Nacht wirken, umso wirkungsvoller der Zauber." Sein Daumen strich zart über ihre Unterlippe, und sie fühlte sich heiß und flüssig wie Wachs in seinen Händen.

Ihr Atem beschleunigte sich, sie wusste, dass sie seinen Kuss so nötig brauchte wie sie atmen musste. Einen winzigen Augenblick zögerte sie, dann stellte sie sich auf die Zehenspitzen und hauchte einen zarten Kuss auf seine Lippen.

Aaron zuckte für den Bruchteil einer Sekunde zurück, verharrte reglos, fast teilnahmslos. Mit dieser zärtlichen Offensive hatte er nicht gerechnet – er wusste nicht, ob ihm dieser Augenblick gefiel oder nicht. Ihm lag daran, die Kontrolle zu bewahren, keinen einzelnen Faden aus der Hand zu geben. Dieser zärtliche Moment jedoch warf einen Zauber über ihn, der ihm nicht behagte, der ihm fremd war, und den er nicht in seinem Leben wollte.

Sieh zu, dass du wegkommst!, mahnte ihn eine innere Stimme, aber er blieb nach wie vor regungslos, den Blick in das Dunkel der Umgebung gerichtet.

Zärtlich strich Anna mit den Fingerkuppen über sein Gesicht. Sie dachte nicht daran, sich von seiner distanzierten Haltung verunsichern zu lassen. Ihre Hände wanderten hinab über den Hals bis hin zu seiner Brust. Dort verweilten sie für einen Moment, fanden schließlich einen Weg unter sein Hemd, begannen die Knöpfe zu öffnen.

Aarons Herz schlug heftiger als gewöhnlich, er vermochte es nicht, sich aus dem Zauber des Moments zu lösen, fragte sich, was diesem für ihn vollkommen neuen Gefühl zu Grunde lag. Doch er fand keine Antwort.

Anna lehnte ihren Kopf an seine Brust, sog den Geruch seiner nackten Haut begierig in sich ein. Langsam, unendlich langsam liebkoste sie seinen Oberkörper mit zarten Küssen und sanft streichelnden Fingerspitzen. Ihre Lippen wanderten zu seiner Halsbeuge, weiter hinauf, suchten und fanden seine Lippen. Ihr Kuss war süß, unendlich süß und unwiderstehlich. Die Hitze in seinem Inneren stieg. Berauscht schloss er die Augen, spürte tausend Flammen durch sein Blut jagen, die ihn zu verzehren drohten.

Die Berührung ihrer Körper löste eine verführerische, wohltuende Wärme in seiner Bauchgegend aus, die ihn alles um sich herum vergessen ließ. Er liebkoste ihren Nacken und entlockte ihr auf diese Weise ein leises Stöhnen. Unbewusst fuhr er sich mit der Zunge über die trockenen Lippen, drängte seinen Körper fest an den ihren, umschlang sie mit seinen Armen. Seine harte Zunge begann mit der ihren zu spielen, umschmeichelte sie, forderte sie zum Duell. Er knabberte an ihrer Unterlippe, liebkoste die zarte Haut der Lippen. Es war ein langer Kuss, zärtlich, wild, sanft und süß wie Schokolade.

Gefühlvoll glitten seine Fingerspitzen an Annas Wirbelsäule entlang. Er presste ihren Körper an den seinen, gab ihren Mund frei und ließ seine Zungenspitze spielerisch über ihr Ohr und ihren Hals gleiten.

Anna stöhnte leise auf. Mit sinnlich anmutigen Bewegungen schmiegte sie sich noch enger an ihn. Ein unstillbares Verlangen durchzuckte sie, raubte ihr fast das Gleichgewicht, doch seine starken Arme hielten sie fest. Anna schaute ihn voller Begehren an. Ihre Lippen schmerzten, verlangten dennoch nach mehr. Sie wollte in seinen Küssen versinken, kostete die Nähe zu ihm mit allen Sinnen aus. Ihre Haut kribbelte, sie lauschte seinem Herzschlag, fühlte, wie seine Muskeln sich anspannten, als er sie fester an sich zog.

Seine Hände erkundeten die Rundungen ihres Körpers, ihre harten Brustspitzen rieben sich an ihm. Sein Verlangen wuchs. Er wollte sie spüren, ihr ganz nah sein, hob sie leicht an und drang energisch, gleichsam aber auch behutsam in sie ein.

Gegen einen Mauervorsprung gelehnt, nahm sie ihn tief in sich auf, passte sich dem Rhythmus seiner Bewegungen an. Sein kräftiger Schaft durchbohrte, streckte sie – tief stieß er in sie hinein, zog sich langsam zurück, nur um dann erneut zuzustoßen.

Anna glaubte innerlich zu verbrennen. Sie gab sich seinem Rhythmus hin, spürte, wie heiße Tränen ihre Wangen hinabliefen.

Der nahende Orgasmus kündigte sich wellenartig an; sie fühlte sich wie ein Vulkan, der bereit war, seine Lava auszuspucken.

Sie wand sich, klammerte sich an ihn, und es dauerte nicht lange, bis sie die herannahende Flut des Höhepunktes spürte, deren Wellen über ihr zusammenschlugen und sie in eine süße Tiefe spülten. Mit einem animalischen Schrei kam auch er, atemlos, die Hände in ihrem Haar vergraben, das Herz übervoll.

Seine Zeigefinger zogen eine sanfte Spur ihre Wirbelsäule hinab. Dann umschloss er mit festem Griff ihr Gesäß und biss ihr ins Ohrläppchen.

***

Anna wusste später nicht mehr, wie oft sie einander geliebt, und wie lange sie geschlafen hatten. Inzwischen war es hell geworden. Leise seufzend schmiegte sie sich an ihn. Zum ersten Mal waren sie nebeneinander eingeschlafen. Endlich! Zwar nicht im Bett, sondern auf dem Diwan im Pavillon, aber das war ihr egal.

Eine Welle der Glückseligkeit durchströmte ihren Körper. Sie schloss jede einzelne Sekunde tief in sich ein wie einen kostbaren Schatz, inhalierte seinen Geruch, lauschte seinem Atem. Ihr glücklicher Seufzer weckte Aaron.

Er schob sie ein Stück von sich. „So sehr ich es auch genieße, hier mit dir zu liegen, der Hunger ist stärker."

„Schade." Sie erwiderte sein Lächeln. Ein aufrichtiges Lächeln, das seine Augen erreichte. Annas Herz drohte zu zerspringen.

„Nicht so gierig, kleine Lady." Er erhob sich. „Zu viel ist ungesund."

„Na und? Dann werde ich eben krank."

Aaron lachte amüsiert auf.

Sie reckte ihr Kinn vor. „Immerhin besser, als vor Sehnsucht zu sterben, oder was meinst du?"

„Hm, schwer zu beurteilen. Frag mich das lieber noch mal, wenn ich gefrühstückt habe. Hungrig lässt es sich so schlecht nachdenken."

„Für ein Frühstück dürfte es zu spät sein. Der Sonne nach zu urteilen ist es bereits Mittag."

„Na dann, auf zum Lunch. In einer halben Stunde auf der Terrasse?"

Sprachlos vor Erstaunen nickte Anna. Mit glänzenden Augen sah sie ihm nach, dann warf sie sich jubelnd in die Polster zurück und hielt ihre Hände vor ihr wild pochendes Herz.

Kapitel Zwanzig

Mit einem Lächeln auf den Lippen schloss sie die Augen und streckte ihr Gesicht der Sonne entgegen. Als ein Schatten auf ihr Gesicht fiel, dachte sie zunächst, eine Wolke hätte sich vor die Sonne geschoben. Doch der Duft, der von dieser Wolke ausging, roch verführerisch gut und seltsam vertraut.

Verwundert öffnete Anna die Augen und lächelte. Aaron stand hoch aufgerichtet vor ihr und blickte auf sie herab.

„Schlafmütze!"

„Hey! Ich genieße lediglich die herrliche Sonne. Vorausgesetzt, du entschließt dich, einen Schritt zur Seite zu gehen. Im Augenblick nämlich hat die Sonne wenig Chancen, meine Nasenspitze zu wärmen."

Sein kehliges Lachen und den warmen Ausdruck in seinen Augen empfand sie wie ein kostbares Geschenk. Sie freute sich auf das gemeinsame Mahl, war gleichzeitig aber auch unheimlich nervös. Die Vorstellung, mit ihm zusammenzusitzen, zu speisen und dabei zu plaudern, beinhaltete für sie eine Intimität, die ihr den Atem raubte. Dabei hatten sie schon viel intimere Momente geteilt.

All ihre Sinne waren auf diesen Mann ausgerichtet, und selbst über den Tisch hinweg spürte sie seinen Sexappeal, sein Charisma.

Aarons Blick ruhte auf ihren Lippen. Es war ein sinnlicher, lockender Blick, der das Hungergefühl in ihrem Bauch durch ein ganz anderes Rumoren ersetzte. Es gelang ihr nicht, ihren Blick von ihm abzuwenden. Wie magisch angezogen tauchte sie ein in das helle Grau seiner Augen. Ihre Kehle wurde trocken, sie griff nach ihrem Glas, trank es hastig aus – zu hastig – denn prompt verschluckte sie sich und hatte mit einem heftigen Schluckauf zu kämpfen.

„Luft anhalten und bis zwanzig zählen."

Anna versuchte Aarons Ratschlag zu folgen, aber ihre Nerven waren so angespannt, dass sie urplötzlich aus vollem Hals lachen musste. Ein Lachkrampf, unterbrochen von unzähligen Anfällen aus hartnäckigem Schluckauf.

Tausend kleine Funken tanzten in Aarons Augen, als er ihr das Glas Wasser unter die Nase hielt. „Trink langsam und mit riesigen Schlucken. Vielleicht klappt das ja besser."

Anna probierte es, und Minuten später hatte sich der Schluckauf verabschiedet. Ihr Zwerchfell jedoch reizte nach wie vor ihre Lachmuskeln, und nur zu gerne ließ sich Aaron von ihrem herzhaften Lachen anstecken. Sie lachten, scherzten, flirteten. Währenddessen ließen sie sich die hervorragende Küche der Vanderbergschen Villa schmecken und tranken Unmengen Kaffee.

„Was würdest du sagen, wenn ich dir befehlen würde, dein Mahl auf dem Boden einzunehmen? Mir zu Füßen?"

Anna verschluckte sich fast an ihrem Kaffee. Dann hatte sie sich wieder gefasst, strahlte ihn verzückt an. „Probier es aus!"

„Raffiniert! Das sagst du jetzt, wo wir längst gegessen haben."

„Ich sagte nicht, dass du es heute ausprobieren sollst." Sie lachte fröhlich. „Männer! Keine Kombinationsgabe. Keine Logik!"

„Mein liebes Fräulein. Noch so eine Unverschämtheit, und ich versohle dir dein Hinterteil."

„Gern!" Wieder strahlte sie ihn an. Ihre Augen blitzten vergnügt.

Die Lebendigkeit ihrer Augen, diese ungebrochene Kraft, die ihnen innewohnte und der natürliche Schalk faszinierten ihn.

„Kommen wir zum Thema zurück, Anna. Deine Antwort war ernst gemeint?"

„Ja!"

„Das bedeutet, du würdest dich also auch in Bezug auf alltägliche Dinge – wie beispielsweise die Nahrungsaufnahme – von mir führen lassen?"

Ihr wurde heiß, kochend heiß. Sie nickte, spürte das brennende Verlangen, sich in jeder Hinsicht seiner Dominanz zu überlassen. Diese Fantasie war Futter für ihre devote Ader, eine übersprudelnde Lebendigkeit schoss durch ihren Leib. Die Vorstellung, seine Dominanz und ihre Unterwerfung über die erotischen Spielchen hinaus wachsen zu lassen, gefiel ihr.

„Ich lasse mich gern von dir führen."

Seine Augen verengten sich. Seine Miene war ernst. Aus Gründen, die sich ihr nicht erschlossen, wechselte er urplötzlich das Thema, schlug schließlich einen Spaziergang vor. Er erzählte davon, wie er die Nacht des Feuermohns als Kind erlebt hatte, von seinem Großvater, wie sehr er Mohnblumen liebte, hörte interessiert zu, als sie von sich erzählte, über ihren Beruf, ihre Hobbys und Vorlieben.

„In den Garten habe ich mich sofort verliebt." Anna lächelte. Ihre Blicke schweiften über das bunte Blumenmeer, die verwunschenen Pfade.

„Tja, der Gärtner hat einen grünen Daumen, und er versteht sich prima darin umzusetzen, was Großvater und mir vorschwebt. Komm mit, ich zeig dir unsere hellblaue Alraune. Sie hat eine fast menschenähnliche Gestalt, und ihr wurden im Mittelalter magische Kräfte zugesprochen."

Voller Ehrfurcht betrachtete Anna diese Zauberwurzel. „Sie ist wunderschön."

„Außerdem ein Glücksbringer. Dem Volksglauben nach wuchs sie überall dort, wo der Fuß eines Gottes den Boden berührte."

Vorsichtig legte Anna ihren Finger ganz leicht auf den Kopf dieser magischen Pflanze. „Du wunderschönes Zaubergewächs. Gib gut acht auf dich."

„Vorsicht!" Aaron lachte leise. „Sie kann Rauschträume verursachen, bei denen alle Hemmungen ausgeschaltet werden."

In ihren Augen blitzte es auf. „Dafür brauche ich keine Alraune. Es reicht deine bloße Nähe."

Nachdenklich schaute er auf sie herab. Diese Frau erstaunte und interessierte ihn immer mehr. Er schätzte ihren wachen Geist, ihre Natürlichkeit. Sie hatte es nicht nötig, sich hinter Phrasen zu verstecken, stand zu dem, was in ihr vorging – und das in jeder Beziehung. Die Gespräche mit ihr waren geistreich und alles andere als ermüdend, ihr Humor und ihre Schlagfertigkeit umwerfend. Im krassen Gegensatz dazu stand ihre süße und unbedingte Hingabe beim Liebesspiel. Eine Frau voller Gegensätze, die nicht attraktiv und anziehend war, weil sie in einer schönen Hülle steckte, sondern aus viel tiefer liegenden Gründen.

Anna errötete unter seinem intensiven Blick, spürte jedoch keine Unsicherheit. Die letzten Stunden hatten ihr den Menschen Aaron etwas näher gebracht. Sie konnte ohne Weiteres dazu stehen, sich auf erotischer Ebene in seiner Hand wie Butter in der Sonne zu fühlen, ohne sich in Situationen wie diesen zu verlieren. Dieses Bewusstsein beschwingte sie, fühlte sich herrlich leicht an.

Glücklich lächelnd warf sie ihm einen Blick zu, bemerkte seine Abwesenheit, den nachdenklichen Gesichtsausdruck.

„Erde an Aaron ... Erde an Aaron. In welchen Sphären schwebst du? Überlegst du dir gerade eine neue Methode, deinen Harem unter Kontrolle zu halten?" Sie lachte fröhlich.

„Wieso Harem?" Aaron zwinkerte ihr betont unschuldig zu. „Du zeichnest gerade ein völlig falsches Bild von mir."

„Na ja, ich habe mir sagen lassen, dass wirklich gute Männer immer mehr als eine Frau haben."

„Ich bin aber keiner von den Guten, ich gehöre zu den Perfekten."

„Du bist perfekt? Oh je, ich erstarre in Ehrfurcht. Darf ich trotzdem neben dir gehen? Oder doch besser drei Schritte hinter dir?"

„Neben mir gehen kostet Geld. Sonst könnte ja jede kommen."

„Hey, ich bin aber nicht jede! Deshalb beschließe ich spontan, auf gleicher Höhe mit dir zu bleiben."

Aaron lachte amüsiert auf. „Bescheidenheit ist eine Tugend, die nicht zu verachten ist, und die dir gut zu Gesicht stünde."

„Wofür? Wogegen? Warum?" Sie warf ihr Haar gespielt affektiert zurück, reckte ihr Kinn vor. „Ich bin gut so, wie ich bin."

„Du fragst, warum?" Er griff nach ihr, zog sie fest an sich. „Darum!" Mit einem tiefen, bis ins Mark dringenden Blick zog er sie in seinen Bann. Seine Stimme so nah an ihrem Ohr, der vertraute Geruch, der sanfte Druck seiner Hände auf ihrem Rücken, die Berührung – ihr Körper stand in Flammen.

Mit verschleiertem Blick sah sie zu ihm auf, ihre Knie waren weich, ihr Atem ging unregelmäßig. Aarons Zeigefinger fuhr die Linie ihrer Wange nach und berührte ihre Lippen.

Wärme umspülte Aarons Herz, er hielt für einen Moment die Luft an, sog den Duft ihres Haares ein, spürte ihre Sinnlichkeit, ihren weichen, anschmiegsamen Körper.

Dann trafen sich ihre Lippen zu einem Kuss voller Leidenschaft, einem elektrisierenden Angriff auf all ihre Sinne. Ein Kuss, der süßer war als Honig und beide in einen Taumel versetzte, der keinen klaren Gedanken mehr zuließ.

Aaron knabberte verlangend an ihrer Unterlippe. Er spürte ihren Atem, wurde von einem wohligen Schauer erfasst. Nur schwer löste er sich von ihr, sah sie an.

„Halt mich fest!" Annas Stimme bebte. „Und küss mich bis in alle Ewigkeit."

Aaron antwortete mit einem rauen Stöhnen, zog sie erneut an sich und bedeckte ihr Gesicht mit unzähligen Küssen. Zu spüren, wie ihr Körper sich weich und verlangend an den seinen schmiegte, ließ tiefes Verlangen in ihm aufsteigen – er bekam einfach nicht genug von dieser Frau.

Er öffnete den Mund ein wenig, lockte mit der Zungenspitze, während seine Finger sich einen Weg zu ihren Brüsten bahnten.

Ihre Knie drohten nachzugeben, als er ein Bein zwischen ihre Schenkel schob. Sie spürte, dass er ebenso heftig atmete wie sie. Schwindelig vor Glück erwiderte sie seine wilden, unersättlichen Küsse mit einer Leidenschaft, die sie in eine andere Sphäre zu transportieren schien. Als er ihre Brüste mit zärtlichen Händen sanft umschloss, schrie sie vor Entzücken auf. Köstliche Gefühle durchfluteten ihren Körper.

Erneut löste er sich von ihr, ergriff ihre Hand, flüsterte: „Komm mit."

Kichernd huschten sie kurze Zeit später Hand in Hand die Treppen zu seiner Suite hinauf.

Ohne Zeit zu verlieren, zog er sie in sein Schlafzimmer, hob sie hoch und legte sie auf das Bett. Sie spürte seinen warmen Atem an ihrem Ohr … ein wohliges Gefühl erfüllte sie. Sanft knabberte er an ihrer Unterlippe, strich dabei mit seinem Daumen die Linie ihres Halses nach. Anna seufzte und schmiegte sich eng an ihn. Ihr Herz raste.

Seine Hand glitt abwärts zu ihren Brüsten. Er spürte die harten Knospen unter dem dünnen Stoff ihres Kleides, stöhnte leise auf, streifte erst den einen, dann den anderen Träger ihres Kleides zur Seite, schob den seidigen Stoff behutsam bis zum Ansatz ihrer Brüste hinab. Seine Lippen legten sich auf ihre Schläfe, sanft küsste er Annas Stirn, ihre Augen, ihren Mund. Und dann ergaben sie sich ihrem Verlangen, verloren sich in einem zärtlichen Liebesspiel.

***

Die darauffolgenden Tage erlebte Anna wie im Rausch. Ihre Gedanken und Empfindungen purzelten wild durcheinander, beflügelten sie und gaben ihren Augen einen Glanz, der nur den Verliebten eigen war. Ihr Herz quoll über, war ausgefüllt und schwer vor Glück, gleichzeitig aber doch so wolkenleicht. Aarons Zauber legte sich über jede Pore, drang hinein und verführte ihre Sinne. Die Zeit verging wie im Flug, und Anna dachte mit Bedauern daran, dass ihr Urlaub, den sie erneut verlängert hatte, einmal ein Ende haben würde. War die Arbeit sonst ihr Lebensmittelpunkt gewesen, so dachte sie nun mit Unwillen daran, in ihr altes Leben zurückzukehren. Sie wünschte sich ein Leben an Aarons Seite – mit allen Höhen und Tiefen – hatte sich unsterblich in diesen Mann verliebt, der jede ihrer Körperzellen mit unwiderstehlicher Süße ausfüllte.

Ihre Tage waren voll mit köstlichem Allerlei. Harte Spielchen wechselten sich ab mit viel Zärtlichkeit, sinnliche Erotik mit tiefgründigen Gesprächen. Ihr täglicher Spaziergang mit Aaron war zu einem lieb gewonnenen Ritual geworden.

Und durfte sie auch nicht jeden Morgen neben ihm aufwachen, so wusste sie die Momente, in denen sich dieser Wunsch erfüllte, doch zu schätzen.

Kassandra suchte nach wie vor ihre Nähe, konnte jedoch ihre wachsende Missgunst nicht länger bändigen. Sie hatte längst erkannt, dass Anna in Aarons Leben einen besonderen Stellenwert einnahm. Ihre Angst, als Frau womöglich nicht mehr lange seine Nummer Eins zu bleiben, wuchs, setzte sich wie ein giftiger Stachel in ihr Herz und führte täglich zu kleinen Toden, aus denen sie von Mal zu Mal missgünstiger auferstand.

Annas Besuche bei Joe intensivierten sich. Die gemeinsamen Arbeiten kamen zügig voran. In der Katalogisierung der Kräuter waren sie mittlerweile bei Z wie Zinnkraut angelangt; fast alles war fein säuberlich übertragen.

Sie liebte ihr Leben so, wie es war, genoss die Rituale, die ihrem Tag Struktur gaben, den Blick auf den wunderschönen Garten, einfach alles.

Nach wie vor suchte sie regelmäßig die Stelle am Teich auf, um sich interessiert in ein Buch zu vergraben und hatte herzhaft lachen müssen, als sie erfuhr, dass dies auch Aarons Lieblingsplatz war.

***

Mildes, orangefarbenes Licht füllte den Raum, Tageslicht, das durch lange, hauchzarte Stoffbahnen vor dem Fenster gefilterte wurde. Weicher Teppichboden in zarten Lavendeltönen schluckte jeden Schritt, auf einem Tischchen standen Schalen für Aromaöle und Räucherstäbchen, mystische Klänge fluteten den Raum.

In der Mitte lag ein weiches Sitzkissen, auf dem Kassandra sich im Lotussitz niedergelassen hatte. Sie atmete ein paar Mal tief. Eine ruhige, beschwörende Stimme vom Band leitete sie durch Gedankenreisen. Sie ließ sich von dieser Stimme leiten, ließ sich fallen, fühlte sich durchdrungen von angenehmen Farbschattierungen und einem stetigen Pulsieren. Wohlig warm versank sie in den eindringlichen Botschaften, die die Stimme ihr suggerierte – nichts anderes war mehr von Bedeutung.

Ihre Lider flatterten, der üppig geschminkte Mund verzog sich zu einem seligen Lächeln.

Du ruhst in dir – deine Wünsche werden sich manifestieren, du musst nur daran glauben.

Ein warmes Lichtermeer nimmt dich mit – an den Ort, der deine Träume wahr werden lassen wird – lass den Atem fließen – er wird deine Wünsche durchströmen ...

Die Musik wechselte in einen schnelleren Rhythmus. Kassandra ballte ihre Hände zu Fäusten, reckte ihre Arme, fand ins Hier und Jetzt zurück.

Sie erhob sich und zündete eine schwarze Kerze an. Mit einem Mörser zerstieß sie Eisenkraut und zwei Hand voll Blüten roten Klatschmohns. Sie schloss die Augen, murmelte Aarons Namen und gab Nelken- und Ingwerpulver hinzu. Eine Prise Zimt, eine ordentliche Portion gemahlener Mohn und Staubzucker folgten.

Das Gemisch füllte sie in eine dunkle Flasche, tröpfelte ein paar Milliliter hochprozentigen Alkohol hinzu und füllte das Ganze mit einem Liter Rotwein auf.

Mit geschlossenen Augen führte sie den Boden der Flasche im Uhrzeigersinn über die Kerzenflamme. Ihr leises, monotones Summen wechselte über in einen Sprechgesang.

„Trank der Liebe, durchdringe meinen Leib und mach mich zur Göttin. Gib mir den Hauch von Unwiderstehlichkeit, lass jeden einzelnen Schluck in mir wirken und binde ihn – den Mann meiner Träume – an mich. Binde ihn so fest, dass er mich niemals verlassen kann."

Der Rauch von Räucherkegeln mit Lavendelduft umschwebte den Flaschenhals.

Kassandra warf den Kopf in den Nacken und lachte befreit auf.

Nicht mehr lange, und ihre Träume würden in Erfüllung gehen.

Kapitel Einundzwanzig

Rote Seidenbänder fesselten ihre Handgelenke an den Metallpfosten ihres Bettes. Annas Verlangen glitt über in alles versengende Begierde. Das cremefarbene Spitzenkleid spannte sich über ihren Brüsten. Sie trug keinen Büstenhalter, ganz so, wie er es liebte. Ihre Arme waren weit gespreizt. Schweißperlen sickerten ihren Hals hinab.

Mit glühendem Blick betrachtete Aaron seine genussvolle, verspielte „Gefangene". Ihr geflüstertes: *„Mach mit mir, was du willst"* noch im Ohr, ließ er seinen Zeigefinger genüsslich über ihren rechten Arm gleiten, berührte ihr Knie.

Ihr Herz drohte zu zerspringen, als sie das Messer sah, das gefährlich lauernd in seiner Hand lag. Es blitzte für einen Moment kurz auf, näherte sich ihren Brüsten. Das kühle Metall tippte jede ihrer Brustwarzen, die sich durch die Spitze des Kleides hervordrückten, an – ein atemberaubendes Gefühl. Sie seufzte erneut auf, ließ die Klinge nicht aus den Augen, zitterte vor Verlangen, als die Spitze des Messers ihre Brüste spiralförmig abtastete. Das Metall legte sich auf ihr Dekolleté, strich sanft über die Stelle, an der ihre Halsschlagader sichtbar pochte.

Aarons Kiefermuskeln arbeiteten, als er das Messer an den Ausschnitt des Kleides führte. Genussvoll betrachtete er ihre vollen Brüste, die sich hektisch hoben und senkten. Himbeerrot schimmerten ihre aufgerichteten Nippel durch den zarten Stoff hindurch.

Sie schrie leise auf, als die Klinge sich in den zarten Stoff ihres Kleides fraß, es von oben bis unten aufschlitzte. Seine Blicke verschlangen ihre weiblichen Rundungen, die sich wie eine reife Frucht aus einer Schale aus dem aufklaffenden Kleid drängten.

Er ließ das Messer zwischen ihren Brüsten abwärtsgleiten und umkreiste ihren Bauchnabel. Langsam, ganz langsam glitt die Klinge weiter hinab, über ihren glatt rasierten Venushügel, die Kontur ihrer Schamlippen entlang, sorgte mit sanftem Druck dafür, dass ihre Schenkel sich weit spreizten. Für einen winzigen Moment legte sich die kühle Spitze des Messers auf ihre Klitoris. Anna sog hörbar Luft zwischen ihren Zähnen ein, schloss die Augen, öffnete sie jedoch kurze Zeit später wieder, um ihrem visuellen Sinn kein Detail vorzuenthalten.

Die Klinge arbeitete sich an den Innenseiten ihrer Schenkel abwärts, Seidentücher legten sich um ihre Fußgelenke. Aaron zog an ihnen, wodurch ihr Körper auf der Matratze ein Stück tiefer rutschte, die Seidenbänder an ihren Handgelenken sich strafften.

Er zauberte eine Augenbinde hervor, und kurze Zeit später versank ihr Blick in der unendlichen Weite der Dunkelheit.

Mit weit gespreizten Armen und Beinen lag sie in einem aufgeschlitzten Kleid vor ihm, das ihren Körper sinnlich präsentierte.

Ihre Zähne nagten nervös an der Unterlippe. Die Klinge umrundete ihre Knöchel, schob sich an den Außenseiten wieder aufwärts und über ihre Leisten nach innen.

Ihre weit gespreizten Schenkel zeigten ihm ihre geschwollenen, feucht glänzenden Schamlippen, die feste Perle, die glatt und hart wie ein Kieselstein in einem Bett aus rosigem Fleisch ruhte.

Anna schnappte nach Luft, als sie spürte, wie die Klinge über ihre Schamlippen tanzte. Ihres visuellen Sinnes beraubt, empfand sie dieses Spiel intensiver, abenteuerlicher. Sacht, zunächst ganz vorsichtig, ließ Aaron seine Zunge der Spur der Klinge folgen, leckte durch ihre Spalte, kostete die Flut ihrer Lust.

Er legte seine Hand auf ihre warmen Schenkel, fühlte, wie ihre inneren Muskeln bebten und zitterten. Die Messerspitze umkreiste ihre Klitoris, piekte sanft hinein, neckte, quälte sanft.

Anna zerrte an ihren Fesseln, fuhr sich mit der Zunge hektisch über die trockenen Lippen. Sie versuchte sich aufzubäumen, doch die Seidenbänder strafften sich, warfen ihren Oberkörper auf die Matratze zurück. Ihre Brust hob und senkte sich, ein Lustseufzer quoll über ihre Lippen, ihre Finger ballten sich zu Fäusten, öffneten sich wieder, als das kühle Metall der Klinge das verführerische Spiel intensivierte. Sie hörte leises Klimpern und befeuchtete erneut ihre Lippen. Das Messer lag regungslos zwischen ihren Schenkeln, die Spitze der Klinge ruhte dabei auf ihrer Klitoris.

Aaron hob zwei Brustklemmen, die mit einer Kette miteinander verbunden waren, gegen das Kerzenlicht. Die Innenseiten der Klammern waren mit schwarzem Plastik überzogen, das Gerüst der Klemme bestand aus Metall. Eine kleine Metallschraube war in der Mitte einer der beiden Seiten angebracht, drehte man sie nach links, löste sich der Druck der Klammern, nach rechts schoben sie sich fester zusammen.

Annas Körper zuckte zusammen, als die Klemmen sich erst um die eine, dann um die andere Brustwarze legten und sich wie ein Schraubstock daran festbissen.

Ihr Mund öffnete sich zu einem stummen Schrei, blieb sekundenlang geöffnet … dann ein gellender Schrei.

„Schscht." Er legte einen Finger auf ihre Lippen. „Mit jedem Ton, den du von dir gibst, werde ich die Klammern fester drehen."

Aaron hatte die Klammern auf die sanfteste Stufe eingestellt. Zitternd klemmten sie auf den rosigen Nippeln.

„Bitte nicht!" Ihre Stimme war nur ein Flüstern.

Aaron reagierte sofort. Daumen und Zeigefinger legten sich um die kleinen Metallschrauben und drehten langsam fester. Während er zusah, wie sich die Innenwände der Klemmen in ihre Nippel drückten, schrie sie erneut auf.

„Mit jedem Ton, sagte ich …"

Als er die Klemmen noch ein Stück fester drehte, bemühte sie sich, still zu bleiben, zuckte aber innerlich mit fest zusammengepressten Lippen unmerklich zusammen. Die Klammern saßen fest, doch nach einer Weile gewöhnte sie sich an den Druck und den ziehenden Schmerz. Ihre Fingernägel gruben sich nicht mehr in die Handflächen, ihr Körper entspannte sich, und als seine Handfläche sich fest auf ihren Venushügel legte, bescherte ihr die Mischung aus Lust und Schmerz einen Cocktail, der sie berauschte und ihre Sinne schwinden ließ.

Der Druck seiner Hand auf ihrem Schambein nahm zu, gierig drückte sie ihm ihr Becken entgegen. Er ließ die Brustklemmen auf und ab wippen, schaute gebannt zu, wie sie nach dem Druck, der abwärts führte, wieder nach oben schnellten, zitternd, dann völlig bewegungslos.

Annas Körper zuckte, ihr Atem überschlug sich, ging unregelmäßig. Als die Klammern aufhörten zu wippen, beruhigte sich ihr Atem, heiß schmerzende Wellen schüttelten sie.

Der Schmerz verblasste, als seine Finger ihre samtenen Falten fanden und sie teilten. Sanft rieb Aaron ihre Spalte, stimulierte die Klitoris. Er fand einen Punkt, der sie vor Wonne aufschluchzen ließ, intensivierte sein Fingerspiel und stöhnte leise auf, als ihre Lustschreie spitzer und hemmungsloser wurden.

Die ersten Wellen des herannahenden Orgasmus durchschüttelten ihren Körper, ein tiefes, machtvolles Gefühl, das ihren Schoß ausfüllte und nach Entladung schrie. In ihren Beinen ruckte es, sie wollte ihre Schenkel für einen Moment schließen, um dieser geballten Lust etwas entgegenzusetzen, doch die Fesseln hielten sie wundervoll gespreizt.

Binnen Sekunden schleuderte Aaron seine Kleidung zu Boden, kniete sich zwischen ihre weit geöffneten Schenkel, hob ihr Becken ein Stück an. Und dann spürte sie ihn in sich. Er vögelte sie mit harten Stößen, sein Becken schoss rhythmisch vor und zurück, seine Hoden klatschten im selben Tempo gegen ihr Gesäß.

Dabei zog er immer wieder ruckartig an der Kette, die an den Brustklammern befestigt war. Anna brannte, Schmerz verband sich mit gieriger Lust, und schon bald nahm sie nichts mehr wahr als seinen Schwanz, der sich wild in ihr bewegte. Sie nahm jeden Stoß gierig in sich auf, ihre Vagina schloss sich eng um seinen harten Schaft und wollte ihn gar nicht mehr loslassen.

Ihr lustvolles Stöhnen heizte Aaron immer mehr an. Er war rasend vor Begehren, fickte sie gefühlvoll, dann immer wilder werdend. Er spürte sie, heiß und eng – ihr zuckendes Becken, die Innenwände ihrer Vagina, die ihn förmlich verschlangen.

Erneut zog er an der Kette … langsam … ihre Schmerzschreie ignorierend. Zog weiter, während sein Schwanz in ihr rührte. Er ließ die Kette locker, der nachlassende Schmerz intensivierte ihre Ekstase, und dann war es so weit. Unter Tränen bat sie um diesen Orgasmus, nahm seine Zustimmung nur am Rande wahr, als zuckende Wellen die letzten Lichter in ihr auslöschten. In Aarons Ohren begann es zu rauschen … auch er kam gewaltig … schrie erlöst auf.

***

Prustend versuchte Anna sich aus seinem Griff zu befreien, um nach oben zu kommen, doch es wollte ihr nicht gelingen.

„Hey, lass los, du Schuft! Ich bekomme keine Luft mehr."

„Ich denke gar nicht daran."

Aaron hatte sie von Fesseln und Brustklemmen befreit. Das Lösen der Klemmen hatte ihren Körper erneut vor Schmerz zusammenzucken lassen, als das zuvor isolierte Blut in ihre Brustwarzen zurückschoss.

Lachend waren sie dann bald darauf in eine ausgelassene Balgerei vertieft.

Als Anna sich mit einem Kissen auf ihn stürzen wollte, wich er geschickt aus und begrub sie erneut unter sich. Mühsam befreite sie sich, japste nach Luft und kicherte.

Das Verlangen in seinem Blick ließ sie innehalten. Erwartungsvoll schloss sie die Augen, erzitterte, als seine Lippen die ihren berührten. Sehnsüchtig legte sie ihre Hände um seinen Nacken, zog ihn näher und gab sich ganz dem reizvollen Spiel seiner

Zunge hin, ließ sich davontragen. Seine Lippen glitten ihren Hals hinab bis zu ihren Brüsten, liebkosten die harten, immer noch geschwollenen Spitzen, die sich ihm entgegenstreckten.

Annas Sinne schwanden dahin. In ihren Ohren rauschte es. „O Aaron! Aaron, ich liebe dich!" Ihre Stimme … ein heiseres Flüstern.

Jäh hielt Aaron erstarrt inne. Ihm war, als hätte ihn der Schlag getroffen.

„Ich liebe dich?". Hatte er richtig gehört? Hatte sie *Ich liebe dich* gesagt? Seine Gesichtszüge verhärteten sich. Verdammt, von Liebe war zwischen ihnen nie die Rede gewesen! Eine heiße Affäre sollte es sein. Mehr nicht. Zu mehr war er nicht bereit. Und nun das.

Anna zuckte unter seinem Blick zusammen. „Ich … es tut mir leid. Es ist mir rausgerutscht. Vergiss es einfach."

Er rollte sich auf den Rücken, verschränkte die Arme hinter dem Kopf und starrte mit finsterer Miene zur Zimmerdecke. Sein Gesichtsausdruck war starr, Angst glomm in ihm auf. Panische Angst, die ihm den Atem raubte. „Jetzt haben wir ein Problem."

„Aber …" Sie legte ihre Hand auf seine Schulter.

Er unterbrach sie, schob ihre Hand beiseite. „Was hast du dir erhofft, Anna? Was erwartest du von mir? Dass ich vor dir auf die Knie falle und dir meine unsterbliche Liebe gestehe? Dass ich dir einen Heiratsantrag mache? Ich habe weder Lust auf Liebesgeflüster, noch mache ich irgendwelche Versprechungen. Mit Liebe habe ich nichts im Sinn. Ich will das Schöne, das Unkomplizierte für zwischendurch. Auf alles andere kann ich gut und gerne verzichten." Ruckartig erhob er sich, suchte nach seiner Kleidung und zog sich an.

Sie wurde blass. „Gar nichts habe ich erwartet. Ich sagte doch, es ist mir nur so rausgerutscht."

Nachdenkliche Augen, die sie musterten. „Ehrlichkeit ist für mich eine der wichtigsten Lebensmaximen, Anna, und ich möchte auch jetzt ganz offen zu dir sein. Ich halte dich für eine faszinierende Frau. Eine Frau, die das Wunder vollbracht hat, mich um den Verstand zu bringen." Er schüttelte bedauernd den Kopf. „Aber sorry, für Liebe bin ich nicht geschaffen. Nun, da es kompliziert zu werden beginnt, schlage ich vor, dass wir unsere Affäre beenden."

„Aaron … bitte … ich …"

„Nein. Sag jetzt nichts mehr. Ich …" Er wusste nicht, wie er den Satz zu Ende führen sollte und fluchte leise. „Das Thema ist für mich beendet!" Er bemühte sich um einen entschlossenen, kühlen Blick, in der Hoffnung, sie so auf Abstand zu halten, was ihm auch gelang.

Anna hatte Mühe, ihre Tränen zu unterdrücken. Seinem Blick wich sie aus, ihr war, als hätte ihr jemand den Boden unter den Füßen weggezogen.

Er nickte ihr noch einmal kurz zu, dann verschwand er.

Kassandras kalt funkelnde Augen, die ihn im Flur aus einer Nische heraus beobachteten, bemerkte er nicht.

Ein leeres Glimmen lag in ihren Augen. Aaron aus dem Zimmer von Anna kommen zu sehen, war wie ein Schlag ins Gesicht. Sie wusste, dass er viele Frauen neben ihr hatte und immer haben würde. Aber nie hatte er sich mit ihnen in ihren Zimmern getroffen.

Sie hatte ihn am Abend zuvor gesucht, nirgendwo gefunden, ihn später dann mit Anna im Garten gesehen. Dann waren sie in ihrem Zimmer verschwunden. Bis jetzt.

Eifersucht kochte in Kassandra hoch.

Ihr katzenhafter Blick war verschleiert, als sie seiner Gestalt nachblickte.

Kapitel Zweiundzwanzig

Zwei Stunden waren seit Aarons abruptem Weggehen vergangen. Zwei Stunden, die ihr vorkamen wie ein Jahr voller Tränen. Zwei Stunden, in denen es keine Minute gegeben hatte, in der sie nicht sehnsüchtig zur Tür sah, in der Hoffnung, Aaron zu erblicken und das, was er gesagt hatte, reuig zurücknahm, um sie dann stürmisch in seine Arme zu reißen und ihr liebevolle Worte ins Ohr zu flüstern.

Irgendwann kam der Punkt, an dem sie sich selbst auf den Boden der Tatsachen zurückholte. Aaron hatte entschlossen geklungen. Mehr als entschlossen. Es war ihm ernst! Und sie war eine von vielen Frauen in seinem Leben. Nichts Besonderes also und jederzeit austauschbar. Wieder liefen die Tränen.

Dass dieser Tag einmal kommen würde, hatte sie gewusst. Aber doch nicht so!

Sie seufzte.

Andererseits war es vollkommen egal, welche Methode zum Aus führte. Tränen und Herzschmerz waren sowieso vorprogrammiert; da half auch eine „sanfte Methode" nichts.

Und nun? Sie barg ihr Gesicht in den Kissen und begann hemmungslos zu schluchzen.

Bilder von ihren gemeinsamen Stunden spulten sich vor ihrem inneren Auge ab. Ihre Haare rochen nach seinem Eau de Toilette, sie hatte seine Stimme noch im Ohr. Das Verlangen nach ihm raubte ihr fast den Verstand.

Ich bin verliebt! O Gott, was bin ich verliebt!

Als sie sich wieder etwas beruhigt hatte, warf sie sich auf den Rücken und starrte mit leerem Blick die Wand an. Sie versuchte ihre Gedanken zu ordnen, die bruchstückhaft und konfus wild durcheinanderpurzelten.

Das war's! Es ist zu Ende. Endgültig!

Eine tiefe Leere ergriff sie – Hoffnungslosigkeit – sie begann zu begreifen. Watteartiger Schwindel erfasste sie, in ihren Ohren rauschte es, dunkle Schatten waberten durch ihren Geist. Sie fühlte sich einsam, unendlich einsam.

Nach Hause … sie würde nach Hause fahren, in ihr altes Leben zurückkehren, irgendwie funktionieren, durch die Tage gleiten, und die Gedanken an Aron verdrängen.

Mit wackligen Knien stand sie auf. Sie fühlte sich erschlagen, ihr Kopf schmerzte.

Jede weitere Minute in dieser Villa würde ihr Leiden vertiefen, also beschloss sie, ein Taxi zu rufen, griff nach dem Handy, hielt inne, denn der Gedanke an Joe zuckte plötzlich auf. Seine Einladung … er wollte für sie kochen … heute.

Sie presste die Finger an die Schläfen und atmete tief durch.

Also gut! Auf ein paar Stunden mehr oder weniger kam es jetzt auch nicht mehr an. Sie wollte Joe nicht enttäuschen, denn er hatte sich schon seit Tagen auf diesen Abend gefreut.

Ein Blick auf die Uhr zeigte ihr, dass es bereits spät war. Sie musste sich beeilen.

Hastig sprang sie unter die Dusche, rubbelte ihr Gesicht unter dem prasselnden Wasserstrahl, in der Hoffnung, die Spuren ihrer Tränen verwischen zu können.

Sie wählte ein weißes besticktes Kleid aus feinster Baumwolle, das ihren weiblichen Typ gekonnt unterstrich. Gut wollte sie aussehen, keinesfalls traurig oder niedergeschlagen. Die Vorstellung, Joe könnte sie mit Fragen nach ihrem Befinden konfrontieren, behagte ihr nicht. Sorgfältig schminkte sie ihr Gesicht, bürstete ihr Haar, bis es glänzte und in weichen Wellen über ihren Rücken fiel. Ein letzter kontrollierender Blick in den Spiegel, und sie machte sich auf den Weg.

*　*　*

Gedankenverloren schlenderte Aaron durch den Garten. Sein Blick glitt über die Bäume, Sträucher, Blumen; über die sattgrüne Wiese und den Bach, der sich langsam hindurchschlängelte. Über allem spannte sich eine breite Farbpalette, die den Abendhimmel wundervoll leuchten ließ. Rosarote Töne, untermalt von goldenen Sprenkeln, die etwas von ihrer Energie nach unten warfen und so den Garten wie ein wundervolles Gemälde anstrahlten.

Er beschleunigte seine Schritte, so, als wollte er vor etwas davonlaufen, wirkte rastlos und unruhig. Unzählige Fragen schossen ihm durch den Kopf, unbequem und unwillkommen. Er schaffte es, sie in die tiefsten Winkel seiner Seele zu verbannen, jedoch gab es eine Frage, die immer wiederkehrte. Was hinderte ihn nun, wo alles zu Ende war, daran, seinen Plan zu Ende zu führen? Anna war nicht nur auf erotischer Ebene verrückt nach ihm, sie liebte ihn sogar.

Eine perfekte Basis für den finalen Stoß! Und ein gefundenes Fressen für die Presse: *Aaron Vanderberg trennt sich von Starjournalistin Anna Lindten, der Frau, die ihn in ihren Kolumnen regelmäßig diffamierte.*

Was geht in einer Frau vor, die den Mann, mit dem sie regelmäßig ins Bett geht, öffentlich so hinrichtet?

Die unterschiedlichsten Versionen schossen ihm dazu durch den Kopf. Schlagzeilen, die ihn rehabilitierten, sie hingegen bloßstellten.

Ein Anruf würde genügen, und die passenden Zeitungsleute würden Schlange stehen, um die in den Medien gefeierte Journalistin dabei zu begleiten, wie sie als abgelegte Geliebte die Villa verließ.

Sein Personal würde dem Presseteam anschließend bereitwillig Rede und Antwort stehen, von der Hingabe berichten, die Anna ihm entgegengebracht hatte.

Aaron ließ sich auf einer Bank nieder, sah dem Lauf der Schäfchenwolken nach, die rosarot über den noch immer hellen Abendhimmel schwebten. Es gelang ihm nicht, seine Gedanken zu ordnen, er ärgerte sich über sich selbst. Wieso handelte er nicht? Er hatte sich diesen Triumph verdient! Das Kapitel Anna Lindten war so oder so abgeschlossen. Es gab also keinen Grund mehr, sein angestrebtes Ziel weiter hinauszuschieben. Und doch war da etwas in ihm, was ihn davon abhielt, den letzten Zug zu machen.

***

Schwere Glastüren führten auf einen weitflächigen, mit Blumen und Kübelpflanzen dekorierten Balkon. Anna hatte es sich bereits in den rostroten Kissen, die die Korbmöbel zierten, bequem gemacht, während Joe laut pfeifend in der Küche werkelte.

Sie nahm einen Schluck Wein, lächelte ihm zu, als er kurze Zeit später mit zwei Platten herrlich duftender Köstlichkeiten auftauchte.

„Ich hoffe, du hast genügend Hunger mitgebracht?"

Sie sprang auf und half ihm, die Platten auf dem Tisch abzustellen.

„Voilà! Die Vorspeise: gebratene Paprikaschoten mit Majoran-Cashewkernen und Zitronenmelisse. Außerdem Avocados mit crevettes flambées und selbst gebackenem Thymianbrot. Lass es dir schmecken!"

Joes lebendig funkelnde Augen ließen sie ihren Kummer für einen Moment vergessen.

„Wenn der Meister der Kräuter in der Küche steht, können nur Delikatessen entstehen. Ich bin sicher, mein Gaumen wird erfreut sein."

In der Hoffnung, ihren Kummer wohl verborgen zu halten, griff sie herzhaft zu, obwohl ihr Magen wie zugeschnürt war.

Alles sah köstlich aus, roch hervorragend, ihr war jedoch, als kaue sie auf sprödem Stroh. Auch Hauptspeise und Dessert waren ein Traum, und jeder Fünfsternekoch wäre sicher vor Neid erblasst, Anna jedoch saß in einem dunklen Loch, war angestrengt darum bemüht, unbeschwert zu wirken – so zu tun, als ob.

Dies gelang ihr erstaunlich gut. Joe spürte nichts von ihrem Kummer, zumindest sprach er sie nicht darauf an. Und bald waren sie in eine lebhafte Plauderei vertieft. Die Zeit verflog, sie redeten über Gott und die Welt, auch darüber, dass sie schon bald abreisen würde.

„Schade, dass dein Urlaub vorbei ist. Aber du wirst hoffentlich Wort halten und mir dann und wann einen Besuch abstatten?"

„Versprochen!"

„Ich verlasse mich darauf!"

„Auf mein Wort ist Verlass!"

„Und was macht dein Herz? Ich hoffe, du nimmst es unversehrt wieder mit!" Die klugen Augen des alten Mannes schienen ihr auf den Grund der Seele zu blicken.

Annas Innenleben geriet in Aufruhr. Hatte er ihr etwas angemerkt? Oder fragte er, weil sie ihm einmal von ihrer Zuneigung zu Aaron erzählt hatte? Egal, sie beschloss ehrlich zu ihm zu sein. Und so begann sie von den glücklichen Stunden und dem unglücklichen Ende zu erzählen.

Joe hörte aufmerksam zu, nickte mitfühlend.

Die Gestalt, die im Wohnraum stand und sie mit einer Mischung aus Unverständnis und Verblüffung beobachtete, bemerkten sie nicht.

Aarons Augen verengten sich. Annas Worte drangen ebenso ungefiltert zu ihm durch wie ihre Tränen.

„Kann ich etwas für dich tun?" Joe legte seine Hand mitfühlend auf ihre bebende Schulter. Ihr Schluchzen berührte ihn. Er wusste, Worte konnten bei dieser Art von Schmerz nicht helfen.

„Deinen Kummer kann ich dir leider nicht nehmen. Ich möchte auch keine Standardsprüche zum Besten geben. Ich werde aber für dich da sein!"

Dankbar erwiderte Anna seinen warmen Blick.

„Vielleicht zaubert dies hier ja ein kleines Lächeln auf deine Lippen." Er schob ihr ein Päckchen zu, hübsch verpackt in Geschenkpapier, das wie Papyrus wirkte.

Sie begann freudig überrascht und auch neugierig auszupacken.

Zum Vorschein kam eine Schreibpalette, wie die Schreiber aus dem alten Ägypten sie besessen hatten. Sie war neu und blank poliert. Die Oberfläche glänzte fein. Für die Pinsel und Federn gab es eine Vertiefung, ebenfalls für das Tintenglas. Auf der Schreibfläche war Thoth, der ägyptische Gott des Mondes, der Magie und der Schreiber in Silber eingelegt. Das Ganze war so zierlich und wunderschön gearbeitet, dass Anna nach Luft schnappte. Ihr erfreuter Aufschrei amüsierte Joe. Sie brachte kein

Wort heraus, ihre Augen glänzten. Liebevoll tasteten ihre Finger über die glatte Oberfläche der Palette. Keine raue Stelle war zu spüren, kein Makel, alles war perfekt gearbeitet. „Sie ist aus Ebenholz. Ich habe sie mir vor Jahrzehnten aus Ägypten mitgebracht. Sie wurde nach einer Zeichnung von mir angefertigt. Und nun gehört sie dir." Während sie ihn mit offenem Mund anstarrte, schob er ihr einen schmalen Kasten zu, ebenfalls aus Ebenholz. Auf seinem Deckel waren Hieroglyphen in Silber eingelegt.

Zierliche Pinsel, eine antike Rohrfeder und ein Schaber aus glattem Holz lagen eingebettet in dunkelgrünem Samt.

„Das alles kann ich unmöglich annehmen. Es ist ..." Sie brach ab, ihr fehlten die Worte.

„Willst du deinen alten Lehrmeister beleidigen? Es sind Geschenke, die von Herzen kommen. Sie gehören dir, keine Widerrede!" Seine gespielte Empörung wich einem Schmunzeln. „Allerdings knüpfe ich daran die Bedingung, dass du mir diese Werkzeuge regelmäßig vorführst. Auf unsere Schreibstunden möchte ich nur ungern verzichten!"

Hocherfreut sprang sie auf, umrundete den Tisch und umarmte ihn.

Ihr herzliches „Danke" wurde von einer sarkastisch klingenden Stimme unterbrochen, die sie unter Tausenden von Stimmen wiedererkannt hätte.

„Wie rührend. Diese kleine Szene treibt mir die Tränen in die Augen!" Aarons Blick war fest und vollkommen kühl. Seine Mundwinkel waren spöttisch verzogen.

Anna starrte ihn mit offenem Mund an.

„Aaron!" Joe begrüßte ihn überrascht. „Kann ich etwas für dich tun, mein Junge?" Es war ungewöhnlich, dass Aaron um diese Zeit zu ihm kam.

„Danke, Großvater! Es hat sich erledigt." Anna blieb keine Zeit, über seine Worte nachzudenken, denn an sie gewandt fuhr er fort: „Eine ganz billige Masche, die du da präsentierst." Er lachte kalt und höhnisch auf. „Die Pressetante versucht nun über meinen Großvater an mich heranzukommen."

Anna blickte verwirrt von einem zum andern. Aarons arroganter Blick jedoch wischte sämtliche Verwirrung beiseite, ließ stattdessen lodernde Wut in ihr aufsteigen.

„Was bildest du dir eigentlich ein?" Ihre Stimme überschlug sich fast. „Du hältst dich für den Nabel der Welt? Okay ... ich lass' dir diesen Irrgauben. Glaub aber bloß nicht, dass mein Handeln und Fühlen sich ausschließlich um dich dreht, nur weil ich mit dir ins Bett gegangen bin." Sie schnaubte vor Wut. Ihre Augen funkelten gefährlich.

Joe lehnte sich mit verschränkten Armen zurück, verfolgte den Wortwechsel ohne den Versuch, sich einzumischen. Diese Frau hatte Temperament, und seinem Enkel tat es verdammt gut, wenn ihm einmal jemand die Meinung sagte.

Aarons Augen blitzten wütend zurück. „Ach ja? Und wieso sitzt du dann bei meinem Großvater und klagst ihm auf erbärmliche Weise dein Leid?"

Sie sprang auf. „Du wirst unverschämt. Weißt du, was du bist? Ein ungehobelter Chauvinist ... ein ... ein widerlicher, überheblicher Frauenheld. Okay, ich habe den Fehler gemacht, mich mit jemandem wie dir einzulassen. Habe diesen Fehler sogar noch getoppt, indem ich für einen Moment die Kontrolle verlor und von Gefühlen gesprochen habe. Schön dumm! Dennoch steht es dir nicht zu, auf diese herablassende Weise mit mir zu reden." Sie holte tief Luft, winkte ab, als Aaron das Wort ergreifen wollte. „Weißt du was? Wenn du so von mir denkst, haben wir uns nichts mehr zu sagen. Adieu." Sie wollte sich an ihm vorbeischieben, diesen unseligen Ort verlassen, doch bevor sie davoneilen konnte, hatte Aaron sie am Arm gepackt.

„Du bleibst hier. Ich bin nämlich noch nicht fertig."

„Oho, der Möchtegern-Casanova befiehlt, und alle Schäfchen folgen. Zu dumm nur, dass ich nicht daran denke." Anna wollte sich von ihm losreißen, doch der eiserne Griff, mit dem er sie festhielt, hinderte sie daran.

„Treib mich nicht zur Weißglut."

„Lass mich einfach gehen, und du bist mich los! Und keine Sorge, ich werde keine Tricks aushecken, um mich auf unlautere Art an dich heranzumachen." Sie lächelte spöttisch.

Aarons Kiefermuskeln arbeiteten. Er fluchte leise, dann ließ er sie los.

Der bittere Kloß in ihrem Magen löste sich damit allerdings nicht. Sie spürte nicht die gewünschte Genugtuung, fing Aarons düsteren Blick auf, warf ihm ein übertrieben hinreißendes Lächeln zu und lief davon.

Aaron blickte ihr wutentbrannt hinterher. Ihre bissigen Bemerkungen schmeckten ihm nicht. Nachdenklichkeit mischte sich in seine Wut, er fluchte erneut. Sogar streiten machte Spaß mit ihr. Als sie ihn zornig angefunkelt hatte, hätte er sie am liebsten in seine Arme gerissen. Er widerstand dem Wunsch ihr zu folgen, verstand nicht, wieso ihn dieser Drang heimsuchte.

Ungläubig schüttelte er den Kopf, griff nach einem Glas, füllte es mit Brandy.

Kapitel Dreiundzwanzig

Mit bleischweren Beinen und in diffuse Gedanken versunken stolperte Anna durch den Abend. Zunächst war sie in ihr Zimmer geflüchtet, dann in den Garten, nun befand sie sich wieder auf dem Weg in ihr Zimmer, um sich ein Taxi zu rufen.

Als sie auf dem Weg zur Treppe war, legte sich eine Hand auf ihren Arm.

„Anna! Hast du einen Moment?" Kassandras Stimme klang gehetzt.

Anna wollte sie abwimmeln, sie wollte allein sein. Als sie ihr jedoch ins Gesicht blickte, überlegte sie es sich anders.

Tränen standen in Kassandras Augen, ihre Wangen waren aschfahl. Mit bebenden Lippen stand sie vor Anna, hielt sich mühsam am Geländer der Treppe fest.

„Bitte, ich muss mit jemandem reden. Es … nun … es ist …" Sie brach ab.

Wie ein Häuflein Elend stand sie vor ihr, erneut quollen Tränen aus ihren Augen. Aufrichtiges Mitgefühl ließ Anna ihren eigenen Kummer für den Moment vergessen. „Himmel, was ist passiert?"

„Nicht hier. Kommst du für einen Moment mit in meine Suite?" Ihr flehender Blick klammerte sich an Anna fest.

Anna nickte und folgte ihr.

Kassandras Wohnraum war hell und luftig, der Parkettboden mit dicken, flauschigen Teppichen ausgelegt. Spontan streifte Anna ihre Schuhe ab, genoss das weiche Gefühl unter ihren Fußsohlen. An den Wänden hingen viele Bilder in antiken Silberrahmen. Eine hohe, reich verzierte Vitrine war mit Kristallgläsern, edlen Rotweinen und diversen Spirituosen in bunt schillernden Karaffen gefüllt.

„Einen Drink?"

Anna nickte, nahm auf der edlen, champagnerfarbenen Couch Platz. Von dort aus konnte sie durch einen Rundbogen einen Blick auf den angrenzenden Schlafbereich werfen. Das hohe Bett mit seinen vier Pfosten stand mitten im Raum, das dunkle Holz sah glatt und edel aus, der cremefarbene Baldachin aus Samt war mit goldenen Sprenkeln versehen. Mit seinen vielen Zierkissen wirkte das Bett einladend, weich und kuschelig. Kassandra bereitete zwei Cocktails zu, drückte den Knopf der Musikanlage und klassische Musik erklang. Sie wiegte ihren Körper zu der rhythmischen Ouvertüre, legte den Kopf ein wenig zur Seite, hielt die Augen geschlossen.

Leise summend, mit Tränen in den Augen, reichte sie Anna einen Kristallkelch mit einem cremigen, orange schimmernden Cocktail, nahm ihr gegenüber Platz.

„Ich weiß nicht, wie ich beginnen soll." Ihre Stimme zitterte. Sie hob ihr Glas, prostete Anna zaghaft lächelnd zu. „Schön, dass du da bist … ich … mir ist es noch nie so schlecht gegangen." Sie nahm einen großen Schluck des cremigen Cocktails. Ihre rosige Zungenspitze fuhr prüfend über die Oberlippe.

Annas mitfühlender Blick schien alle Dämme in ihr zu brechen. Lauthals schluchzte sie los. „Ich … ich erwarte ein Kind … von Aaron."

„Ein Kind? Von Aaron?" Anna musste gegen einen plötzlichen Schwindel ankämpfen. In ihren Ohren rauschte es, und sie vernahm Kassandras Stimme nur noch wie aus weiter Ferne. „Ja, ich bin schwanger."

„Das ist … aber das müsste dich doch freuen."

Kassandras Schultern bebten. Das Gesicht in den Händen vergraben erwiderte sie:

„Auf Aarons Wunsch hin ... ich ... nun ...", sie schluchzte wieder, „er möchte, dass ich die Schwangerschaft abbreche."

Erschrocken setzte Anna den Cocktailkelch an, trank in großen Schlucken, ihr Puls raste. „Und was wirst du nun tun?"

Kassandra zuckte die Schultern. Mit weichen Fingern umfuhr sie die Konturen eines Samtkissens. Immer wieder blickte sie ins Leere, strich sich über das Haar und nestelte an der Rubinkette, die ihren Hals schmückte.

Schließlich schüttelte sie resigniert ihre wallende Mähne in den Nacken, straffte ihre Schultern. „Wenn ich Aaron nicht verlieren möchte, werde ich tun müssen, was er will. Und ich will ihn nicht verlieren." Ihre Stimme wurde immer leiser. Bald sah Anna nur noch, wie sich ihre Lippen lautlos auf und ab bewegten, ohne dass ein Ton an ihr Ohr drang.

***

Die ärgerliche Standpauke seines Großvaters versuchte Aaron tunlichst zu ignorieren, was ihm nicht so recht gelang. Den Blick in die Ferne gerichtet, ließ er den empörten Wortschwall über sich ergehen, begann aber einzusehen, dass die Wut seines Großvaters durchaus berechtigt war, denn Anna war Jonathans Gast gewesen, und es gab nichts, was Aaron dazu berechtigte, derartig mit den Gästen seines Großvaters umzuspringen.

„Bitte verzeih mir, Großvater. Es wird nicht wieder vorkommen." Er fing den immer noch wütend aufblitzenden Blick Jonathans auf, erwiderte ihn mit einem wortlosen Flehen.

Doch sein Großvater war noch nicht fertig, redete ununterbrochen auf seinen Enkel ein. Sprachlos hörte Aaron ihm zu. „Anna hat nicht gewusst, dass du mein Großvater bist?" Er nippte an seinem Brandy, beobachtete eine Motte, die sich unwiderstehlich vom Kerzenlicht angezogen fühlte.

„Nein. Ich habe mich ihr mit meinem Spitznamen vorgestellt, und es gab weder Grund noch Gelegenheit, ihr zu sagen, wer ich bin. Ich denke, da ist eine Entschuldigung fällig."

Aarons Blick glitt ins Leere. Die Worte seines Großvaters drangen wie durch dichten Nebel zu ihm.

„Du wirst dich doch bei ihr entschuldigen?"

„Ja!" Dieses eine Wort klang mehr nach einem Knurren als nach einer Antwort. „Ich werde sie gleich morgen früh aufsuchen und sie um Verzeihung bitten."

„Das will ich stark hoffen, weil ich dir diese Geschichte ansonsten bis an mein Lebensende nachtragen werde. Anna ist eine tolle Frau, sie hat Geist und Stil. Wenn ich jünger wäre, würde ich sie mir auf der Stelle schnappen und sie nie wieder loslassen."

„Ach ja?" Aaron bemühte sich, seiner Stimme einen gleichgültigen Klang zu geben. „Vergiss dabei aber nicht: Du bist nicht ich – und ich bin nicht du! Und um weiteren Fragen zuvorzukommen: Ich habe keinen Bedarf, mein Liebesleben zu verändern. Ich bin glücklich, so wie es ist. Punkt!"

***

Anna schnappte nach Luft, die Bilder vor ihren Augen verschwammen, ihr wurde schummrig, kein Laut drang an ihr Ohr. Kassandras Gestalt begann vor ihren Augen zu zerfließen.

„Luft, ich brauche Luft." Sie erhob sich, stakste unsicher und hölzern vorwärts. Ihre Knie zitterten, knickten ein, sie verlor ihr Gleichgewicht. Eine Woge schweren Parfums schwappte über ihr zusammen, als Kassandra zu ihr eilte, sie stützte und zu einem kleinen Raum führte, in dem ein zweites Bett stand.

„Du musst dich hinlegen." Ihr Gesicht kam ganz nah, ihre Lippen berührten Annas Wangen. „Und etwas trinken." Eine eigentümlich schmeckende Flüssigkeit wurde ihr eingeflößt.

Annas Kopf schmerzte, sie konnte ihre Augen nicht offen halten. Von irgendwoher hörte sie leisen, lieblichen Gesang.

Kassandra lächelte kalt, drehte das Fläschchen, das in ihrer Hand lag, spielerisch im Uhrzeigersinn. Wie Anna auf dieses Mittelchen reagierte, hatte sie in den vergangenen Wochen regelmäßig in kleinen Dosen ausprobiert. Nun waren die Tropfen komplett zum Einsatz gekommen, halfen dabei, Annas Abreise vorzutäuschen und somit dafür zu sorgen, dass Aaron sich in Zukunft wieder mehr um sie – Kassandra – kümmerte. Ein fanatischer Glanz trat in ihre Augen.

Sie würde ihn verwöhnen wie nie zuvor. Selbstlose Hingabe, sinnliche Abende, duftende Stunden. Drinks mit einem Hauch von Aphrodisiakum, ein Liebestrank, der ihn ihr Stück für Stück näher bringen würde. So wie diese Tropfen Anna von ihm entfernten.

Sie begann schrill zu lachen. Eine seltsame Erregung erfasste sie. Die Zeit verrann, ihr gesamtes Denken verdichtete sich auf diesen einen Punkt, auf dieses eine lebenswerte Ziel. Intensiver als je zuvor.

Als sie einen Blick auf Anna warf, huschte ein befriedigtes Lächeln über ihre maskenhaften Gesichtszüge.

„Tut mir leid, mein Täubchen." Ihr Wispern klang böse. „Leider, leider bist du mir zu intensiv ins Gehege gekommen, du bist zu gefährlich geworden. Mit dir war es anders als mit den anderen Frauen. Du verstehst doch, dass ich das nicht hinnehmen kann?!" Ein irres Kichern, während ihr Zeigefinger die Konturen von Annas Hals nachfuhr.

Die Hand- und Fußgelenke der Rivalin fesselte sie mit schwarzen Bändern an das Metallgitter des Bettes, zog die Fesseln energisch nach, warf einen eindringlichen Blick auf die Gestalt vor ihr. „Aaron gehört mir! Schreib dir das gefälligst hinter die Ohren."

Sie begann eine Melodie zu summen. Mit über den Bauch gelegten Händen wiegte sie sich sinnlich, ein verzücktes Lächeln im Gesicht.

„Mein Baby, bald wirst du in mir wachsen. Ich verspreche dir, es wird nicht mehr lange dauern."

Kapitel Vierundzwanzig

„Hast du Anna gesehen?" Aaron steckte seinen Kopf in die Schreibstube seines Großvaters.

„Hier ist sie nicht. Vielleicht in ihrem Zimmer?!"

„Dort habe ich sie nicht angetroffen. Bisher hat sie niemand gesehen."

„Vielleicht ist sie gestern Abend bereits abgereist. Grund genug hatte sie."

Niedergeschlagenheit befiel Aaron. Er verfluchte sich dafür, schob dieses Gefühl dann rasch auf die Tatsache zurück, sich nicht persönlich bei ihr entschuldigen zu können. Es tat ihm leid, wie abfällig er sie behandelt hatte.

Doch die Traurigkeit blieb, verstärkte sich von Minute zu Minute.

Als ihm die Intensität dieser Gedanken bewusst wurde, erschrak er. Sich gefühlsmäßig auf eine Frau einzulassen, war nicht in seinem Lebensplan vorgesehen, und er würde es nicht zulassen, dass dieses Gefühl sein Tun und Denken beeinflusste. Niemals! Er wollte sich entschuldigen, und das Kapitel Anna dann zu den Akten legen. Aus den Augen, aus dem Sinn. Wenn er sie eine Weile nicht sähe, würde sich dieses lästige Gefühl schon von selbst verabschieden, davon war er überzeugt.

Er nahm neben seinem Großvater Platz und blickte aus dem Fenster. Es war ein heißer Tag, der Himmel war zartblau. Wie ein Blitz schoss ein Gedanke durch seinen Kopf. „Sie kann unmöglich abgereist sein. Ihre Handtasche und ihr Handy lagen auf dem Tisch in ihrem Zimmer. Nenn mir eine Frau, die ohne ihre Handtasche wegfährt. Ich werde sie suchen."

***

Annas Augen schafften es langsam, nicht nur offen zu bleiben, sondern auch Konturen zu liefern, verschwommene Konturen, schemenhafte Schwarz-Weiß-Töne.

Ihr Kopf schmerzte, ihre Kehle war trocken, ein unangenehmer Geschmack erfüllte ihren Mund. Mühsam versuchte sie sich aufzurichten, bemerkte den Zwang der Fesseln, die sie zurückwarfen und fest in ihrer Gewalt hielten.

Es war Nacht. Sie fühlte sich orientierungslos. Eine kleine Lampe warf zitronengelbes Licht in den Raum. Sie blinzelte, versuchte sich zu erinnern, was passiert war. Gedankenfetzen stoben durch ihr Hirn, ergaben jedoch keinen Sinn. Sie hörte eine Stimme und den leisen, sehnsüchtigen Ton eines Glockenspiels, dann ein Flüstern, Kichern. Eine Hand legte sich um ihren Mund, öffnete ihre Lippen, flößte ihr eine Flüssigkeit ein, die ihr eine stetig wachsende Taubheit bescherte. Und dann war da nichts als ein dunkles Schwarz, das sie gierig zu verschlingen begann.

***

Gebadet, geschminkt, parfümiert und in einem weißen bestickten Leinenkleid machte sich Kassandra auf die Suche nach Aaron. Ihr Mund leuchtete rot. Silberne, hellblau emaillierte Armreife schmückten ihre gebräunten Arme, das schwarze Haar floss in sanften Wellen über ihre Schultern. Sie war schön, und sie wusste es.

Sie fand ihn am Pavillon. Mit in die Ferne gerichteten Augen kaute er gedankenverloren auf einem Grashalm. Die Sonne warf brennende Strahlen in den Garten, Blumen blühten um die Wette und verströmten benebelnde Düfte. Lilien hatten ihre hellen, rosig angehauchten Blüten geöffnet, die sich an dunkelgrüne Blätter schmiegten. Irisierende gelbe und bunte Schmetterlinge flatterten umher, und man konnte den lieblichen Gesang einer Amsel hören.

Doch von all dem bekam Aaron nichts mit. Sorge füllte ihn aus. Sorge von einer Dimension, die ihm neu war. Seit zwei Tagen fehlte jede Spur von Anna. Seine Versuche, sie in der Redaktion zu erreichen, waren ebenso erfolglos wie seine Anrufe bei den Personen, die in ihrem Handy gespeichert waren.

Irgendetwas stimmte nicht, er spürte es ganz genau.

Mit wiegenden Hüften schritt Kassandra auf ihn zu, kniete sich ihm zu Füßen nieder, legte ihren Kopf in seinen Schoß.

Seine Züge glichen dem gemeißelten Gesicht einer Statue. Abwesend glitten seine Augen über sie hinweg, sahen durch sie hindurch. Kassandra wurde ungeduldig und begann wild drauflos zu plappern, in der Hoffnung, wenigstens ein Stück seiner Aufmerksamkeit einzufangen. Sah er nicht, wie schön sie war? Spürte er nicht, wie gut sie duftete? Wie sie sich nach ihm sehnte? Die Geste, mit der er den Grashalm aus dem Mund nahm, faszinierte sie. Alles an ihm faszinierte sie. Sie betete die Luft an, die er ausatmete. Und je mehr er sich von ihr zu entfernen schien, umso größer wurde ihre Gier nach ihm, es grenzte fast schon an Besessenheit.

Kassandra schaute ihn von unten herauf an, studierte seine Mimik, seine Gestik, überwachte fanatisch jede Regung. Mit jeder Faser ihres Körpers saugte sie seine Nähe ein, suchte seinen Blick, konnte ihn jedoch nicht einfangen.

Sie flüsterte etwas Unverständliches, ein schattenhaftes Lächeln glitt über ihr Gesicht. Dann begann sie die Druckknöpfe ihres Kleides zu öffnen.

Wie zwei schwere Früchte quollen ihre Brüste hervor, wurden von ihren Händen in Empfang genommen und sinnlich geknetet. Den Blick unverwandt auf Aaron gerichtet, schob sie den Oberkörper vor, präsentierte ihre Brüste, zwirbelte die rosigen Spitzen.

„Lass das!" Seine Worte, eiskalt hervorgepresst, ließen sie zusammenzucken.

Mit zunehmender Verbitterung presste sie die Lippen aufeinander, probierte es schließlich erneut. Perfekt platziert presste sie ihren Mund zwischen seine Beine, lockte mit verführerischem Lippenspiel, übte sinnlichen Druck aus.

Aaron packte sie an den Schultern und schob sie von sich. „Ich sagte, du sollst das lassen!" Ärger glomm in ihm auf, spiegelte sich in seinen Augen wider, die sich unwillig zusammenzogen.

Eine Träne löste sich aus Kassandras Auge. Sie spürte Traurigkeit und Wut, zwang sich jedoch zur Ruhe. Nun verlegte sie sich aufs Flehen. „Aaron, ich sehne mich nach dir. Nimmst du mich wenigstens für einen Moment in den Arm?"

„Dieser Augenblick ist für Sentimentalitäten dieser Art denkbar ungünstig."

„Wieso? Was ist los?"

Er musterte ihren besorgten Blick und die leicht bebenden Lippen.

„Anna ist verschwunden."

Kassandra zog sich innerlich zurück, gab sich betont gleichmütig. „Sie wird sich ein Taxi gerufen haben und ich abgereist, na und? Es ist nicht das erste Mal, dass eines deiner Betthäschen ins eigene Nest zurückhoppelt."

„Darum geht es nicht."

„Worum dann?"

„Anna kann nicht abgereist sein. Ihre Handtasche, ihre Papiere und ihr Handy liegen noch in ihrem Zimmer."

Kassandra zuckte wie unter einem Peitschenhieb zusammen. Daran hatte sie nicht eine Sekunde lang gedacht. Sie verfluchte sich und ihren vom ständigen Mohnrausch benebelten Verstand.

„Sie hatte es an dem Abend vielleicht so eilig, dass sie ihre Handtasche vergessen hat. Das passiert jeder zweiten Frau, also nichts Dramatisches."

Ihre Hand legte sich beruhigend auf sein Knie. „Und vor allem nichts, worüber du dir deinen Kopf zerbrechen müsstest. Küss mich lieber!"

Kassandra kroch zu ihm hoch, umschlang seinen Nacken, doch er sorgte für den nötigen Abstand und erhob sich. „Lass das." Minutenlang lief er auf und ab. Dann blieb er vor ihr stehen. „Ich habe mir in letzter Zeit einige Gedanken gemacht und bin zu dem Entschluss gekommen, mein Leben zu ändern. Dazu gehört auch, dass ich unsere Liaison beenden werde."

„Du willst was?" Kassandras Stimme klang schrill, ihre Augen schossen giftige Blitze, ruckartig stand sie auf. „Jetzt sag bloß, du stehst plötzlich auf langweilige Frauen und Spießbürgertum? Was ist an dieser Zeitungstussi so toll, dass du urplötzlich dein Leben ändern willst?

„Sie macht keine so albernen Szenen wie du."

„Und das ist alles? An mich hast du dabei wohl nicht gedacht?"

„Anna hat im Gegensatz zu dir Klasse und Stil."

Kassandra begann innerlich zu toben. Dann lächelte sie nachsichtig. „Ich kann ja verstehen, dass du dir Sorgen machst. Aber das ist unnötig und noch lange kein Grund, dein komplettes Leben in Frage zu stellen."

„Mein Entschluss steht fest." Sein eindringlicher Blick ließ Kassandra zusammenzucken.

Sie erstarrte, suchte nach Worten, nach einem Weg, zu ihm zurückzufinden. „Wenn du mich brauchst, ich bin für dich da. Und mach dir keine allzu großen Sorgen. Anna ist zu Hause, in ihrem alten Leben, ihr geht es sicherlich gut."

„Irgendetwas stimmt nicht, das passt alles nicht. Wenn sie bis morgen nicht auftaucht, werde ich die Polizei informieren."

„Die Polizei?" Kassandras Herz stockte. Damit hatte sie nicht gerechnet. Ihre Stimme überschlug sich. Mit vor Schreck weit aufgerissenen Augen nestelte sie an ihrer Halskette, Hysterie breitete sich in ihr aus. Sollte alles umsonst gewesen sein? Mit einem Schlag war sie hellwach. Erst in dem Moment wurde ihr bewusst, wie wenig durchdacht ihr Plan war. Über Eventualitäten hatte sie sich nie Gedanken gemacht, hatte voll und ganz auf ihre Anziehungskraft und auf den Zaubertrank gebaut, sich immer wieder daran berauscht und im festen Glauben an ihr Glück und ihr Schicksal diesen kopflosen Plan geschmiedet. Sie brach in Tränen aus.

„Ich habe das alles doch nur für uns getan – nur für uns." Sie begann haltlos zu schluchzen und vergrub das Gesicht in den Händen.

Aaron packte sie an den Schultern, riss sie zu sich hoch.

„Was hast du für uns getan? Raus damit!"

Kassandra begann erst stockend zu erzählen ... bruchstückhaft ... dann immer flüssiger.

Tränen liefen wie Sturzbäche über ihre Wangen, haltsuchend griff sie nach seinen Schultern, wurde jedoch grob zurückgestoßen. Mit langen Schritten eilte er davon.

***

Langsam öffnete Anna die Augen. Ihr Kopf schmerzte entsetzlich.

Eine Hand legte sich auf ihre Stirn, eine andere Hand fühlte ihren Puls Eine Stimme murmelte ein paar Zahlen, etwas Helles leuchtete in ihre Augen.

„Der Kreislauf ist stabil. Sie wird noch etwas Ruhe brauchen, aber sonst ist sie okay."

Aaron begleitete den Arzt zur Tür, Jonathan saß auf einem Stuhl neben ihrem Bett.

Anna wusste zunächst nicht, wo sie sich befand. Eine große, schwarze Leere herrschte in ihrem Kopf. Das Letzte, woran sie sich erinnern konnte, waren Kassandras eindringliche Augen – tief über sie gebeugt – nichts Gutes verheißend. Sie fühlte sich benommen, blickte sich langsam um und erkannte Jonathan.

Er hob die Hand, legte sie sanft auf die ihre. „Was machst du für Sachen? Uns so in Angst und Schrecken zu versetzen."

„Kassandra ... sie ..."

„Ich weiß. Sie wird sich dafür verantworten müssen."

„Wieso tut ein Mensch so etwas?"

„Unkontrollierte Eifersucht und massiver Realitätsverlust. Kein Wunder, wenn man sich regelmäßig mit diversen Substanzen berauscht."

„Sie trägt ein Kind unter dem Herzen – von Aaron. Das war der verzweifelte Anlass, mit dem sie mich an dem Abend in ein Gespräch verwickelte, obwohl ich eigentlich abreisen wollte."

„Kassandra liebt dramatische Auftritte und abstruse Geschichten. Würde dies den Tatsachen entsprechen, wüsste es längst die ganze Welt, allen voran mein Enkel."

„Dein Enkel ..." Anna erinnerte sich an Aarons Auftritt. „Wieso hast du mir nicht gesagt, wer du bist?"

„Hätte das etwas geändert?"

Sie schüttelte den Kopf.

„Na also!"

Ihr Blick glitt zur Tür und begegnete dem von Aaron.

Er trat näher, musste sich ein paar Mal räuspern, bevor er einen Ton hervorbringen konnte. „Wie geht es dir?"

„Den Umständen entsprechend." Ihre Hand zitterte leicht, als sie sich durchs Haar strich. Sie fühlte sich unbedeutend und verzweifelt, fröstelte.

„Es tut mir leid. Alles. Ich ..." Er brach ab. Vorsichtig hob er die Hand, ließ sie wieder fallen. „Ich möchte mich in aller Form bei dir entschuldigen. Ich war ungerecht. Es tut mir leid."

Offensichtlich hatte er große Mühe, die richtigen Worte zu finden. Eine Seite an ihm, die Anna in Erstaunen versetzte. Zum ersten Mal erlebte sie bei ihm einen Anflug von Unsicherheit, was sie eigentümlich berührte.

„Nimmst du meine Entschuldigung an?" Sein flehender Blick zeigte einen gequälten Ausdruck. Als sie stumm nickte, spürte sie aufrichtige Erleichterung, die sich wie ein Netz über seine Gesichtszüge legte.

„Danke." Sein Blick entspannte sich für einen kurzen Moment. „Was Kassandra betrifft ... ich hatte keine Ahnung ... sie ... ich werde dafür sorgen, dass sie ihre Strafe bekommt." Er atmete tief, legte seine Hand auf ihre Schulter. „Wenn du etwas brauchst, gib Bescheid. In der Zeit bis zu deiner Abreise soll es dir an nichts fehlen." Ein warmer Blick, ein kurzes Nicken, dann war er verschwunden.

Auch Jonathan verabschiedete sich von Anna, die bald darauf in einen tiefen, erholsamen Schlaf fiel.

***

Ein letzter wehmütiger Blick durch das Zimmer, dann griff Anna zu Handtasche und Jacke und machte sich auf den Weg in die Halle. Ihr blieben noch ein paar Minuten bis zur Abfahrt mit dem Taxi.

Sie hatte viel geschlafen, fühlte sich ausgeruht, und es gab keinen Grund, ihren Aufenthalt in die Länge zu ziehen. Aaron hatte sie in den letzten beiden Tagen zweimal kurz besucht, Jonathan war kaum von ihrer Seite gewichen, nun hieß es für sie, in ihr altes Leben zurückzukehren.

Als sie die letzte Stufe der Treppe erreicht hatte, entdeckte sie Aaron. Er stand an einer der hohen Türen und nippte an einem Champagnerglas.

Annas Herz setzte für einen Moment aus. Sie wollte sich eigentlich an ihm vorbei zum Hauptportal schleichen, überlegte dann allerdings, dass es albern wäre, sich ohne ein Wort des Abschieds davonzumachen.

Ganz so, als hätte er Annas Blick gespürt, wandte er sich um. Das helle, eindringliche Grau seiner Augen fraß sich in ihr fest, versetzte sie in einen Taumel. Tief atmend straffte sie die Schultern und schritt beherzt auf ihn zu. „Mein Taxi ist da. Mach's gut, Aaron."

„Du auch." Sein warmer Händedruck durchflutete ihren Körper wie eine Sturmflut.

Sie erwiderte sein Lächeln, verlor sich in seinem Blick, ihr wurde heiß und kalt zugleich. Schließlich drehte sie sich um und verschwand durch das Portal in den Hof.

Aaron starrte ihr nach. Minutenlang fixierte er die Tür, die hinter ihr ins Schloss gefallen war, dann ging ein Ruck durch seinen Körper. Bilder seiner Stunden mit Anna spulten vor seinem inneren Auge ab, tiefe Sehnsucht erfüllte ihn. Wie von einer unsichtbaren Macht geleitet, stellte er sein Glas ab und folgte ihr.

Als er die Treppe hinunterlief, konnte er weder das Taxi noch Anna entdecken. Zu spät. Sie war bereits fort. Eine nie zuvor gespürte Schwere legte sich auf sein Gemüt. Unschlüssig blieb er eine Weile stehen, fuhr sich mit den Fingern durchs Haar. Als er resigniert ins Haus zurückkehren wollte, hörte er von rechts Schritte im Kies und wandte sich um.

Einem Stromschlag gleich zogen warme Wellen durch seinen Bauch. Er erkannte Anna, die aus der Dunkelheit des Gartens ins Licht der Außenbeleuchtung trat.

Er machte einen Schritt auf sie zu.

„Anna?"

Sie zuckte zusammen, starrte ihm stumm entgegen. Ihre Nerven, die sich in den letzten Minuten ein wenig beruhigt hatten, spielten verrückt, als er mit geschmeidigen Schritten auf sie zukam.

„Aaron. Was machst du hier?"

„Ich weiß es nicht."

Blicke, die sich ineinander verhakten. Eine Stille, die fast hörbar war. Tiefes Erstaunen, erzwungenes Lächeln.

„Dein Taxi hat sich verspätet?"

„Scheint so."

Er mied ihren Blick und starrte auf einen Punkt in der Dunkelheit. „Anna, ich ..." Seine Augen tauchten intensiv in die ihren. „Ich kann mir nicht vorstellen, für immer mit jemandem zusammen zu sein, mich zu binden ..."

Sie unterbrach ihn ungeduldig. „Aaron, ich habe längst verstanden. Du musst mir nichts erklären."

Er senkte seinen Blick und schloss die Augen. „Ich kann mir aber auch nicht vorstellen, ohne dich zu sein."

Ihr stockte der Atem. Ihre Lider flatterten, nervös nestelte sie am Griff ihrer Handtasche.

„Warum sagst du mir das? Welche Antwort erwartest du von mir?" Verwirrt wandte sie sich ab. Sie wurde aus diesem Mann nicht schlau, spürte allerdings eine übermäßige Freude in sich wachsen.

„Ich weiß es nicht." Er stöhnte auf. „Ich weiß nur, dass mich eine unsichtbare Macht dazu getrieben hat, dir zu folgen. Für einen Moment dachte ich, es sei zu spät. Und dieser Gedanke hat mich ebenso wahnsinnig gemacht wie das Gefühl, dass dir etwas passiert sein könnte, als du verschwunden warst."

Langsam ging er auf Anna zu.

Sie floh vor seinem eindringlichen Blick, indem sie den Kopf senkte. „Das ist nicht fair!" Ihre Stimme war kaum zu hören. „Wieso tust du das?"

„Was?"

„Du tauchst hier auf und konfrontierst mich mit deinen Gedanken und Gefühlen, ohne dass ich weiß, was ich damit anfangen soll. Ich habe genug damit zu tun, das Chaos in meinem Inneren zu ordnen. Also sieh selber zu, wie du damit klarkommst. Oder erwartest du von mir nun seelischen Beistand?"

Er raufte sich die Haare. „Nein, das erwarte ich nicht. Ich bin einfach nur froh, dass dein Taxi noch nicht da ist." Er schenkte ihr ein Lächeln, für dessen Zauber sie ihm bis in die Hölle gefolgt wäre.

Sie erschauerte. Wenn er in ihrer Nähe war, diesen verdammten Charme einsetzte, fühlte sie sich, als hätte sie nicht den geringsten Willen. Sie vergaß sämtliche Prinzipien und schluckte bittere Gedanken ins Jenseits. Ihr Körper ersehnte sich mit dem seinen Zentimeter um Zentimeter verbunden zu sein. Abgetaucht in die Sphären süßer Dominanz, tief ergeben, voller Hingabe, geführt von seiner starken Hand. Sie wollte nur noch eins: sich in seine Arme stürzen. Es gab kein Entrinnen vor diesem übermächtigen Drang.

Sie hatte einmal gelesen, dass Liebe selbst die intelligentesten Menschen zu Wesen ohne Verstand werden ließ. Genauso fühlte sie sich in diesem Moment. Spürte nichts, bis auf das Gefühl der Zugehörigkeit, nach dem sie sich so lange gesehnt hatte.

„Was genau willst du von mir, Aaron?"

„Wenn ich das wüsste."

Er nahm einen tiefen Atemzug, der den Nebel vor seinen Augen verbannte. Sein Blick wurde klar.

„Ich kann dir nicht versprechen, dich glücklich zu machen. Ich will aber versuchen, dich so glücklich wie möglich unglücklich zu machen." In seinen Augen blitzte es begehrlich auf. „Zum Beispiel, wenn du mir morgens zu Füßen sitzt, deine Wangen an meine Beine schmiegst und gemeinsam mit mir frühstückst."

Anna errötete, sagte aber nichts.

„Okay Anna, ich versuche es noch mal: Dir zu begegnen hat meine Identität bis ins Mark erschüttert. Nichts ist mehr, wie es einmal war. In deiner Nähe bin ich lebendig, und auf diese Lebendigkeit möchte ich nur ungern verzichten. Ich habe beschlossen, mein Leben zu ändern und …", er brach ab. Dann setzte er erneut an. „Ich schätze mal, ich habe mich in dich verliebt." Er fluchte leise, trat einen Schritt auf sie zu.

Dann zog er sie trotz ihres Widerstrebens in die Arme. Sein Atem streifte ihren Nacken. „Ich bin ein Idiot, der Angst vor seinen Gefühlen hat. Bitte, hilf mir dabei!"

Annas Widerstand schrumpfte. Zorn und Misstrauen schwanden und wichen einem tiefen Gefühl von Liebe. Sie ertrank in seinen schönen Augen, erschauerte, als sie tiefe, aufrichtige Gefühle darin entdeckte. Dann nickte sie.

Aaron stieß erleichtert die Luft aus. Behutsam, ganz so, als wollte er nicht zerstören, was sich da gerade neu entwickelte, näherten sich ihr seine Lippen, verharrten einen Augenblick, dann legten sie sich hungrig auf die ihren.

Anna ließ sich fallen, ihre Seele öffnete sich, ertrank in einem Taumel aus Glück. Sie spürte das heiße Drängen seiner Zunge, ergab sich ihm und teilte mit ihm die Luft, die sie beide zum Atmen brauchten.

Das Geräusch von Autoreifen auf Kies holte beide in die Wirklichkeit zurück.

„Mein Taxi."

„Das haben wir gleich." Er ließ sie stehen, steckte dem Fahrer einen Geldschein zu und kam lächelnd zurück. Wortlos zog er sie in seine Arme. Sein Finger zog die Kontur ihrer Lippen nach, während er sie einfach nur anblickte.

„Was denkst du?" Ihre Stimme bebte.

„Ich denke darüber nach, dass ich dich in tiefe Abgründe stürzen und deine Hingabe spüren möchte. Und dann will ich diese Hingabe so tief wie möglich in mein Innerstes lassen – so tief, dass es mich fast zerreißt."

Sie lächelte. „Das hört sich gut an! Sehr gut sogar!"

„Und was möchtest du?"

„Ich möchte dir ausgeliefert sein, mich von dir führen lassen und vor Lust vergehen." Sie schmiegte sich an ihn. „Und außerdem möchte ich, dass wir so schnell wie möglich damit beginnen."

ENDE